Lecciones de juventud

Danielle STEEL

Lecciones de juventud

Traducción de
José Serra Marín

PLAZA  JANÉS

Papel certificado por el Forest Stewardship Council®

Penguin
Random House
Grupo Editorial

Título original: *Moral Compass*

Primera edición: enero de 2021

© 2020, Danielle Steel
© 2021, Penguin Random House Grupo Editorial, S. A. U.
Travessera de Gràcia, 47-49. 08021 Barcelona
© 2021, José Serra Marín, por la traducción

Printed in Spain – Impreso en España

ISBN: 978-84-01-02545-7
Depósito legal: B-14.528-2020

Compuesto en Comptex & Ass., S. L.

Impreso en Liberdúplex
Sant Llorenç d'Hortons (Barcelona)

L025457

Para Beatie, Trevor, Todd, Nick,
Samantha, Victoria, Vanessa,
Maxx y Zara.
A mis queridos hijos,
que seáis afortunados, sabios y valientes,
que seáis honestos y buenos,
amaos los unos a los otros,
defended aquello en lo que creéis,
y haced lo que sabéis que es lo correcto.
¡Os quiero muchísimo
y estoy muy orgullosa de vosotros!

MAMÁ/D. S.

Lo único que necesita el mal para triunfar
es que los hombres buenos no hagan nada.

Frase atribuida a EDMUND BURKE

1

El martes siguiente al día del Trabajo, una de esas doradas y perfectas mañanas de septiembre en Massachusetts, los estudiantes empezaron a llegar al colegio Saint Ambrose. La escuela tenía más de ciento veinte años de antigüedad, y sus impresionantes edificios de piedra ofrecían un aspecto tan distinguido como el de las universidades en las que la mayoría de los alumnos serían aceptados cuando se graduaran. Muchos ilustres hombres habían salido de aquel centro privado para dejar su impronta en el mundo.

Era una jornada histórica para Saint Ambrose. Después de diez años de acalorado debate, y tras dos de preparación, ciento cuarenta estudiantes femeninas iban a ingresar en el centro para unirse a los ochocientos alumnos varones. Era parte de un programa progresivo de tres años, al final del cual cuatrocientas jóvenes formarían parte del cuerpo estudiantil, que ascendería entonces a un total de mil doscientos matriculados.

En ese primer curso se había aceptado a sesenta alumnas de primero, cuarenta de segundo, treinta y dos de tercero y ocho de último año. Estas ocho eran jóvenes que, o bien se habían trasladado recientemente a la costa Este, o bien tenían razones de peso para cambiar de instituto en su último año y, por tanto, no se graduarían con las compañeras con las que habían cursado la secundaria. Todas las aspirantes a ingresar en el colegio habían sido sometidas a un riguroso proceso de selección para asegurarse de que estaban a la altura de los estándares de Saint Ambrose, tanto morales como académicos.

Se habían construido dos residencias para acoger a las nuevas alumnas, y estaba previsto finalizar la construcción de la tercera el año siguiente y una cuarta para el próximo. Hasta la fecha, todos los cambios y adiciones se habían producido de manera fluida y sin contratiempos.

Durante el curso anterior se habían impartido extensos seminarios para asesorar al cuerpo docente sobre cómo realizar la transición de enseñar en un colegio exclusivamente masculino a hacerlo en uno de carácter mixto. Los defensores del nuevo sistema alegaban que contribuiría a mejorar el estatus académico de la escuela, ya que a esa edad las chicas tendían a estar más centradas en los estudios y se adaptaban antes a la dinámica académica. Otros sostenían que aquello ayudaría a que los estudiantes tuvieran una formación más integral, ya que tendrían que aprender a convivir, trabajar, colaborar y competir con miembros del sexo contrario, lo cual era al fin y al cabo más representativo del mundo real al que se enfrentarían en la universidad y en la vida en general.

En los últimos años habían disminuido ligeramente las matriculaciones en Saint Ambrose, debido a que la mayoría de sus competidores ya se habían incorporado al sistema de enseñanza mixta, algo que muchos padres y estudiantes preferían. Si no se adaptaban pronto no podrían mantenerse al día y competir con los demás colegios privados.

Sin embargo, había sido una batalla muy difícil de ganar. El director de Saint Ambrose, Taylor Houghton IV, fue uno de los últimos en convencerse de sus beneficios. Al principio no veía más que un sinfín de complicaciones, como los romances entre estudiantes, algo a lo que no tenían que enfrentarse en un internado masculino. Lawrence Gray, el jefe del

Departamento de Lengua y Literatura inglesas, había llegado a preguntar si no acabarían convirtiéndose en el colegio Santa Sodoma y Gomorra. Después de treinta y siete años en Saint Ambrose, Larry Gray había sido el más vehemente opositor al cambio. Era una persona tradicional, conservadora y, en el fondo, un tanto amargada, pero sus objeciones habían sido rechazadas por todos aquellos que querían que el colegio se adaptara a los nuevos tiempos, por muchos desafíos que ello conllevara.

La actitud resentida de Larry Gray tenía su origen en el hecho de que, cuando llevaba diez años en Saint Ambrose, su mujer lo abandonó por el padre de un alumno de segundo. Nunca consiguió recuperarse de aquello ni había vuelto a casarse. Desde entonces había permanecido otros veintisiete años en el colegio y, aunque era una persona infeliz, también era un profesor excelente. Siempre lograba sacar el máximo rendimiento de los chicos, que se graduaban con la mejor preparación posible para brillar en la universidad de su elección.

Taylor apreciaba a Larry. Lo llamaba afectuosamente el «profesor cascarrabias», y estaba preparado para soportar sus quejas constantes a lo largo del año que se avecinaba. Su reticencia a modernizar el colegio había provocado que nunca se le hubiera tenido en cuenta para ocupar el puesto de subdirector. Y ahora, cuando le faltaban solo dos años para jubilarse, continuaba manifestando sus objeciones a la llegada de estudiantes femeninas.

Cuando el anterior subdirector se retiró, incapaz de afrontar un cambio de tal magnitud, la junta escolar emprendió una exhaustiva búsqueda para sustituirlo que se prolongó durante dos años. Al final, se mostraron absolutamente satisfechos cuando lograron convencer a una brillante joven afroamericana, subdirectora de un colegio privado rival, para que aceptara el puesto.

Nicole Smith, graduada por Harvard, estaba emocionada por incorporarse a Saint Ambrose en esta nueva etapa de transición. Su padre era decano de una pequeña pero prestigiosa universidad y su madre era una poeta laureada que daba clases en Princeton. Nicole llevaba la vida académica en la sangre, y a sus treinta y seis años estaba llena de energía y entusiasmo. El director Houghton, el cuerpo docente y la junta escolar estaban encantados de que se uniera a ellos. Ni siquiera Larry Gray había puesto pegas a su incorporación, incluso le caía bien la joven. El veterano profesor había olvidado sus aspiraciones de convertirse en subdirector. Todo lo que quería era jubilarse y no paraba de decir que esperaba ansioso que llegara ese momento.

El presidente de la junta escolar, Shepard Watts, había sido uno de los más fervientes defensores de que el colegio pasara a ser mixto. Admitía sin reparos que tenía ciertas motivaciones personales para ello. Sus gemelas de trece años entrarían como estudiantes de primero en el siguiente curso, y su hijo de once lo haría tres años después. Quería que sus hijas tuvieran las mismas oportunidades que sus hermanos de recibir una educación de primera categoría en Saint Ambrose.

Las gemelas ya habían presentado sus solicitudes y habían sido aceptadas. El ingreso dependería en última instancia de sus notas en octavo curso, aunque dado su historial hasta la fecha no cabía duda de que no tendrían problemas. El hijo mayor de Shepard, Jamie Watts, iba a empezar el último año de secundaria y era uno de los estudiantes estrella del colegio. Su rendimiento académico era más que destacable y también sobresalía en las actividades deportivas. Era un chico magnífico en todos los aspectos y le caía bien a todo el mundo.

Shepard trabajaba como banquero de inversiones en Nueva York. Su esposa, Ellen, era una madre muy activa y entregada que, además, ejercía como presidenta de la asociación de padres. Un verano de hacía ya veinte años entró a trabajar para

Shepard como becaria. Un año después ya estaban casados. Taylor Houghton y Charity, su mujer, les apreciaban mucho y los consideraban buenos amigos.

El director y su esposa tenían una hija, ya casada, que trabajaba como pediatra y vivía en Chicago. Charity daba clases de historia y latín en el colegio y le entusiasmaba la idea de poder enseñar también a chicas a partir de este año. Procedía de una familia de Nueva Inglaterra con firmes valores y cumplía a la perfección su papel de esposa del director de una venerable institución privada. Estaba orgullosa de su marido y del cargo que ocupaba.

Taylor, al que le quedaban aún diez años para jubilarse, estaba consagrado en cuerpo y alma al colegio. Pese a ser un centro tan grande, reinaba en él un ambiente familiar, y Charity se esforzaba por conocer al mayor número posible de alumnos y a sus padres.

Al igual que otros miembros del cuerpo docente, ejercía como tutora de un grupo de estudiantes y se encargaba de hacer el seguimiento de su trayectoria académica durante los cuatro años de secundaria. En cuanto iniciaban el último curso, empezaba a trabajar con sus pupilos ayudándoles a rellenar las solicitudes para la universidad, escribiendo cartas de recomendación para ellos y aconsejándoles sobre cómo elaborar sus redacciones de presentación. La mayoría de los estudiantes de Saint Ambrose aspiraban a universidades de la Ivy League, y era impresionante el número de ellos que eran aceptados cada año.

Taylor Houghton y Nicole Smith observaban la llegada de los alumnos desde lo alto de las escaleras del edificio de administración cuando Shepard Watts y su hijo Jamie entraron en el campus. Shepard dejó que su hijo fuera a reunirse con sus amigos y se acercó a saludar a Taylor y Nicole, que contemplaba con ojos brillantes y emocionados la procesión de grandes vehículos y monovolúmenes que se dirigían a las zonas de aparcamiento habilitadas para los distintos cursos.

—¿Cómo va la cosa? —preguntó Shepard mientras sonreía a la subdirectora.

—Al parecer, bastante bien —respondió ella, también con una gran sonrisa—. Han empezado a llegar a las nueve y un minuto.

La explanada del aparcamiento ya estaba casi llena.

—¿Dónde está Larry? —le preguntó Shepard a Taylor.

Por lo general siempre andaba por allí cerca para ver la llegada de los estudiantes.

—Le están poniendo oxígeno en mi despacho —respondió el director, y los tres se echaron a reír.

Taylor era un hombre alto y de porte atlético, con el cabello entreverado de canas y unos vivaces ojos marrones. Había estudiado en Princeton, como todos los hombres de su familia antes que él. Charity había ido a Wellesley, y Shepard a Yale. El presidente de la junta escolar era un hombre atractivo, con el pelo oscuro y unos penetrantes ojos azules. También era el mayor recaudador de fondos para el colegio. Nunca aceptaba un no por respuesta y recogía sustanciosas cantidades de dinero tanto de las familias de los estudiantes actuales como de los exalumnos. Además, también era un generoso benefactor. Y a pesar de las exigencias de su profesión, era un padre devoto y entregado que durante los últimos tres años había demostrado una gran dedicación tanto a su hijo como a Saint Ambrose.

Los tres permanecieron en lo alto de las escaleras contemplando cómo los grandes vehículos se dirigían hacia sus plazas de aparcamiento para descargar las bicicletas, los ordenadores y el resto de las comodidades domésticas que se les permitía traer a los estudiantes. En la entrada del campus se habían dispuesto unas largas mesas, donde varios profesores orientaban a los alumnos sobre los dormitorios que se les habían asignado.

Como de costumbre, reinaba cierta confusión; los padres cargaban con mochilas, baúles, cajas y ordenadores, mientras los estudiantes veteranos iban a buscar a sus amigos y a confirmar dónde se alojarían. Hacía un mes que habían recibido toda la información por correo electrónico, pero por si alguien había olvidado traer la documentación, en las mesas volvían a comunicarles todo lo referente a la asignación de dormitorios y al programa de la jornada inaugural.

Los de primero se alojarían en cuartos para entre cuatro y seis estudiantes; los del último curso contaban con habitaciones sencillas o dobles, mientras que los de segundo y tercero disponían de cuartos para tres o cuatro alumnos. Las dependencias femeninas seguían el mismo sistema. Habría una profesora en cada residencia por si alguna se ponía enferma o tenía algún problema, y también para asegurarse de que todas se comportaban y cumplían las normas.

Gillian Marks, la nueva directora deportiva, había sido asignada a una de las residencias femeninas. Su predecesor en el puesto durante los últimos veinte años había dimitido cuando se confirmó que el colegio iba a admitir a chicas. Gillian era una mujer enérgica y vitalista que aceptó entusiasmada el puesto cuando se lo ofrecieron. Era una auténtica superestrella del deporte: a los dieciocho años ganó una medalla de plata olímpica en salto de longitud y estableció un récord que todavía no había sido batido. Tenía treinta y dos años y medía casi un metro noventa. Había sido directora deportiva adjunta en un internado femenino y estaba encantada de poder trabajar también con chicos.

Simon Edwards, uno de los profesores de matemáticas, la ayudaría a entrenar al equipo masculino de fútbol. Se había aficionado a ese deporte durante los dos años que había pasado en Francia e Italia después de graduarse en la universidad. Más tarde dio clases en un exclusivo instituto privado mixto de Nueva York y desde el curso pasado trabajaba en Saint Ambrose, ya que quería disfrutar de la experiencia de enseñar en un internado. Y este año, después de que el colegio se convirtiera en mixto, había regresado con más entusiasmo si cabe.

A sus veintiocho años, era el miembro más joven del cuerpo docente. Gillian y él se habían conocido en agosto, cuando se reunieron para hablar sobre cómo abordarían los entrenamientos. Las pruebas para formar los distintos equipos deportivos empezarían al día siguiente. El colegio disponía también de una piscina cubierta de dimensiones olímpicas construida gracias a las donaciones de un exalumno, y contaba con un potente equipo de natación. Gillian se encargaría además de entrenar a los equipos femeninos de voleibol y baloncesto.

El director y la subdirectora observaron junto a Shepard Watts cómo Gillian Marks daba la bienvenida a las alumnas de primero en la zona de aparcamiento correspondiente, y cómo Simon Edwards hacía lo mismo con los chicos nuevos. Los estudiantes de cursos superiores, que ya conocían la rutina y dónde estaban sus dormitorios, se abrían paso entre el gentío en busca de sus amigos, contentos de reencontrarse después del verano.

Poco después vieron llegar a Steve Babson. El muchacho tenía el historial académico más extenso de todo el colegio en cuestión de sanciones y períodos de vigilancia a prueba, y todos los años pasaba de curso por los pelos. Su padre, Bert Babson, era cirujano cardíaco en Nueva York. Rara vez aparecía por la escuela y siempre se mostraba muy duro con Steve cuando le llamaban desde Saint Ambrose para comunicarle algo acerca de su hijo.

Jean Babson, la asustadiza y un tanto desorientada madre, venía a visitarle sola, y tanto Taylor como el tutor de Steve intuían por experiencia que la mujer tenía un problema con el alcohol, aunque lograba mantenerlo bajo control cuando visitaba a su hijo.

Había indicios de que la vida familiar de Steve no era fácil, con un padre agresivo y una madre inestable, pero el muchacho había conseguido llegar al último año de secundaria y además era un buen chico, atractivo con su aspecto un tanto desaliñado, el pelo castaño rizado e inocentes ojos marrones. Había algo en él que recordaba a un cachorrillo grande y entrañable y que llegaba directamente al corazón de sus profesores, lo que ayudaba de alguna manera a compensar sus bajas calificaciones.

Gabe Harris había venido en coche desde Nueva York con su compañero Rick Russo. Shepard suspiró cuando vio a la madre de Rick vestida con un traje Chanel rosa y tacones de aguja en medio de la campiña de Massachusetts. Parecía recién salida de la peluquería y, como siempre, llevaba una gruesa capa de maquillaje. Shepard estaba convencido de que, si estuviera más cerca, su perfume le marearía.

El padre de Rick, Joe Russo, poseía una cadena de grandes almacenes de lujo en Texas y Florida y era con creces el principal benefactor del colegio. En los últimos tres años había donado un millón de dólares cada año, así que no les quedaba más remedio que soportar su prepotencia.

Rick era todo lo contrario a sus padres. Tenía el pelo castaño claro, los ojos grises y un carácter natural que le hacía llevarse bien con todo el mundo. Eso era lo que él quería, y no destacar como lo hacían sus padres. Además de un magnífico estudiante, era un chico discreto y sin pretensiones que nunca alardeaba de su estatus. Shepard pensaba que Joe Russo era una persona insoportable pero, como presidente de la junta escolar, debía mostrarse complaciente con él, dada la enorme cantidad de dinero que donaba al colegio. Su mujer, Adele Russo, había llegado conduciendo el nuevo monovolumen de Bentley, que Shepard sabía que costaba casi trescientos mil dólares.

El otro alumno que había venido con ellos, Gabe Harris,

también era un buen chico, aunque un estudiante mediocre a pesar de sus esfuerzos. Además, era uno de los deportistas estrella del colegio y confiaba en obtener una beca deportiva para acceder a la universidad. Era uno de los pocos estudiantes becados de Saint Ambrose. Al ser el mayor de cuatro hermanos, sus padres estaban invirtiendo mucho en su educación a fin de demostrarles al resto de sus hijos que, si Gabe podía conseguirlo, ellos también.

El padre, Mike Harris, era uno de los mejores entrenadores personales de Nueva York, y la madre, Rachel, regentaba un restaurante. Trabajaban muy duro para que su hijo pudiera estudiar en Saint Ambrose y él se esforzaba mucho para estar a la altura de sus expectativas. Este año jugaría tanto en los equipos de fútbol como de fútbol americano, y también era muy bueno en tenis. Llevaba el pelo cortado a cepillo y tenía las espaldas muy anchas de tanto entrenar con su padre. No era demasiado alto, pero lo compensaba con su porte varonil y unos intensos ojos azules.

En ese momento vieron llegar a Tommy Yee con su padre. Tommy era chinoamericano, un muchacho encantador, educado y muy agradable. Era hijo único y sacaba unas notas impecables. Su padre, Jeff, era dentista en Nueva York, y su madre, Shirley, era presidenta de una prestigiosa empresa de contabilidad. Tommy hablaba con fluidez mandarín y cantonés, y tenía un gran talento para la física y las matemáticas. Además, era un prodigio del violín y tocaba en la orquesta de la escuela. El muchacho confiaba en que lo admitieran en el MIT, y por lo que Taylor había escuchado de sus profesores estaba seguro de que lo conseguiría. También sabía que sus padres le exigían mucho y que solo esperaban lo mejor de él, y que esas exigencias y expectativas no le dejaban mucho tiempo libre para estar con sus amigos.

Shepard dejó a Taylor y a Nicole para ir a buscar a su hijo y ayudarle a instalarse. Sabía que este año le habían asignado una habitación individual y que se alojaba en la misma residencia que algunos de sus compañeros. Shepard le prometió al director que se pasaría para despedirse antes de marcharse. Tenía mucho trabajo que hacer hasta entonces: instalar el aparato de música y el ordenador de Jamie, así como una pequeña nevera que les permitían tener en sus habitaciones a los estudiantes de último año para que pudieran comer o picar algo mientras hacían sus tareas o estudiaban para los exámenes.

Últimamente, los internados se parecían mucho a las universidades. Los estudiantes mayores podían disfrutar casi del mismo grado de libertad e independencia, un privilegio que se ganaba con la edad. La única diferencia era que en el campus no se permitía tener coche propio. Los alumnos solo podían ir al pueblo cercano los fines de semana en bicicleta o a pie, y siempre con un permiso previo.

En el campus eran tratados como adultos, y se esperaba que se comportaran con el cuerpo docente y con los demás alumnos con el debido respeto y decoro. Las drogas y el alcohol estaban totalmente prohibidos, y los escasos incidentes que se habían producido en el pasado habían sido gestionados de forma rápida y expeditiva con la expulsión de los implicados. No había segundas oportunidades cuando se trataba de drogas o alcohol, y la junta escolar apoyaba esta política con firmeza.

La psicóloga del campus, Maxine Bell, mantenía un estrecho contacto con todos los tutores para asegurarse de que no pasaran por alto ningún indicio significativo de depresión o de tendencias suicidas entre el alumnado. Cinco años atrás se había producido un incidente desgarrador con un estudiante que acabó quitándose la vida. Tenía unas notas magníficas y un sólido respaldo familiar, pero sufrió un terrible desengaño amoroso, reaccionó de forma dramática y se ahorcó.

En las dos últimas décadas había habido tres suicidios en

Saint Ambrose, una cifra muy inferior a la de sus competidores. Uno de los internados más prestigiosos había sufrido cuatro suicidios en los últimos dos años. Era algo que preocupaba muchísimo a las instituciones docentes, y Maxine intentaba estar en todos los frentes y relacionarse con el mayor número posible de alumnos. Iba a todos los partidos y a algunos entrenamientos, se pasaba a menudo por la cafetería y conocía a muchos estudiantes por su nombre. Siempre estaba pendiente de la vida cotidiana de Saint Ambrose.

Betty Trapp, la enfermera del colegio, era otra gran fuente de información para Maxine, ya que todos los estudiantes la conocían y acudían a ella cuando se encontraban mal para que los cuidara y mimara. Un médico local venía cuando se le llamaba por algún motivo más serio, y también había un hospital a solo quince kilómetros de distancia, con servicio de transporte en helicóptero hasta Boston. El colegio funcionaba como una máquina bien engrasada y no había razón alguna para pensar que aquello pudiera cambiar con la presencia de las chicas.

Poco después de que Shepard se marchara para ir a buscar a su hijo, Larry Gray salió del edificio de administración para contemplar cómo iban llegando los estudiantes. La escena parecía caótica, aunque en realidad no lo era en absoluto. Ver por allí a las jóvenes alumnas resultaba algo inusual, pero no era una estampa desagradable. Algunos chicos miraban de reojo a sus nuevas compañeras, pero tampoco ellas parecían hablar unas con otras. Estaban demasiado ocupadas descargando los vehículos, discutiendo con sus padres sobre dónde dejar sus cosas y quién se encargaría de transportarlas.

Las madres de las alumnas de primero parecían muy alteradas por tener que separarse de sus niñas. También habían venido muchos padres, que se afanaban transportando los pesados baúles de sus hijas, ayudados de vez en cuando por algún profesor.

—Esta noche, las residencias estarán abarrotadas de secadores y rizadores de pelo —comentó Larry en tono sombrío.

Nicole miró sonriendo al viejo profesor. Después de las reuniones que habían mantenido sobre la llegada de las chicas al campus, ya estaba más que acostumbrada a sus quejas.

—No creo que sea para tanto, Larry —le tranquilizó ella.

En ese momento, todos se fijaron en una preciosa chica que acababa de bajarse del coche de su madre. Habían llegado las dos solas. La joven lucía una larga melena rubia que le caía por la espalda, y sacó un baúl y dos bolsas de viaje con gesto decidido mientras su madre se encargaba de coger algunas cajas. La chica ofrecía una imagen desenvuelta y segura impropia de su edad. Nicole pensó que parecía más una universitaria que una estudiante de último año. Era deslumbrantemente hermosa, como una modelo. Desde su posición elevada fueron testigos de cómo varias cabezas se giraban a su paso, tanto de profesores y de padres como de alumnos. Llevaba unos simples tejanos cortados, una camiseta y zapatillas deportivas.

La joven no prestó la menor atención a las miradas de admiración y siguió hablando con su madre como si tal cosa. Nicole la reconoció de los archivos que había estado revisando: se trataba de Vivienne Walker, una alumna del último curso procedente de Los Ángeles. Sus padres, ella una abogada que acababa de mudarse a Nueva York y él un promotor inmobiliario, estaban en pleno proceso de divorcio.

Vivienne sacaba unas notas excelentes en su antiguo instituto privado de Los Ángeles. Ella y su madre visitaron el colegio en mayo, y la joven había sido una de las últimas estudiantes en ser aceptadas. Resultaba difícil atraer a alumnos que quisieran cambiar de centro en el último año de secundaria, a menos que se debiera a alguna situación extraordinaria o a circunstancias familiares especiales, como en el caso de Vivienne.

Larry observó a la joven y a su madre con expresión adusta. Ella era justo el tipo de alumna que temía, una auténtica belleza que distraería a sus compañeros y acabaría causando, según sus propias palabras, «alguna situación dramática». No había duda al respecto: todos los varones habían reparado en ella, los padres incluso más que los hijos. Recordaba a una Alicia en el País de las Maravillas ya crecida.

—A eso era a lo que me refería —gruñó Larry con el ceño fruncido, y dio media vuelta para entrar en el edificio mientras Nicole y Taylor intercambiaban una sonrisa.

—Lo superará —dijo él con optimismo mientras observaba cómo Adrian Stone llegaba en una limusina con chófer, también procedente de Nueva York.

Adrian era uno de los alumnos más brillantes del colegio. Iba a empezar tercero de secundaria y sus compañeros lo definían como un «empollón». Era muy delgado, con el pelo castaño largo que siempre le caía sobre la cara y unos ojos marrones grandes y tristes. Sufría de asma y ansiedad social, y era una especie de genio informático que diseñaba sus propios programas y aplicaciones. Tenía pocos amigos, si es que tenía alguno, y se pasaba todo el tiempo estudiando o escondido en el aula de informática.

Sus padres, Jack y Liz, ambos psiquiatras, estaban en medio de un traumático proceso de divorcio que había convertido la vida de Adrian en un infierno. No hacían más que demandarse el uno al otro en los tribunales, y el psiquiatra asignado por el juez para velar por los intereses del joven había recomendado hacía dos años que el chico estudiara interno en un colegio para que permaneciera al margen de la batalla judicial. Además, el juez había asignado un abogado *pro bono* para defender los derechos del menor ante sus padres, que le utilizaban como arma arrojadiza entre ellos.

El internado le había ayudado a mejorar en sus estudios y ahora era un poco menos tímido que cuando llegó, aunque, según su tutora y sus maestros, siempre tenía miedo de decir algo que pudiera causar problemas a los demás o a sí mismo.

Sus padres casi nunca iban a visitarle al colegio, y él siempre se mostraba reacio a volver a casa por vacaciones, donde tenía que vivir con cada uno de ellos en días alternos, un arreglo que Adrian detestaba pero que era el único al que sus padres habían accedido. Estaba mejor en el internado. El chófer de la limusina le ayudó a descargar las maletas, una mochila y algunas cajas y a transportarlas hasta su habitación. Como de costumbre, Adrian era el único alumno al que ninguno de sus padres acompañaba en la jornada inaugural.

Taylor se quedó pensativo, meditando sobre la situación del chico, hasta que divisó una furgoneta negra que se dirigía hacia el extremo más alejado del aparcamiento destinado a los estudiantes de último año. Las ventanillas estaban tintadas y solo se veía al conductor y al guardaespaldas que ocupaban los asientos delanteros. Taylor supo al instante quiénes eran.

Un hombre alto, de pelo oscuro y cuerpo atlético, con los hombros anchos y bien proporcionados, saltó de la furgoneta en cuanto el motor se detuvo. Llevaba una camiseta negra, tejanos, botas camperas también negras, una gorra de béisbol y gafas oscuras. Un muchacho igual de alto y apuesto salió detrás de él. Tenía la misma constitución que su padre, una abundante cabellera rubia, y Taylor sabía que sus ojos eran verdes. Detrás del chico apareció una mujer rubia, su madre, vestida también con camiseta, tejanos, una gorra de béisbol y gafas oscuras.

El conductor y el guardaespaldas les ayudaron a descargar la furgoneta, pero luego estos se quedaron junto al vehículo y los padres y el hijo cruzaron el aparcamiento, acarreando todas las cajas hasta una de las mesas de información. Se comportaban de forma sencilla y discreta, sin atraer la atención de los demás, mientras el muchacho saludaba desde la distancia a sus amigos. Nadie se fijó en ellos hasta que de pronto alguien entre la multitud se percató de su presencia.

Nicole miró a Taylor con expresión inquisitiva.

—¿Esos no son...?

Entonces recordó que uno de los estudiantes de último año, Chase Morgan, era hijo del famoso actor Matthew Morgan y de su esposa, Merritt Jones, la actriz más aclamada de las dos últimas décadas, galardonada con dos Oscar y con numerosas nominaciones. Aquel era el cuarto año de Chase en Saint Ambrose, y Taylor siempre decía que nunca había conocido a unos padres mejores que ellos. Estaban totalmente centrados en su hijo, mantenían una actitud discreta para no avergonzarlo y nunca alardeaban de su fama. Venían al colegio para asistir a las funciones importantes y visitaban a su hijo siempre que se lo permitían sus apretadas agendas. No habían pedido ningún privilegio especial para ellos ni para el chico y se reunían con los profesores como cualquier otro progenitor. Cuando en su segundo año Chase se rompió una pierna durante una excursión para esquiar en Vermont, su padre se presentó en solo doce horas y su madre en veinticuatro. Ambos se trasladaron rápidamente desde los lugares donde estaban rodando, Matthew en Londres y Merritt en Nairobi.

Y lo que era aún más destacable: llevaban separados desde hacía más o menos un año, después de que al parecer Matthew tuviera una aventura con una actriz con la que había trabajado, Kristin Harte. La historia había salido en toda la prensa sensacionalista y los paparazzi habían acosado a Merritt durante meses. Se decía que estaban tramitando el divorcio, pero aun así acudían juntos a los eventos importantes del colegio y mantenían a Chase al margen de sus problemas conyugales. Se les veía bien cuando estaban con él; en ese momento, Merritt sostenía un baúl por un extremo y Matthew por el otro mientras charlaban con su hijo.

El mejor amigo de Chase en el campus era Jamie Watts, el hijo de Shepard. Jamie se acercó a ellos rápidamente y les ayudó con el equipaje. Los dos chicos podrían haber pasado por hermanos: ambos eran altos, rubios y guapos, tenían espaldas anchas y cinturas estrechas, y desprendían un aire de confianza y seguridad en sí mismos. Parecían actores o modelos, y además eran grandes deportistas. Daba gusto mirarlos.

Taylor asintió en respuesta a la pregunta inacabada de Nicole sobre los recién llegados.

—Son los padres más agradables con los que he tratado en los diecinueve años que llevo aquí. Son increíblemente amables, discretos y responsables, y Chase es un chico estupendo. Cuando acabe la secundaria quiere matricularse en la UCLA, y luego estudiar artes escénicas en la West Coast o en la escuela Tisch de la Universidad de Nueva York. Sus padres se pasan la vida viajando y querían que cursara la secundaria en un instituto del Este. No solo es un gran estudiante y un magnífico deportista, sino también un chaval fantástico, al igual que Jamie, el hijo de Shepard.

Nicole sabía que, además de actor, Matthew Morgan era también productor y director. Por su antigua escuela pasaron algunos padres de cierto renombre, pero debía admitir que le impresionaba ver a los Morgan abriéndose paso entre la multitud, y además comportándose de una manera tan discreta. Su presencia allí resultaba tan inesperada que nadie les prestaba la menor atención, aunque de vez en cuando alguien se quedaba impactado al reconocerles.

Ambos intentaban que su vida profesional afectara lo menos posible a su hijo. Viéndolos allí juntos, nadie adivinaría que Matthew vivía con otra mujer y que él y Merritt estaban a punto de divorciarse. Daban la impresión de ser una familia más. A lo largo de su trayectoria como director del colegio, Taylor había sido testigo de algunos divorcios muy traumáticos, pero este no parecía ser el caso.

A las diez y media ya se habían asignado todos los alojamientos. Los estudiantes estaban instalándose en sus habitaciones ayudados por sus padres, quienes, cuando era preciso, les echaban una mano a las madres que habían venido solas.

Gillian Marks, junto con dos de sus ayudantes, intentaba orientar a las chicas de primero. La mayoría de ellas habían venido con sus propias perchas, toallas, ropa de cama y productos de aseo, y había montones de cajas vacías por todas partes. Larry Gray no había andado muy desencaminado: todas las alumnas de primero habían traído sus secadores, rizadores y alisadores de pelo. La residencia femenina parecía una gran peluquería un tanto descontrolada, con todo tipo de champús, acondicionadores especiales, geles corporales y lociones faciales ocupando prácticamente todas las superficies de los cuartos de baño.

A las doce del mediodía todos los estudiantes debían estar en la cafetería, donde se habían reorganizado las mesas de modo que el cuerpo docente pudiera inaugurar oficialmente el nuevo curso escolar. En cuanto estuvieron todos sentados en la sala, un tanto apretujados, Taylor Houghton pronunció un breve discurso para dar la bienvenida a los nuevos y los antiguos alumnos, y también a las estudiantes femeninas. Sus palabras fueron recibidas con una algarabía de vítores y silbidos, mientras Larry Gray permanecía allí plantado con aspecto de haberse tragado alguna fruta amarga.

Taylor alzó una mano para acallarlos y procedió a presentar a los miembros del profesorado para, finalmente, desear a todos que disfrutaran de un feliz almuerzo. El ruido en la cafetería se tornó ensordecedor, aunque no más que en cualquiera de las anteriores jornadas inaugurales.

A la una y media comenzó lo que Maxine denominaba el «valle de lágrimas». Era el momento en que los progenitores tenían que marcharse. Los padres y madres de los nuevos alumnos siempre lloraban al despedirse, y en esta ocasión también lo hicieron las chicas de primero. A las dos menos cuarto, cada grupo debía estar en la sesión de orientación, donde se les proporcionaba la lista de asignaturas y profesores, así como el nombre de sus tutores, y a las dos y media tenían ya su primera clase. El curso académico estaba en marcha.

Durante la presentación en la cafetería, Gillian Marks recordó a los estudiantes que las pruebas para formar los equipos deportivos empezarían a las seis de la mañana siguiente. Todos ellos tenían una lista que indicaba dónde y cuándo tendrían lugar. También disponían de otra lista de los clubes a los que podrían apuntarse en las próximas semanas y de las salidas especiales que se llevarían a cabo a lo largo del año. Gillian añadió que las excursiones a esquiar a New Hampshire y Vermont se completaban enseguida, y les urgió a inscribirse lo antes posible.

Una hora después de que los padres se hubieran marchado, los estudiantes estaban tan inmersos en sus tareas académicas que apenas tuvieron tiempo de echarles de menos. Y a la hora de la cena, que solía realizarse en tres turnos, estaban ya absolutamente entretenidos, socializando entre ellos, cotilleando sobre los profesores, hablando sobre las clases, poniéndose al día con los viejos amigos y haciendo nuevas amistades.

Como de costumbre, Jamie Watts y Chase Morgan se sentaron a la misma mesa. Poco después se les unió Steve Babson, y algo más tarde se acercó Tommy Yee, cargado con el estuche de violín del que nunca se separaba. Al cumplir dieciséis años, su abuelo de Shangai le había regalado un valiosísimo violín fabricado por Joseph Gagliano. Iba con él a todas partes y al principio sus compañeros se burlaban de ello, pero ahora ya nadie se extrañaba de que el muchacho cargara con el estuche incluso a la hora de las comidas.

—¿Has pasado un buen verano, Tommy? —le preguntó Jamie.

—He ido a Shangai a visitar a mis abuelos. Me hacían practicar tres horas diarias con el violín. —Puso los ojos en blanco y luego sonrió.

Comentó que después de la cena pensaba ir a las pruebas para la banda de música, y que el próximo fin de semana se reuniría el club de teatro, que este año sería mucho más interesante ya que en las representaciones también habría chicas.

—¿Cómo lo estás llevando? —le preguntó Simon a Gillian mientras se servían la comida en las bandejas y se acomodaban en la misma mesa.

—Me siento como si la residencia de las chicas se hubiera convertido en un gran salón de peluquería, pero no se lo digas a Larry Gray —respondió sonriendo. Se había servido una chuleta de cordero y una ración doble de judías verdes, mientras que él iba a cenar lasaña. A pesar de que el colegio tenía que alimentar a cerca de mil personas tres veces al día, la comida era sorprendentemente buena—. Por lo visto, esas hermosas y revueltas melenas que parecen tan naturales, como si acabaran de levantarse de la cama, requieren un montón de cuidados y productos capilares. —Gillian llevaba el cabello muy corto. Ser la directora deportiva no le dejaba tiempo para preocuparse de esas cosas—. Y los alumnos me caen muy bien, se ve que son buenos chicos. Y a ti, ¿cómo te ha ido el día? —le preguntó a Simon.

—Muy ajetreado, de locos. Y seguirá así durante las próximas semanas. Tengo que tutelar al doble de estudiantes que el año pasado, y la mitad son chicas.

—Mañana tenemos que empezar las pruebas de selección para los equipos. Va a ser una auténtica locura. Tengo que estar en mi despacho a las cinco de la mañana.

—Yo haré las pruebas para el equipo de fútbol dentro de dos días. —Entonces Simon la miró con gesto serio—. Al trabajar en un internado, ¿no echas nunca de menos llevar una vida normal?

Ella se quedó pensativa durante un rato y luego negó con la cabeza.

—La verdad es que no. Toda mi vida ha sido más o menos así. Durante años estuve entrenando para los Juegos Olímpicos, y después volví a participar por segunda vez. De niña también fui a un internado, ya que mis padres viajaban constantemente. Mi padre trabajaba para compañías petroleras afincadas en Oriente Medio y mi madre le acompañaba. Yo siempre estaba entrenando para algún equipo en el instituto y en la universidad, así que al final me decanté por lo que mejor conocía. Llevo diez años enseñando educación física en internados. Resulta muy agradable vivir en una comunidad. Nunca te sientes sola —concluyó con una sonrisa. Se notaba que era feliz y que amaba su trabajo—. ¿Qué me dices de ti?

—Hasta hace un año estuve dando clases en un elegante instituto para niños ricos de Nueva York. Después de acabar la universidad viví un par de años en Francia e Italia, y luego empecé a trabajar de profesor en Nueva York. Vivía en el SoHo y pensaba que llevaba una buena vida. Pero entonces rompí con mi novia y dejé el apartamento, y me planteé probar a dar clases aquí. Me gustó mucho, y también me entusiasmó la experiencia de formar parte del proceso de transición a la enseñanza mixta, de modo que decidí seguir este año. Sin embargo, en ocasiones echo de menos vivir por mi cuenta en Nueva York, salir por las noches y hacer lo que me apetezca los fines de semana.

—Lo superarás. Por lo que a mí respecta, creo que ya no sabría llevar ese tipo de vida. Este sistema me funciona bien. En cierto modo, es como si no hubiéramos crecido, como si siguiéramos siendo unos jovencitos.

—Ya, pero ellos se gradúan y nosotros seguimos aquí. Creo que me quedaré un par de años y luego ya veré lo que hago.

—Para entonces ya no querrás volver a Nueva York. Esta

vida es adictiva —predijo Gillian, como si supiera muy bien de lo que estaba hablando.

—¿Qué sueles hacer en verano? —preguntó Simon. Sentía curiosidad por ella.

—Trabajo en un campamento femenino de adiestramiento físico en Baja California —respondió Gillian con una amplia sonrisa—. Son mujeres duras que están en muy buena forma y que esperan que les meta caña. Muchas de ellas son actrices de Los Ángeles.

—Eres una auténtica masoquista —repuso él, bromeando.

Tras la cena, Gillian quería volver a la residencia para ver cómo se estaban adaptando las alumnas de primero a su cargo. Hasta el momento, parecía que las chicas y los chicos no se estaban mezclando demasiado. Cada grupo se relacionaba con los de su propio sexo, mientras que los alumnos veteranos se reunían con sus amigos de años anteriores.

Gillian se había fijado en que cuando Vivienne Walker entró en la cafetería, Chase y Jamie la habían invitado a unirse a ellos, pero ella declinó educadamente y fue a sentarse con las alumnas de último año que estaban en una mesa del fondo, empezando a conocerse entre ellas. La dinámica de las relaciones resultaba fascinante, y, al contrario de lo que había predicho Larry Gray, el colegio no se había convertido aún en Sodoma y Gomorra. Y tampoco había la menor señal de que eso fuera a ocurrir. Los chicos y las chicas apenas se prestaban atención entre ellos, salvo por alguna mirada ocasional.

Simon regresó a la residencia masculina de primero y Gillian al nuevo edificio de las chicas, donde algunas se quejaron de que no había agua caliente. La directora deportiva informó al personal de mantenimiento. Todo el alumnado debía estar en sus dormitorios a las nueve de la noche y las luces se apagaban a las diez. Al día siguiente conocerían las maravillas de la moderna biblioteca del centro, provista de las últimas tecnologías.

A las diez y media, Gillian estaba profundamente dormida y no se enteró de nada hasta que el despertador sonó a las cuatro de la madrugada. Se duchó con agua fría, ya que aún no funcionaba la caldera, y volvió a dejar un mensaje al personal de mantenimiento. Después se encaminó a través del campus hasta su despacho, donde llegó a las cinco en punto para iniciar la jornada. Se preparó una taza de café, se calentó unas gachas de avena en el microondas y repasó la lista de los estudiantes que se habían apuntado para las pruebas.

Sobre las seis, cuando comenzaron a llegar, ya estaba preparada para recibirles. Las primeras pruebas eran para formar el equipo de natación masculino de primero. Estaba deseando empezar a trabajar con los chicos, y de la única cosa que estaba segura era de que tenía el mejor trabajo del mundo.

2

En su primera noche, Vivienne Walker permaneció despierta hasta medianoche, intercambiando mensajes y hablando por FaceTime con sus amigas de Los Ángeles. Había roto con su novio ese verano, antes de marcharse a la costa Este, ya que ninguno de los dos estaba dispuesto a asumir la responsabilidad y la carga de una relación a distancia, con la universidad cerniéndose también sobre su futuro al cabo de solo un año. A ambos les parecía una situación demasiado complicada y no habían vuelto a ponerse en contacto desde que ella se marchó.

Pero Vivienne echaba de menos a sus dos mejores amigas, Lana y Zoe, con las que había ido a la escuela desde segundo de primaria. Le resultaba muy extraño estar sin ellas. Se autodenominaban las Tres Mosqueteras. Los padres de Lana eran productores de televisión y se habían divorciado cuando ella tenía diez años. Fue un gran apoyo para Vivienne cuando sus padres se separaron, repitiéndole que todo iría bien.

Los padres de Zoe eran los únicos que seguían juntos. Él era abogado, como la madre de Vivienne, y ella trabajaba como representante de actores. Las tres amigas eran inseparables y Vivienne se sentía perdida sin ellas. Había conocido a las otras siete alumnas del último curso, pero le habían parecido bastante presuntuosas. Prefería a sus amigas de Los Ángeles.

Las nuevas alumnas de Saint Ambrose parecían estar allí porque no les había quedado más remedio. Tres de ellas eran hijas de padres divorciados que no se habían puesto de acuerdo sobre los términos de la custodia, así que el internado había sido la solución más sencilla. Otra había suplicado estudiar como interna porque detestaba a su nuevo padrastro y quería estar lo más alejada posible de su casa. Afirmaba que su madre se comportaba como una tonta cuando estaba con él y que le hacía caso en todo lo que decía. Iban a tener un bebé para Navidad y no quería estar cerca cuando eso pasara, de modo que había optado por el internado.

Dos de las nuevas alumnas habían llegado recientemente a la costa Este —los padres de una a Boston y los de la otra a Nueva York—, y como de todos modos tenían que ir a un nuevo colegio, les había parecido bien el Saint Ambrose. Y otra de las chicas había explicado que discutía constantemente con sus padres a causa de su novio, quien, además, se llevaba también muy mal con sus propios padres y le habían enviado a un internado cercano, así que ella había decidido matricularse en Saint Ambrose. Los dos habían pensado enviar solicitudes a las mismas universidades y esperaban que les aceptaran a ambos en alguna para poder volver a estar juntos.

Las siete compañeras se mostraron muy agradables con Vivienne, pero todavía era pronto para tener demasiada intimidad con ninguna y tampoco le había interesado especialmente ninguno de los chicos.

Su madre, Nancy Walker, era la que decidió que se marcharan las dos a Nueva York. Vivienne habría preferido quedarse en Los Ángeles con su padre, pero este tuvo que aceptar de mala gana que su hija se trasladara durante un año a la costa Este. Había acabado cediendo porque Nancy le había convencido de que la experiencia le iría muy bien a Vivienne, y que la gran reputación del colegio le permitiría acceder a una buena universidad.

Sin embargo, lo único que ella quería era regresar a Los Ángeles. Solo pensaba enviar solicitudes a universidades californianas, como la UCLA, la USC y la de Santa Bárbara, y como muy lejos a la San Francisco. No tenía intención de quedarse en Nueva York al acabar la secundaria. Al menos, cuando fuera a visitar a su padre podría ver a Lana y a Zoe. Ya estaba deseando que llegaran las vacaciones de Navidad para poder verlos a los tres.

Sus padres no le habían contado la razón de su divorcio, pero la separación había sido muy repentina y estaba claro que ahora su madre odiaba a su padre. Vivienne era consciente de que él debía de haberle hecho algo muy grave para que ella reaccionara con tanta vehemencia. Nancy había solicitado el divorcio, había dejado su puesto en el bufete y, después de conseguir un nuevo trabajo en Nueva York, se habían mudado.

A Vivienne le decepcionó que su padre no luchara más para conseguir que se quedara con él. La llamaba todas las noches y ella le aseguraba que le gustaba la nueva escuela. Tampoco es que le disgustara, pero tenía la impresión de que muchos estudiantes se mostraban un tanto fríos y arrogantes. La mayoría eran de la costa Este, y todos los alumnos de último curso con los que había hablado llevaban estudiando allí desde hacía tres años. Al menos, las demás chicas eran nuevas como ella, así que no tendría que lidiar con ningún círculo cerrado de amigas que llevaran juntas toda la secundaria. Su madre le había hecho notar que eso era una ventaja.

El primer día de clase había visto a dos chicos que le parecieron muy guapos, Jamie Watts y Chase Morgan. La invitaron a sentarse a su mesa en la cafetería, pero ella no quería que pensaran que era una chica demasiado fácil o que estaba coladita por ellos. Una de sus nuevas compañeras le dijo que los padres de Chase eran estrellas de cine, pero a Vivienne eso le importaba muy poco. En su antiguo instituto había muchos hijos de actores famosos, y en casa de Zoe había conocido a varias estrellas a las que su madre representaba, de modo que aquello no la impresionó tanto como al resto de las chicas.

Jamie le parecía muy simpático. En la primera clase de aquel segundo día, la de estudios sociales, se sentó junto a ella y luego la acompañó hasta la clase de matemáticas. Le caía muy bien. Además era muy guapo, pero Vivienne no estaba buscando novio. Acababa de salir de una relación y necesitaba airearse un poco antes de meterse en otra. Echaba de menos tener coche, aunque tampoco había ningún sitio al que ir. Por lo que había podido ver, el colegio se encontraba en medio de ninguna parte.

—¿De qué parte de California eres? —le preguntó Jamie mientras la acompañaba a la clase de matemáticas.

A Vivienne le gustaban sus ojos azules y su cabello rubio y rizado. Era más agradable y simpático que Chase, que parecía más distante.

—De Los Ángeles —respondió ella.

Resultaba fácil hablar con él. Vivienne se fijó en que los demás les observaban mientras caminaban juntos.

—Chase también es de Los Ángeles, pero lleva aquí desde primero de secundaria —le explicó, aunque ella ya lo sabía.

—Yo quiero volver allí después de graduarme. Solo pienso enviar solicitudes a universidades de California.

—Él también, a cualquiera menos a la Universidad de Nueva York. Yo voy a intentar que me admitan en Yale. A mi padre le daría algo si no entrara. Todos los hombres de mi familia han estudiado allí.

—¿Tus notas son lo bastante buenas? —preguntó ella con curiosidad.

—No siempre. —Él sonrió con una mirada pícara, casi infantil.

Vivienne se había dado cuenta de que los chicos parecían mucho más jóvenes que ellas. La mayoría parecían más niños que adultos. Jamie le recordaba un poco a su exnovio, aunque tampoco es que se parecieran demasiado. Habían salido juntos desde los quince hasta los diecisiete años, pero la relación se había estancado y ambos habían decidido de mutuo acuerdo que era el momento de dejarlo. Eran demasiado jóvenes, y a esa edad dos años era mucho tiempo.

—¿Vas a hacer pruebas para entrar en algún equipo? —le preguntó Jamie.

—Esta tarde me presentaré a las de voleibol.

—Yo estoy en el equipo de natación, y también voy a intentar entrar en el de fútbol del señor Edwards. Es un buen tipo. Empezó a trabajar aquí el año pasado.

Vivienne volvió a ver a Jamie cuando fue al mediodía a la cafetería. Tenían el mismo turno de comidas, y esta vez sí aceptó sentarse a la mesa con él y con Chase. Se fijó en que este último no dejó de observarla durante todo el almuerzo, aunque se mostró muy reservado y no habló demasiado.

Vivienne tenía la siguiente clase antes que ellos, y cuando se levantó de la mesa y se alejó se dio cuenta de que los chicos empezaron a charlar animadamente entre ellos. Se preguntó si estarían hablando de ella. Luego vio que se les unía un muchacho de rasgos asiáticos que llevaba un estuche de violín. Pero ella ya estaba saliendo de la cafetería y se fue a su clase.

Por la tarde se presentó a las pruebas para el equipo de voleibol y la aceptaron. No había chicas suficientes, así que no les quedó otra opción que recurrir también a algunas alumnas de tercero.

Al final de la tarde, Simon Edwards se encontró en la sala de profesores con Henry Blanchard. Este también enseñaba matemáticas y había trabajado durante la mayor parte de su carrera docente en internados mixtos. Al verle, Simon se acercó a él.

—Muy bien, cuéntame el truco. ¿Cómo puedo conseguir que me escuchen? Los alumnos de mi clase están atontados con las chicas, se quedan hipnotizados contemplándolas y luego se quedan mirando al infinito. No me escuchan, ni siquiera miran a la pizarra —se quejó Simon, exasperado.

Henry se echó a reír.

—Tienes que darles tiempo. Es la novedad. Estás tratando con chavales de quince años. No pueden pensar en otra cosa que no sea en meterles mano a esas chicas. Solo que, si tuvieran la oportunidad de hacerlo realmente, saldrían corriendo despavoridos. Para ellos es como estar viviendo una fantasía, pero acabarán aburriéndose de la novedad y dejarán de quedarse embobados mirándolas. Al final las verán como a unas compañeras de clase más. Dales unas pocas semanas, puede que un mes, y ni siquiera se fijarán en ellas.

—Ahora mismo podría cantar el himno nacional en calzoncillos y ninguno de ellos se daría cuenta. Podría hablarles en suajili o insultarles a la cara.

—Pruébalo. Es posible que te sientas mejor. Pero hagas lo que hagas, dentro de unas semanas se relajarán y volverán a escucharte. Sobre todo cuando vean que sus notas empiezan a bajar.

—Cuando enseñaba en el instituto mixto de Nueva York nunca se comportaban así. En el internado todo se magnifica.

—Eso ocurre porque no pueden distanciarse unos de otros. Por las noches no pueden marcharse a casa con sus padres, sus hermanos o sus otros amigos. Tienen que convivir juntos, y para los chicos de esa edad resulta muy confuso y excitante. Para ellos todo es nuevo. Pero acabarán cansándose. Confía en mí. Tan solo dales un poco de manga ancha durante unas semanas, hasta que la cosa se calme.

Aquellas palabras tranquilizaron a Simon mientras volvía a su residencia.

Tanto chicos como chicas llevaban uniformes escolares. Y no es que el de ellas fuera un modelo muy sugerente, pero Simon había notado que algunas sabían darle su toque personal y llevaban la falda un poco más corta. Las que lo hacían eran sobre todo las que iban a las clases en bicicleta, y por lo general solían ponerse shorts debajo del uniforme.

Mientras pensaba en ello, Vivienne Walker pasó junto a él montada en su bici. En ese momento, una ligera brisa agitó su falda. Simon pudo ver que también llevaba shorts, pero en lo que más se fijó fue en sus largas y hermosas piernas. Por un instante se olvidó de quién era y de dónde estaba, y de pronto comprendió cómo se sentían sus alumnos. ¿Cómo se podían ignorar unas piernas como esas, o incluso acostumbrarse a tenerlas cerca? Tuvo que obligarse a recordar que ella era una estudiante de diecisiete años y él un profesor que no debería estar admirando sus piernas, aunque costaba mucho no hacerlo con una joven como aquella.

Sintió compasión por sus alumnos varones, cuyas hormonas se verían revolucionadas por la presencia de ciento cuarenta chicas de su edad viviendo en el mismo lugar y en estrecha compañía.

Más tarde se lo comentó a Gillian. La directora deportiva se echó a reír y le dijo que pensaba machacar tanto a los chicos en los entrenamientos que no tendrían tiempo ni energías para pensar en otra cosa. No obstante, Simon tuvo que reconocerse a sí mismo que si él ya veía como mujeres a las jóvenes de los cursos superiores, no le extrañaba que sus alumnos las encontraran tan seductoras y fascinantes.

El sábado, durante el picnic comunitario en el que se reunía todo el colegio, Simon se fijó en que chicos y chicas seguían sin apenas mezclarse. Dos días antes había realizado las pruebas para seleccionar el equipo de fútbol. Barajaron la posibilidad de formar un equipo femenino, pero se habían apuntado muy pocas chicas. También reparó en que la biblioteca estuvo llena durante todo el fin de semana, lo que indicaba que ya habían empezado a estudiar en serio.

Pese a la predicción de Henry de que el proceso de adaptación duraría varias semanas, el lunes los chicos se comportaban ya con bastante cordura. Seguían mirando a sus compañeras de vez en cuando, pero también prestaban atención a la clase, lo cual supuso un gran alivio.

Al lunes siguiente, tan solo una semana después, las cosas transcurrían con total normalidad. Todos los estudiantes entregaban sus trabajos a tiempo y los que formaban parte de algún equipo acudían puntuales a sus entrenamientos. Unos cuantos se habían apuntado a algunos clubes, otros se lo seguían pensando. Los chicos entablaban amistades y por lo general formaban sus grupitos, al igual que las chicas. Todavía no habían empezado a integrarse del todo. Parecían observarse unos a otros desde la distancia.

A pesar de todo eso, Simon vio varias veces a Vivienne paseando con Jamie por el campus, simplemente caminando y charlando, sin cogerse de la mano. En otra ocasión la vio con Chase Morgan dirigiéndose a la biblioteca, aunque lo más probable era que eso no significara nada. Aún no había visto ningún indicio de romance en el campus. Era demasiado pronto. Por el momento, solo eran compañeros de clase.

Los alumnos de primero eran demasiado tímidos, y los del último curso demasiado prudentes. Los de segundo eran más despreocupados y sociables, mientras que los de tercero, como solía ocurrir en todos los centros de secundaria, se mostraban más preocupados por el curso académico que tenían por delante y por cómo afectaría a su futura elección de universidad.

Hacia el final de la cuarta semana, Gillian y sus dos ayudantes ya estaban trabajando a pleno rendimiento con sus equipos masculinos y femeninos, y todo el alumnado acudía a ver los partidos cuando competían contra otros colegios. Vivienne era una de las mejores jugadoras del equipo de voleibol, como lo había sido en su antiguo instituto de Los Ángeles.

Simon también estaba ocupado escribiendo las cartas de recomendación que los estudiantes del último año le habían pedido para acompañar a sus solicitudes de ingreso en la universidad. Todos estaban muy nerviosos pensando en cuáles les aceptarían, salvo algunos como Jamie Watts y Tommy Yee, convencidos de que conseguirían entrar en cualquier facultad, y también quizá Chase Morgan. Pero, en general, era un período de mucha incertidumbre para todos ellos.

Aparte de eso, Simon disfrutaba de su labor con el equipo de fútbol, algo que se le daba bastante bien después de lo que aprendió durante los dos años que estuvo en Francia e Italia. Gillian le agradecía mucho su ayuda, ya que estaba atareadísima entrenando a los diversos equipos masculinos y femeninos que tenía a su cargo.

Para gran sorpresa de todos, a mediados de octubre parecía como si el colegio siempre hubiera sido mixto. Como había vaticinado Henry Blanchard, las clases habían recuperado la normalidad. Los chicos ya no se quedaban mirando embobados a sus compañeras y prestaban atención y escuchaban a los profesores. Chicos y chicas habían empezado a bromear entre ellos en la cafetería, en el campus o en el gimnasio, como harían los chavales de cualquier instituto, y ya no se comportaban como alienígenas que acabaran de llegar de dos planetas diferentes.

Simon disfrutaba dando clase. Que hubiera alumnos de distinto sexo en la misma aula suponía un desafío para todos ellos, al tiempo que les proporcionaba equilibrio y cierta dosis de realidad. Y Gillian continuaba diciendo que le encantaba su trabajo, así que por el momento todo iba como la seda.

En la tercera semana de octubre se celebró el fin de semana anual con los padres, e incluso estos notaron ya la naturalidad con la que se relacionaban todos los estudiantes, lo bien que parecían sentirse unos con otros en sincera camaradería y el ambiente tan agradable que reinaba.

Aunque la mayoría de los padres intentaban asistir al evento, había muchos que no podían acudir por causas de fuerza mayor, algo que siempre hacía sentirse más solos a sus hijos. Para tratar de compensarlo en parte, otros padres les pedían a los amigos de sus hijos que se unieran a ellos. Ninguno de los progenitores de Chase había podido venir, ya que ambos estaban rodando, de modo que los padres de Jamie le pidieron que los acompañara cuando salieron a cenar fuera del campus, algo que estaba permitido ese fin de semana especial.

El padre de Steve Babson tampoco había venido. Nunca lo hacía. Su madre le dijo que estaba de guardia, pero él siempre ponía alguna excusa. Ella sí que acudió, pero se la veía muy nerviosa y alterada. Llevó a su hijo a cenar fuera, se tomó un cóctel y luego tres copas de vino, y Steve, que tenía carnet de conducir, tuvo que llevarla de vuelta a su hotel en el coche. Después regresó a pie al internado. Esperaba que nadie en el restaurante se hubiera dado cuenta de lo mucho que había bebido su madre. Era el que quedaba más cerca del colegio y el único al que los padres podían llevar a sus hijos, y esa noche estaba abarrotado de estudiantes de Saint Ambrose y sus familias.

Los padres de Tommy Yee también habían venido pero, como de costumbre, se mantuvieron apartados de los demás. Habían traído una lista de los profesores con los que querían hablar, y consiguieron hacerlo con cada uno de ellos durante unos minutos, aunque ese no era el propósito del fin de semana con los padres. El objetivo era que estos pudieran tener una percepción de cómo sus hijos pasaban el tiempo fuera de las aulas. Tommy decía que lo único que les preocupaba a sus padres eran sus estudios y las notas que sacaba, que hasta el momento siempre habían sido excelentes. Pero eso nunca era suficiente para ellos. Lo que esperaban era que fuera el mejor en todas las asignaturas.

El padre de Gabe Harris tuvo una larga charla con Gillian sobre el rendimiento de su hijo en los equipos en los que participaba, y sobre si consideraba que eran los apropiados para él. La madre no había podido tomarse el día libre en el restaurante que regentaba y se había quedado en Nueva York cuidando de los hermanos menores de Gabe.

Mike Harris tampoco se esforzó por relacionarse con los demás padres; se sentía fuera de lugar con ellos. Se pasó todo el rato a solas con su hijo, hablando sobre las universidades a las que debería enviar la solicitud y sobre cuáles eran las que ofrecían mejores becas deportivas, algo que había estado investigando a fondo.

El señor y la señora Russo se presentaron con toda la parafernalia habitual, exageradamente emperifollados y exhibiéndose de forma tan estridente y ostentosa como siempre. Joe Russo llegó al volante de un flamante Ferrari rojo, y Adele llevaba una estrafalaria chaqueta de visón rosa, tejanos y tacón de aguja. Como de costumbre, Joe se aseguró de que todo el mundo se enterara de cuánto dinero había donado al colegio. Cuando estaban allí, parecía como si Rick quisiera que se lo tragara la tierra. Las visitas de sus padres siempre le mortificaban, odiaba que alardearan en todo momento del dinero que tenían. A diferencia de ellos, Rick se comportaba de la manera más discreta posible, o al menos lo intentaba.

La madre de Vivienne, Nancy, llegó conduciendo desde Nueva York, pero el padre canceló su visita en el último momento. Chris Walker le había prometido a su hija venir desde

Los Ángeles, pero le había surgido una reunión inesperada a la que no podía faltar. Aunque se notaba cierta tensión entre madre e hija, la mujer se mostró muy impresionada por el ambiente que reinaba en el colegio. Le comentó a Vivienne que a su padre también le habría gustado mucho y lamentaba que no pudiera estar allí para verlo. Nunca decía nada abiertamente desagradable sobre el padre de Vivienne, aunque se notaba lo enfadada y dolida que seguía con él. De hecho, Nancy insinuó que la reunión que le había impedido asistir era probablemente una excusa y que lo más seguro era que estuviera con su novia.

Vivienne aún no la conocía y Chris apenas le había hablado de ella. La amargura del proceso de divorcio seguía muy latente y la joven dudaba de que llegara a desaparecer algún día. Pese a todo, su madre continuaba negándose a hablar de ello. Fuera cual fuese la razón de la ausencia de su padre, Vivienne lamentaba que no hubiera podido asistir. Y no iba a poder verlo hasta Navidad, ya que pasaría Acción de Gracias con su madre en Nueva York.

Chasc y Jamie se acercaron a Vivienne y esta se los presentó a su madre. Los muchachos se mostraron muy educados. Chase dijo que también era de Los Ángeles y Jamie le presentó a sus padres, que estaban por allí cerca. Charlaron durante unos minutos, y más tarde Nancy le preguntó a su hija si estaba interesada en alguno de ellos.

—Son solo amigos, mamá —le respondió Vivienne, evasiva.

—Parece que les gustas mucho —repuso su madre, aunque era consciente de que su hija producía ese efecto en hombres de todas las edades.

Era algo en lo que Vivienne apenas se fijaba. Durante dos años había sido fiel a su novio, y ahora no tenía el menor interés romántico por ningún chico. Le dijo a su madre que no quería volver a implicarse en ninguna relación seria.

—Hay solo ocho chicas de último año para ciento ochenta y seis alumnos, mamá. No tienen a nadie más por quien sentirse atraídos.

Vivienne restó importancia a la atención que pudiera suscitar en ellos, aunque su madre pensaba que eran unos jóvenes muy guapos y educados. Y se quedó aún más impresionada cuando se enteró de quiénes eran los padres de Chase.

Hasta que las alumnas de primero que acababan de entrar se graduaran al cabo de cuatro años no habría una promoción completa de chicas, por lo que los estudiantes del último curso tenían muy poco donde elegir. Sin embargo, Vivienne no buscaba ninguna relación romántica. Todavía seguía adaptándose a la nueva escuela, y en lo único en lo que podía pensar era en volver cuanto antes a California y empezar la universidad.

Dedicaba los fines de semana a rellenar las solicitudes de ingreso, aunque aún no había decidido a quién entregárselas. Todavía no tenía suficiente confianza con ninguno de los profesores, y desde que empezó el curso solo se había reunido una vez con su tutora, Charity Houghton, la esposa del director. Vivienne ya estaba escribiendo las redacciones que acompañarían a las solicitudes, ya que quería acabar todo el proceso antes de volver a Los Ángeles por Navidad y así tener tiempo para poder estar con sus amigas. Zoe y Lana estaban deseando verla, y las tres seguían quedando por FaceTime casi todas las noches.

Había entablado amistad con una chica de su residencia, Mary Beth Lawson. Era de Washington y sus padres trabajaban para el gobierno. No dio muchos detalles sobre a qué se dedicaban concretamente, y Vivienne se preguntó si serían agentes de la CIA. Todas las noches se veían un rato en la habitación de la una o de la otra. A Vivienne le caía muy bien, aunque todavía no tenían una relación de amistad muy íntima. No era como con Zoe y Lana, a las que conocía desde la infancia y con las que había ido a la escuela desde los siete años.

Adrian Stone se pasó la mayor parte del fin de semana en su habitación. Como de costumbre, ninguno de sus padres había venido. Se negaban a estar juntos en el mismo lugar y no se ponían de acuerdo sobre cuál de ellos debía ir al colegio, de modo que al final no iba ninguno. En el fondo, a Adrian no le importaba. Se pasó casi todo el tiempo en la sala de informática o encerrado en su dormitorio.

Todo estaba muy tranquilo; sus compañeros estaban fuera y él se sentía mejor solo. No tenía que hablar con nadie ni inventar excusas para justificar la ausencia de sus padres, algo que tenía que hacer a menudo. Nadie le echó en falta, lo cual era un alivio. Como no quería tener problemas por no asistir al gran almuerzo del sábado ni al *brunch* del domingo, fue a la cafetería después de que todo el mundo se hubiera marchado. Le dijo al personal de cocina que tenía gripe y que sus padres no habían podido venir y le prepararon una bandeja para llevársela a su habitación.

El domingo por la tarde se celebró en el campus una competición de sogatira, con los padres y los profesores en un extremo de la cuerda y los estudiantes en el otro. Como siempre, ganaron estos últimos. Luego los padres empezaron a marcharse. Las despedidas resultaron mucho más fáciles que el primer día de escuela, ya que todos volverían a verse dentro de cinco semanas para Acción de Gracias. Los estudiantes pasarían una semana entera en casa, algo que todos estaban deseando.

Los padres de Chase estarían rodando durante esas fechas, así que él pasaría esos días con Steve Babson en Nueva York. Chase estaba tan acostumbrado que no le molestaba.

Y aunque sus padres tenían un apartamento en Manhattan, no le permitían quedarse solo en él.

Los padres se marcharon muy satisfechos el domingo por la tarde tras comprobar que sus hijos estaban felices y contentos y que el colegio se había adaptado muy bien a un cambio tan importante. La presencia femenina había añadido un toque más ligero y festivo al ambiente en el campus, y los padres de las chicas parecían complacidos de que las hubieran aceptado tan bien. Había sido un fin de semana estupendo. Había hecho un tiempo magnífico y las hojas de los árboles refulgían con sus colores otoñales. Todo había salido perfecto.

—Diría que ha sido uno de los mejores fines de semana de los padres que hemos tenido nunca —le comentó Taylor a Nicole mientras se dirigían a la casa que el colegio ponía a disposición del director.

Su esposa, Charity, también había estado muy ocupada esos días. Y Ellen Watts, como presidenta de la asociación de padres, había intentado conocer al mayor número posible de progenitores de las nuevas alumnas a fin de reconocer al menos sus caras en futuras reuniones, y había disfrutado mucho hablando con algunos de ellos. Todos coincidían en que la presencia femenina había introducido cambios sutiles pero significativos. El colegio parecía en cierto modo más equilibrado, a pesar de que había muchas menos chicas que chicos. Sin embargo, ahora era más representativo del mundo real. La anterior atmósfera masculina resultaba demasiado intensa.

—Es un grupo de padres bastante impresionante —comentó Nicole a su vez.

Ella también había disfrutado mucho del fin de semana. No le sorprendió la escasa diversidad racial que había visto en el campus, algo de lo que ya era consciente antes de empezar a trabajar en Saint Ambrose. En su anterior internado también había sido así. Había solo unos cuarenta alumnos afroamericanos en todo el cuerpo estudiantil, y sus padres eran todos médicos, abogados o directores de bancos. El proceso de integración se había iniciado hacía solo unos diez o quince años. Antes de eso, no había la menor diversidad racial en los colegios elitistas de este tipo, y Saint Ambrose nunca había pretendido ser otra cosa que un colegio elitista.

Veinte años atrás, ninguna de esas cuarenta familias podría haber formado parte de la vida académica de Saint Ambrose. Nicole sabía que eso cambiaría algún día, pero todavía no era el momento. Convertirse en la primera subdirectora del colegio, mujer y afroamericana, había sido un gran paso para la institución, y el resto iría llegando con el tiempo. Esos cuarenta estudiantes afroamericanos iban a recibir la mejor educación que el dinero podía comprar. Al menos, era un comienzo. Y Nicole se sentía orgullosa de haber contribuido a aumentar la presencia de las mujeres en la escuela.

Se cruzaron con Larry Gray, que se dirigía hacia sus dependencias situadas en la antigua residencia destinada a los jefes de departamento. Nicole tenía su propia casita en un extremo del campus, no tan grande como la del director, pero lo bastante espaciosa y confortable para ella.

—Un gran fin de semana, ¿no te parece, Larry? —comentó Taylor.

El viejo profesor asintió con expresión cauta.

—El curso no ha hecho más que empezar. Aún puede ocurrir cualquier cosa.

Se despidió con un movimiento de cabeza y siguió caminando. Ambos se echaron a reír.

—Tan optimista como siempre —le dijo Nicole al director, que sonrió y sacudió la cabeza.

—No importa lo que piense Larry. Yo diría que hemos empezado con buen pie —afirmó Taylor, convencido.

—Yo también lo creo. Ha sido un estupendo arranque. Saint Ambrose es ya oficialmente un internado mixto con todas las de la ley.

Solo llevaban seis semanas de curso académico, pero el comienzo había sido realmente bueno, sin que ninguna de las agoreras predicciones de Larry Gray se hubiera hecho realidad. Y las cosas iban a seguir así. Taylor y Nicole estaban convencidos de ello.

3

Halloween siempre había sido una de las fiestas favoritas de Gillian. Disfrutaba dando rienda suelta a la niña que llevaba dentro y tenía grandes planes para celebrarlo en el gimnasio del colegio. Recurrió a sus dos ayudantes, a varios profesores y a algunos estudiantes del último curso para que todo fuera un éxito, y la noche anterior estuvieron trabajando como locos para convertir el gimnasio en una gran casa encantada.

Gillian se había traído algunas de las decoraciones que tenía y había comprado el resto en el pueblo. Habían dispuesto grandes lienzos de tela negra para dividir el espacio y habían colgado enormes telarañas por todos los rincones, así como tarántulas gigantes de goma, esqueletos de plástico, brujas, duendes y un demonio de grandes dimensiones que Gillian tenía desde hacía años. También había preparado un CD con gritos espeluznantes y sonidos fantasmales. A medianoche ya tenían el gimnasio preparado para aterrorizar y deleitar a los estudiantes que se atrevieran a entrar. Como advertencia, Gillian había colocado un cartel en la puerta en el que ponía: «¡Cuidado! ¡Entra por tu cuenta y riesgo!».

No se habían programado entrenamientos de baloncesto ni de voleibol para ese día, y los alumnos podrían disfrazarse después de las clases. Según le habían contado a Gillian, la fiesta de Halloween resultaba bastante descafeinada antes de la llegada de las chicas, que este año se lanzaron a celebrarla con todas sus ganas.

En la cafetería, a la hora del almuerzo, Gillian anunció que se había montado una casa encantada en el gimnasio, pero que solo podrían entrar los más valientes y que debían prepararse para pasar mucho miedo. También colgó algunos carteles por el campus. Varios estudiantes de último año se presentaron voluntarios para guiar a los más jóvenes en su recorrido por el interior del decorado. Los disfraces, tanto hechos a mano como comprados, eran de lo más variados y creativos, desde Superman y Catwoman hasta gladiadores, vikingos y un Julio César con una simple sábana.

Una alumna de primero tenía un aspecto adorable con el traje de Minnie Mouse que había tenido la previsión de traerse de casa. Había también varias Barbies, una Hello Kitty, un Batman y un Robin. Algunos profesores también se presentaron disfrazados. Gillian iba de Frankenstein y, gracias a su elevada estatura, ofrecía un aspecto realmente aterrador. Maxine Bell, la psicóloga, apareció ataviada como la novia de Frankenstein. Había varios piratas y un montón de brujas.

Alumnos de todos los cursos pasaron un rato divertido y aterrador, profiriendo agudos chillidos cada vez que giraban un recodo de la casa encantada. Nicole, que pasó por delante del gimnasio de camino a una reunión con Taylor, esbozó una gran sonrisa al ver el ambiente. Todos disfrutaban de lo lindo y repetían el recorrido una y otra vez. Gillian también había dispuesto calderos humeantes y grandes recipientes llenos de dulces y golosinas que repartía con generosidad.

Había previsto que la casa encantada estuviera abierta hasta las diez de la noche, la hora del toque de queda para los estudiantes del último curso. Así tendrían una hora para disfrutar a sus anchas, ya que los alumnos de los cursos inferiores debían estar en sus habitaciones a las ocho y a las nueve.

Los estudiantes y los profesores que habían colaborado

con Gillian para preparar la casa encantada también se ofrecieron a quedarse después el tiempo que fuera necesario para ayudar a desmontarla.

Un buen número de visitantes desfilaron por allí durante toda la tarde y la noche, antes y después de la cena. La casa encantada resultaba más aterradora conforme oscurecía. Taylor y Nicole también hicieron el recorrido por el interior del gimnasio y felicitaron a Gillian por el gran trabajo que había realizado. Todo el mundo estaba fascinado. Simon Edwards se había apostado ante la puerta con una máscara de Darth Vader que se había traído de Nueva York y que había llevado también en su anterior instituto y repetía con voz robótica: «¡No me obligues a destruirte!».

La casa encantada se había convertido en el gran éxito de Halloween. Uno de los alumnos de segundo dijo que la fiesta había sido muchísimo mejor que la del año anterior —el año a.C. (antes de las Chicas), como lo llamaban—, y Taylor y Nicole sonrieron al oírlo.

Los estudiantes de último año hicieron el recorrido intentando aparentar que aquello no les asustaba, pero incluso los más valientes saltaban y chillaban cuando las brujas, profesores con la cara pintada de verde, salían de improviso de los rincones más inesperados. Rick Russo y Steve Babson entraron juntos, seguidos de cerca por Gabe. Al llegar a la salida, Rick le dijo a Steve con una voz susurrante cargada de intención:

—Truco o trato.

Al principio Steve frunció el ceño, sin entender a qué se refería, pero luego comprendió que había algo que Rick quería compartir con él. En una ocasión se habían tomado un botellín de bourbon y una botella de vino en el campus sin que los pillaran.

—Detrás de los árboles —volvió a susurrar Rick.

Era donde estuvieron bebiendo la vez anterior, y Steve asintió con gesto conspiratorio y complacido ante la proposición de Rick, al tiempo que cogía un puñado de dulces y golosinas. Había de todo: barritas de Snickers y KitKat, M&Ms, Tootsie Pops y Hershey's Kisses. La nueva directora deportiva había ido al pueblo y lo había pagado de su propio bolsillo como regalo para los estudiantes.

Gabe salió detrás de ellos y Steve le pasó el mensaje: «Detrás de los árboles». Gabe lo pilló al momento y los tres se encaminaron por un sendero poco transitado que era una especie de atajo hacia los edificios de mantenimiento. Este año estaba más frecuentado, ya que también llevaba a las residencias femeninas y algunas chicas habían descubierto que aquel camino era más corto. Pero en ese momento no había nadie por allí.

El sendero estaba flanqueado por una densa muralla boscosa, detrás de la cual se abría un pequeño claro rodeado por vetustos árboles de grandes raíces. Era un lugar escondido al que nunca iba nadie. Los tres chicos tuvieron que esforzarse para abrirse paso entre la espesa maleza de arbustos y por fin salieron al pequeño calvero, con algunas hojas y ramitas pegadas al pelo y a la ropa, riendo nerviosos y expectantes ante lo que se disponían a hacer.

—Bueno, ¿cuál es el trato? —le preguntó Steve a Rick en voz baja.

No quería arriesgarse a que pudieran oírlos, aunque el personal de mantenimiento ya se había marchado y las chicas parecían haber optado por los caminos habituales para regresar a sus residencias.

—Cortesía del mueble bar de mi padre —anunció Rick con una amplia sonrisa. Acto seguido sacó una petaca plateada del bolsillo de su cazadora, debajo de la cual llevaba una sudadera negra y unos tejanos del mismo color que habían formado parte de su disfraz de pirata.

El recipiente metálico brilló a la luz de la luna.

—¿Qué hay en la petaca? —preguntó Gabe.

Rick dio el primer trago y respondió:

—Vodka.

Se la pasó a Gabe, que dio un sorbo, y este se la entregó a Steve, quien también bebió.

—Truco o trato, caballeros —dijo Rick, y los tres se echaron a reír.

Después se quedaron callados al oír que alguien se acercaba por el sendero. Eran voces masculinas y las reconocieron en el acto. Steve se acercó al borde del claro, abrió un pequeño hueco entre la maleza y, a través de los arbustos, dijo con un susurro teatral:

—¡Chicos! —Chase y Jamie se detuvieron en seco al oírlo—. ¡Truco o trato!

—¿Qué eres, un novato de primero? —replicó Chase con una sonrisa.

—Entrad —les invitó Steve.

—¿Qué estáis haciendo? Nosotros también veníamos hacia aquí. —Con gesto decidido, Chase y Jamie se abrieron paso entre la espesura y se plantaron en el claro mirando a los otros tres con una gran sonrisa—. ¿Habéis montado una fiesta y no nos habéis invitado?

Chase llevaba una mochila, y los cinco se alejaron de la muralla de arbustos para dirigirse hacia un árbol enorme con grandes raíces que emergían retorciéndose del suelo. El vodka había empezado a hacer efecto y Steve estuvo a punto de tropezar con una de ellas. Se sentaron debajo del árbol y Chase dejó su mochila en el suelo. Steve le pasó la petaca y los recién llegados tomaron un trago.

—Bah, esto es de nenazas —bufó Chase, devolviéndoles el frasco plateado.

Acto seguido abrió la mochila y sacó una botella llena de un líquido transparente. Los otros abrieron los ojos como platos.

—¿Qué es? —preguntó Rick, que volvió a guardarse la petaca en el bolsillo.

—Tequila. Había pensado que antes de graduarnos podríamos montar una pequeña fiesta de despedida y que esto nos vendría muy bien —comentó Chase con una gran sonrisa—, pero hemos decidido que esta noche podríamos darle unos cuantos tragos. Por lo visto, vosotros habéis tenido la misma idea.

—¿Y la tenías guardada en tu habitación? —preguntó Gabe, estupefacto.

Él nunca se habría atrevido a llevar alcohol a la escuela ni a esconderlo en su cuarto. Pensó que Chase había tenido muchas agallas al hacer algo así.

—La tenía en mi baúl y siempre llevo la llave encima. Hemos pensado que podríamos probar un poco esta noche y guardar el resto para más adelante. Todo el mundo está tan entretenido con lo de la casa encantada que nadie se dará cuenta.

Jamie y él habían estado hablando de ello antes de salir de la residencia. Sus habitaciones estaban puerta con puerta, pero no se habían atrevido a beber allí. El claro detrás de los árboles era sin duda el lugar perfecto para aquella pequeña travesura. Tomar un poco de tequila en Halloween les había parecido una idea de lo más divertida.

Chase abrió la botella y se la pasó a Jamie, quien, tras dar un trago, torció el gesto como si el alcohol le quemara la garganta. Era la bebida más fuerte que había tomado en su vida, mucho más que el vodka.

—No está mal, ¿eh? —comentó Chase—. Lo probé el año pasado, cuando mis padres me contaron que iban a divorciarse.

Se quedó serio durante un momento, luego tomó un sorbo y le pasó la botella a Rick, que dio un trago largo. Esto le hizo sentirse más hombre, más seguro de sí mismo, y luego se la pasó a los demás.

—No veas, esto sí que es fuerte —soltó Steve al beber un trago del amargo líquido.

La botella volvió a pasar de mano en mano. Tras la tercera ronda, los cinco empezaron a notarse bastante achispados. Y, justo en ese momento, se quedaron muy quietos al oír una voz muy aguda canturreando por el sendero.

—Mierda, chicas... —susurró Rick, y todos permanecieron en silencio esperando a que la voz se alejara.

Entonces cayeron en la cuenta de que en realidad se trataba de una voz masculina cantando en chino. Sabían a quién pertenecía.

—¡Tommy! —exclamaron al unísono.

Se acercaron sigilosamente al borde del claro, se asomaron entre los arbustos y vieron al muchacho de rasgos orientales llevando como siempre su estuche de violín.

—¡Eh, Yee! —lo llamó Jamie.

Tommy se asustó y dio un respingo. Por un momento pensó que se trataba de un fantasma. Iba camino de la sala de música para ensayar, ya que les había prometido a sus padres que practicaría todas las noches.

—¿Quién hay ahí? —preguntó aterrado en dirección a la espesura.

—Somos nosotros. Entra —respondió Chase.

Todos sonrieron. Tommy había cursado con ellos los tres años anteriores y les caía bien. De vez en cuando, en los pocos ratos en que no estaba estudiando o ensayando, se juntaba con ellos. Abrieron un hueco entre los arbustos y tiraron de él hacia el interior del claro. Tommy sonrió al ver al grupo: se encontraba entre amigos.

—Pensaba que se trataba de un fantasma —les dijo—. ¿Qué estáis haciendo aquí?

Aunque podía adivinarlo. El año pasado había estado con ellos en aquel mismo lugar, celebrando una pequeña juerga con vino. Solo rompían la norma que prohibía el alcohol una vez al año, y solo en ocasiones especiales.

—Un poco de truco o trato.

Se sentaron de nuevo bajo el gran árbol. Esta vez, Rick y Steve tropezaron con las ramas. El tequila les estaba haciendo sudar, aunque no les importaba en una noche fría como aquella. Chase le pasó la botella y Tommy la miró, impresionado.

—Vaya, habéis subido de categoría. Esto es muy fuerte.

—Pruébalo —le dijo Chase.

Tommy dio un sorbo cauteloso y puso una mueca espantosa.

—Si lo prefieres, tengo vodka —le ofreció Rick.

Volvió a sacar la petaca y Tommy le dio otro traguito. Los seis se fueron pasando la petaca y la botella, aunque al final se quedaron solo con el tequila. Sabía peor, pero el efecto era más fuerte. No tenían intención de emborracharse, solo querían ponerse un poco a tono, pero al ir dando tragos tan seguidos bebieron más de la cuenta. Rick se tumbó en el suelo con la cabeza apoyada en una rama, sonriendo para sí mismo y luego a los demás.

—¡Uau, tíos, me siento genial!

Ahora que estaban en el último año, aquello era como un rito iniciático en el que cada uno trataba de impresionar a los demás sobre lo mucho que podían beber.

—Sí, yo también —aseguró Gabe, dando otro trago y pasándole la botella a Jamie, que se estaba riendo solo.

En ese momento oyeron voces femeninas, esta vez de verdad. Se trataba de un grupo de chicas que habían tomado el atajo hacia su residencia. Los muchachos se quedaron en silencio, esperando a que pasaran. Parecía un grupo bastante numeroso y no querían que descubrieran su escondite. Por lo que sabían, nadie más lo utilizaba. No había muchas oportunidades de hacer una fiesta en el internado. Estaban muy vigilados, y ninguno de los otros se habría atrevido a traer alcohol a la escuela. Jamie había planeado guardar el tequila hasta la graduación, y Rick había cogido la petaca de su padre cuando se le presentó la ocasión.

En cuanto las chicas se alejaron, empezaron a hablar de nuevo entre ellos, pero entonces oyeron otra voz femenina tarareando por lo bajo, por lo que supusieron que iba sola. Jamie se acercó sigilosamente al borde del claro y se asomó como pudo entre la densa espesura de arbustos. Reconoció al momento de quién se trataba: Vivienne Walker. Llevaba un disfraz de bruja que se había confeccionado con una falda corta negra, un jersey amplio del mismo color y un sombrero puntiagudo que Gillian le había prestado para hacer de guía de los alumnos de primero a través de la casa encantada. Complementaba su atuendo con unas medias gruesas y unas bailarinas planas, también negras. Incluso vestida de bruja estaba guapísima.

—¡Pssst! —siseó él. No pretendía asustarla, pero Vivienne se giró sobresaltada—. Soy yo, Jamie. ¿Quieres entrar?

—Entrar... ¿dónde? —preguntó ella, confusa.

—Aquí detrás.

—¿Qué haces ahí?

Parecía recelosa e insegura, pero se alegraba de verlo. Durante las últimas seis semanas se habían hecho bastante amigos.

—Solo estamos los chicos: Chase, Tommy, Steve, Rick, Gabe y yo. Estamos haciendo truco o trato.

Aquello sonó tan absurdo que Vivienne se echó a reír. Jamie arrastraba un poco las palabras, y ella se preguntó si habría estado bebiendo. Sin embargo, la halagaba que le hubiera pedido que se uniera a ellos, como si fuera a formar parte de un club secreto o de un ritual de iniciación de algún tipo. Se sintió como una más del grupo.

—Vale —aceptó, y Jamie apartó un poco los arbustos y la ayudó a atravesar la muralla boscosa.

Vivienne se tuvo que agarrar el sombrero para entrar en el claro, y entonces descubrió a los otros cinco sentados debajo del gran árbol. Se encaminó hacia ellos con Jamie, que también estaba encantado de que Vivienne estuviera allí. La chica le gustaba mucho; sin embargo, no estaba seguro de qué hacer al respecto. Le encantaría pedirle una cita, pero no quería estropear la amistad que había surgido entre ellos. Vivienne le había dicho que acababa de cortar con un chico en Los Ángeles y Jamie pensaba que quizá fuera demasiado pronto para ella. Esa era la razón por la que se había planteado llamarla para verse cuando ambos volvieran a Nueva York por Acción de Gracias.

—Si le cuentas a alguien que nos has visto aquí tendremos que matarte —susurró Rick tratando de parecer amenazante, aunque el alcohol hizo que resultara más patético que aterrador.

Daba la impresión de estar más borracho que los demás, aunque Vivienne se dio cuenta de que todos habían bebido. Se preguntó si debería marcharse, pero no quería parecer una miedica que se asustaba fácilmente. Además, ya se había emborrachado antes en Los Ángeles con Lana y Zoe, una vez que se bebieron una botella de vino entera.

—No se lo diré a nadie. Bueno, ¿cuál es el truco o trato? —Por un momento pensó que tal vez habrían robado un puñado de dulces del gimnasio, lo cual le pareció muy divertido, pero entonces Chase le ofreció la botella de tequila y Vivienne abrió los ojos de par en par—. Ah... esa clase de truco o trato —dijo, sobresaltada.

Vivienne tomó una rápida decisión: quería parecer una chica enrollada. Además, le gustaba la idea de ser amiga de aquellos jóvenes. Eran las grandes estrellas del campus. Tomó un sorbo de tequila; si ella también bebía, sellaría su unión con ellos. El alcohol le quemó al bajar por la garganta y puso una mueca horrible.

—¡Aggghhh, sabe fatal! —exclamó asqueada.

—También teníamos vodka —le contó Rick—, pero creo que se ha acabado. —Dio la vuelta a la petaca y comprobó que estaba vacía—. Solo nos queda tequila.

Los chicos tomaron otra ronda de tragos, todos salvo Tommy, que estaba sentado contra el árbol, encorvado y con la mirada vidriosa. Los otros seguían con ganas de fiesta. Vivienne acababa de llegar y parecía demasiado pronto para marcharse. Le volvieron a pasar la botella y ella dio otro trago con gesto decidido. Si se trataba de algún ritual iniciático para ganarse su amistad, no quería decepcionarles.

—Esto cae como una bomba —comentó, un tanto aturdida.

No le había dado tiempo a cenar y el alcohol le estaba subiendo muy deprisa, más de lo que era consciente. Nunca había bebido nada tan fuerte. Tampoco los chicos, salvo Chase, que lo había probado con anterioridad, aunque aquella vez solo dio un trago. Esa noche todos habían bebido mucho más de la cuenta y el efecto era más potente de lo que esperaban, sin ni siquiera darse cuenta de ello.

Se sentaron en círculo y de pronto, sin previo aviso, Jamie se inclinó y besó a Vivienne en los labios. La cantidad de alcohol que había ingerido le dio el valor para hacerlo, y de repente le había parecido una buena idea. A ella no le molestó en absoluto y le devolvió el beso. Vivienne estaba encantada de que la hubiera besado, pero no se dio cuenta de que Chase les estaba observando lleno de ira. Sus ojos, muy abiertos, refulgían con intensidad y se clavaban furiosos en Jamie. A Chase también le gustaba mucho Vivienne, llevaba un tiempo pensando en ella y no quería que Jamie se la quitara.

—¿Por qué has hecho eso? ¡Ella no es tu novia! —le gritó tras darle un fuerte empujón.

Jamie respondió lanzándole un puñetazo y al momento los dos rodaban por el suelo, enzarzados en una violenta pelea. Vivienne trató de detenerlos, pero se dio cuenta de que estaba demasiado borracha para hacer nada. Casi no podía mantenerse en pic. Al principio, los otros apenas pudieron reaccionar. Finalmente, Gabe y Steve se levantaron a duras penas, se acercaron con paso inestable y trataron de separarlos. Mientras pugnaban por detener la pelea, Rick se acercó tambaleándose a Vivienne y, antes de que nadie se percatara de lo que estaba pasando, la derribó al suelo, le bajó las medias y las bragas, se desabrochó los pantalones y la penetró. Ella estaba muy borracha, demasiado aturdida y conmocionada para emitir el menor sonido.

Cuando todo empezó, Tommy se encontraba de espaldas, vomitando, y no tenía ni idea de lo que había ocurrido. Steve fue el primero en ver lo que Rick estaba haciendo, y se acercó corriendo para apartarlo de encima de Vivienne. Luego le lanzó un violento puñetazo, pero falló y cayó por el impulso. Rick ya se estaba abrochando los tejanos. Vivienne permanecía aún en el suelo, desmayada.

Cuando Gabe lo separó por fin de Chase y Jamie vio lo que había hecho Rick, se abalanzó hacia él y le propinó un golpe en la mandíbula con todas sus fuerzas. Chase contempló la escena, horrorizado. Todo se había descontrolado en cuestión de minutos. Su inofensiva borrachera de Halloween había desembocado en una pelea y en una violación. Ninguno de ellos podía creer lo que Rick había hecho. Se giraron hacia él, que retrocedió tambaleante.

—¡Ella nunca me habría dejado si no hubiera estado borracha! ¡Ella solo os quería a vosotros dos! —les gritó a Jamie y a Chase entre lágrimas.

—¡Eres un hijo de puta! —bramó Chase, que falló al tratar de atizarle un puñetazo.

Vivienne permanecía tumbada en el suelo, con una severa intoxicación etílica provocada por el tequila, y ellos estaban demasiado borrachos para reaccionar. Apenas podían mantenerse en pie, pero aquel terrible giro de los acontecimientos había hecho que se les bajara un poco la borrachera. El alcohol se había apoderado por completo de la situación. La botella estaba casi vacía.

—¿Qué hacemos ahora? —preguntó Chase, que luchaba por contener las lágrimas mientras miraba a Vivienne.

—Acabaremos todos en la cárcel —exclamó Gabe, presa del pánico—. Tenemos que largarnos de aquí.

—No podemos dejarla así —protestó Jamie.

Le subió las medias y las bragas sin parar de llorar. La chica respiraba, pero seguía inconsciente.

—Volvamos a nuestras habitaciones y luego decidiremos qué hacer. Podemos llamar al personal de seguridad del campus y decirles que hemos oído movimientos sospechosos por aquí. Ellos entonces vendrán y la encontrarán. Puedo llamar con número oculto —propuso Chase. La bruma que embotaba su cerebro hacía que apenas pudiera pensar con claridad.

—No les digáis que he sido yo —suplicó Rick, con las lágrimas rodándole por las mejillas—. No era mi intención hacerlo.

—¡Pero lo has hecho! —exclamó Jamie, algo más sobrio.

—Ayuda a Tommy —le pidió Chase a Gabe, y luego todos empezaron a recoger sus cosas y se encaminaron tambaleantes hacia el borde del claro.

Se sentían muy mareados cuando se abrieron paso entre la muralla boscosa y salieron al sendero. Mientras estuvieron bebiendo habían perdido la noción del tiempo, y ya pasaban dos horas del toque de queda. Antes de llegar, Chase llamó al personal de seguridad del campus. Les contó que había oído movimientos extraños detrás de los árboles y que creía que alguien podría haberse hecho daño. Después colgó.

Entraron con sigilo en sus respectivas residencias y se dirigieron en silencio a sus habitaciones. Nadie los oyó llegar. Rick fue a vomitar al cuarto de baño mientras los demás se metían en sus dormitorios. Ninguno de ellos había estado nunca tan borracho. Chase prácticamente perdió la consciencia en cuanto se dejó caer en la cama. Jamie se tumbó en la suya y el cuarto empezó a dar vueltas a su alrededor. No podía dejar de pensar en Vivienne y en lo que había ocurrido. Y cuanto más pensaba en ello, más enfermo se ponía.

Para entonces, el personal de seguridad del campus ya había encontrado a Vivienne y había llamado a una ambulancia. No había signos evidentes de violación. Todo lo que sabían era que había una chica inconsciente en el campus. Ignoraban si se había emborrachado, se había caído y se había golpeado en la cabeza, o si había sido agredida por algún desconocido o por alguien del colegio.

Los chicos que sí sabían lo que había ocurrido, aquellos que aún no habían caído rendidos por el alcohol, oyeron la sirena de la ambulancia diez minutos más tarde. Les aliviaba en cierto modo que Chase hubiera llamado pidiendo ayuda. Le habían prometido a Rick que no le delatarían, pero lo cierto era que todos estaban atrapados en aquella pesadilla con él. Si los pillaban, sus vidas y sus futuros quedarían arruinados por culpa de una botella de tequila y una petaca de vodka. Y una chica inocente había sido víctima de la enajenación mental transitoria de Rick.

Cuando la ambulancia llegó al hospital, los seis chicos dormían profundamente la borrachera y Vivienne continuaba inconsciente. Y eso era solo el principio. Aquella fiesta de Halloween había cambiado sus vidas para siempre.

Era poco más de medianoche cuando Adrian Stone, el empollón de tercero, salió a hurtadillas de la sala de informática. Era consciente de que todo el mundo estaría entretenido en la casa encantada hasta muy tarde, así que se había refugiado allí. Sabía cómo abrir la cerradura y muchas noches se colaba a escondidas. Llevaba haciéndolo desde primero y nunca lo habían pillado.

Adrian no sabía qué habrían estado haciendo los seis chicos que salieron de detrás de los árboles, corriendo y dando traspiés. Él también estaba escondido y, mientras espiaba cómo se alejaban furtivamente, tuvo la inquietante sensación de que algo iba mal, de que habían hecho algo malo. No era asunto suyo, pero sintió curiosidad. Ellos eran los grandes héroes del campus, pese a que no supieran quién era él ni tuvieran la menor idea de su existencia. Le gustaba observarlos de lejos. Deseaba ser como ellos y que algún día pudieran ser amigos, aunque sabía que eso nunca ocurriría.

Se preguntó si tendrían algún lugar de reunión secreto o un club de algún tipo, así que, antes de volver a su cuarto, decidió atravesar la muralla boscosa para echar un vistazo. Se adentró en el claro rodeado de grandes árboles y a punto estuvo de tropezarse con la botella de tequila vacía. Y entonces vio a Vivienne, tumbada en el suelo con su disfraz de bruja. Sabía muy bien quién era, la chica más guapa de todo el campus.

Se acercó muy despacio. Parecía dormir profundamente, pero al acercarse más le dio la impresión de que estaba muerta. Entonces creyó adivinar lo que había ocurrido: la habían matado. No sabía por qué la habían asesinado, pero lo habían hecho. Bajo la luz de la luna, la joven presentaba una palidez espectral, y Adrian estaba convencido de que estaba muerta. No se atrevió a tocarla para comprobarlo, pero tenía la certeza de que no respiraba.

No sabía si debería contárselo a alguien, pero de todos modos ya no importaba. La chica no se movía, no emitía ningún sonido. No cabía la menor duda de que Vivienne estaba muerta. Vio el estuche del violín apoyado contra un árbol, y de repente le invadió una oleada de terror. ¿Y si creían que lo había hecho él? ¿Y si alguien le había visto, del mismo modo que él los había visto a ellos, y pensaba que era Adrian quien la había asesinado? Además, estaba seguro de que si le contaba a alguien que los había visto allí, esos chicos irían a por él y le matarían.

Retrocedió por donde había venido y corrió tan rápido como pudo de vuelta a su residencia. Llegó jadeante, subió a hurtadillas por la escalera de atrás, como solía hacer siempre, y entró con sigilo en su habitación. Compartía el cuarto con otros dos estudiantes, dos chicos con los que apenas hablaba y que se acostaban pronto todas las noches, de modo que nunca se enteraban de cuándo se escabullía ni cuándo regresaba.

Adrian se metió en la cama con la ropa puesta, temblando. Por la mañana descubrirían el cuerpo de la chica y, pasara lo que pasase, él no pensaba decir una palabra. Si lo hacía, estaba convencido de que le acusarían de lo ocurrido y con toda seguridad iría a prisión.

Cinco minutos más tarde oyó la sirena de la ambulancia y se alegró de haberse marchado tan rápido de allí. Si lo hubieran pillado en la escena del crimen le habrían culpado de su muerte. Sentía mucha pena por la chica, pero no quería acabar en la cárcel por algo que no había hecho.

El personal de seguridad del campus llamó a Nicole Smith poco después de encontrar a Vivienne. La subdirectora ya estaba dormida, pero se despertó al momento y respondió rápidamente.

—Hemos encontrado a una chica inconsciente en el campus. Está viva, pero no lleva documentación encima. Parece que ha consumido mucho alcohol. —Le indicaron dónde estaba y le dijeron que habían llamado a una ambulancia—. Había una botella de tequila vacía tirada en el suelo bajo un árbol.

Nicole sintió que un escalofrío le recorría la columna vertebral. Los jóvenes y el alcohol podían ser una combinación letal, un problema que ya se había encontrado en algún momento en todas las escuelas en las que había trabajado.

—Dios mío... Estaré ahí en dos minutos.

Saltó de la cama como un resorte. Se puso los zapatos, se echó un abrigo encima del pijama, agarró el bolso y el móvil y salió corriendo de la casa. Nicole llegó casi sin aliento al lugar, justo después de que metieran a Vivienne en la ambulancia. La reconoció al instante. De un salto, se subió con ella en el vehículo.

Se dirigieron hacia el hospital a toda velocidad, acompañadas por el aullido de la sirena. Los paramédicos le confirmaron que la chica estaba viva y que sospechaban que se encontraba bajo los efectos de una intoxicación etílica. Nicole estaba segura de que, al oír la sirena, todo el mundo en el campus se preguntaría qué había pasado, si algún profesor habría sufrido un infarto o si algún estudiante habría tenido un ataque de apendicitis.

Ella aún no sabía lo que había ocurrido realmente ni quién podría estar implicado. El personal de seguridad del campus le había dicho que no habían hallado signos de violencia. La habían encontrado allí tumbada, totalmente vestida, pero era muy improbable que hubiera estado bebiendo sola. Y por el momento, lo único que le interesaba a Nicole era saber si Vivienne sobreviviría. Había jóvenes que morían de intoxicación etílica. Podía ocurrir. Ya averiguarían más tarde quién más había estado con ella y la había dejado allí inconsciente.

En cuanto llegaron al hospital, los sanitarios la llevaron a la sala de urgencias, donde un equipo sanitario se apresuró a atenderla. Enseguida confirmaron que Vivienne había sufrido una grave intoxicación etílica y que el nivel de alcohol en sangre era muy alto, y le comunicaron a Nicole que iban a practicarle un lavado de estómago. Su vida aún corría peligro. Era algo que había ocurrido en otros internados, pero nunca en Saint Ambrose. También le dijeron que, como siempre hacían, le habían realizado un examen exhaustivo para comprobar si había sufrido abusos, y cuando la desvistieron encontraron indicios de que había mantenido relaciones sexuales: tenía restos de semen seco en el abdomen.

Los paramédicos habían llamado a la policía, que llegó al hospital al cabo de diez minutos. Pertenecían a la unidad de delitos sexuales, e informaron a Nicole de que, dadas las circunstancias, había que considerar la posibilidad de que hubiera sido violada. Podría haberse tratado de sexo consentido, pero en cualquier caso era una menor. Y al estar inconsciente, cualquiera podría haberse aprovechado de ella.

Enviaron a un sargento y dos agentes de patrulla al lugar de los hechos para examinarlo a fondo, como una posible escena del crimen. Nicole se sentía como si estuviera viviendo una pesadilla, aunque si la policía estaba en lo cierto, creía que era altamente improbable que algún chico del colegio hubiera podido cometer una violación. Sin embargo, era algo que ya había ocurrido en otros internados y, cuando había alcohol de por medio, cualquier cosa era posible.

Le preguntaron a Nicole si conocía algún detalle de lo ocurrido y ella respondió que no. El personal de seguridad del internado había recibido una llamada anónima de un número oculto informando sobre movimientos sospechosos en el campus, y cuando acudieron encontraron a Vivienne.

—Si ha sido violada, podría haberlo hecho un intruso, un agresor sexual que haya salido de prisión recientemente y se encuentre por la zona, un miembro del personal o del cuerpo docente, otro estudiante... Podremos estrechar el círculo cuando hablemos con ella.

Nicole asintió y se sentó a esperar a que el médico le informara sobre el estado de Vivienne. No quería llamar a sus padres ni a Taylor hasta que supiera algo más.

Transcurrió casi una hora antes de que apareciera el responsable de urgencias.

—Se encuentra estable, aunque el nivel de alcohol en sangre es excesivamente alto. Además, ha mantenido relaciones sexuales. No sabremos si ha sido violada o no hasta que podamos hablar con ella. No hay señales evidentes de violencia. Puede que la obligaran a hacerlo o que la agredieran mientras se hallaba inconsciente. O tal vez se emborrachó con otro estudiante y tuvieron sexo consentido. ¿Tiene novio en el colegio?

—No, que yo sepa —respondió Nicole, consternada.

Seguía sin poder creer que Vivienne pudiera haber sido violada. El alcohol que había ingerido ya era algo bastante malo, algo que incluso podría costarle la vida. Los médicos de urgencias habían recogido las muestras que pudieran determinar si se había producido una violación. Preferían ponerse en lo peor y prepararse en consecuencia. Más tarde, las unidades de toxicología y de análisis de ADN examinarían las muestras para determinar con más exactitud lo ocurrido.

—Ahora mismo sigue inconsciente por el alcohol —le comunicó el doctor.

—¿Se pondrá bien?

Lo que Nicole quería saber en realidad era si sobreviviría, pero no se atrevió a preguntarlo directamente.

—Sí. La tenemos bajo observación en todo momento. Fue una suerte que alguien llamara para avisar, podría haber muerto. Muchos jóvenes mueren por intoxicación etílica. ¿Cuántos años tiene?

—Diecisiete. —El médico asintió. Tenía una hija de la misma edad. Nicole añadió—: Tenemos plena autorización para responder por ella. ¿Necesita que firme algún consentimiento?

El hombre negó con expresión seria.

—Conocemos bien el colegio. Si quiere, puede rellenar los formularios de admisión mientras ella sigue dormida. La pobre debe de haber pasado una noche espantosa. ¿Puede llamar a los padres?

Nicole asintió, pero decidió acercarse a ver cómo estaba

Vivienne antes de telefonear a Taylor. Seguía inconsciente. Uno de los agentes salió de la habitación con las muestras de semen y ADN para analizarlas en el laboratorio forense y proceder a su futura identificación, en el caso de que se hubiera tratado de una violación. Después llamó a Taylor, al que despertó de un sueño profundo. Ya eran las dos de la madrugada.

—No tengo buenas noticias —anunció ella en tono sombrío.

—Nunca lo son a estas horas. Oí la sirena de la ambulancia hace una hora y supuse que me llamarías si se trataba de algo serio. ¿Hay algún alumno enfermo?

—Mucho peor que eso. Vivienne Walker ha sufrido una intoxicación etílica y puede que haya sido violada. Ahora estoy en el hospital. Todavía no están seguros de nada, pero al menos está viva. Gracias a Dios, alguien avisó a la seguridad del campus y la encontraron a tiempo. Tenemos que llamar a los padres.

—Oh, Dios... —Ahora Taylor estaba completamente despierto, pensando en las llamadas tan difíciles que tenían que hacer. Se quedó en silencio un rato, asimilando la información—. Si en efecto ha sido violada, esperemos que haya sido obra de algún delincuente sexual que ande suelto por la zona. Si lo ha hecho alguien del campus, esto se convertirá en un auténtico infierno.

Nicole era muy consciente de ello. Si la había violado algún profesor, empleado o compañero, aquello sería el escándalo del siglo. Aunque, fuera quien fuese quien lo había hecho, sin duda habría sido una experiencia terrible para la pobre Vivienne.

—Puede que ni siquiera haya sido una violación. Tal vez haya sido consentido. No hay señales de violencia ni lesiones. Tendremos más información cuando se despierte y nos cuente lo que pasó, si es que realmente lo sabe o se acuerda de algo. Quizá estaba tan borracha que no sabía lo que estaba haciendo. O tal vez ni siquiera vio a su agresor, si se trataba de un desconocido. Puede que ya estuviera inconsciente cuando ocurrió. Pero no nos pongamos todavía en lo peor. La intoxicación etílica ya es de por sí lo bastante grave.

—Pobre chica... Yo llamaré a sus padres —dijo el director.

Tenía instrucciones de llamarlos si se producía alguna situación de emergencia. El suyo era otro caso de divorcio traumático. El padre había dejado muy claro que no estaba del todo de acuerdo con que Vivienne fuera a Saint Ambrose. La madre tuvo que convencerlo para que aceptara.

Taylor telefoneó primero a Nancy, la madre, y le contó lo que sabía con la mayor concisión y claridad posible, sin emitir juicio alguno. Le dijo que su hija había bebido en exceso y que había indicios de que había mantenido relaciones sexuales, aunque no podía asegurarse que hubiera sido violada. La mujer rompió a llorar, pero se recompuso enseguida y se mostró bastante entera. Empezó a hacerle preguntas sobre lo ocurrido, preguntas para las que Taylor no tenía respuestas, ni las tendría hasta que Vivienne se despertara.

—Cogeré el coche y saldré para allá ahora mismo —anunció Nancy, totalmente destrozada.

Había un trayecto de cinco horas desde Nueva York. Llegaría por la mañana, y puede que Vivienne todavía siguiera dormida.

Taylor le dijo lo mucho que lamentaba toda la situación. Tenía la inquietante sensación de que aquello era solo el principio. Fuera lo que fuese lo que había sucedido, habría que dar muchas explicaciones para intentar justificar que algo así hubiera ocurrido en el campus. Era una situación terrible para ellos, la peor manera posible de empezar su andadura como internado mixto. Pensaba también en todos los miembros del equipo docente y directivo que se habían mostrado reacios a hacer la transición. Y odiaba tener que darle la razón a Larry

Gray. Confiaba en que nada horrible le hubiera pasado a Vivienne, ni antes ni después de haber perdido el conocimiento.

A continuación llamó a Christopher Walker, el padre de Vivienne, que lloró como un niño al enterarse de la noticia. Tras hacerle las preguntas oportunas, le comunicó que tomaría el primer vuelo que saliera de Los Ángeles. Muy enfadado, le dijo que aquello había sido la gota que colmaba el vaso, que su hija iba a volver a California para vivir con él. Taylor no quiso entrar en ese terreno; el pobre hombre estaba tan afectado que incluso decía incoherencias.

La madre se había mostrado más calmada, pero ambos progenitores estaban destrozados por lo que le había ocurrido a su hija; aunque «solo» se tratara de una intoxicación etílica; aunque «solo» hubiera estado bebiendo con alguien que la había dejado allí tirada, inconsciente, y hubiera tenido relaciones sexuales con esa persona. Los dos aseguraron que aquello era totalmente impropio de su hija. Vivienne era una chica responsable, que nunca se había emborrachado y que no era en absoluto promiscua. Pero Taylor también sabía que los padres no siempre conocían a sus hijos tan bien como creían.

Nicole se quedó toda la noche en el hospital junto a la cama de Vivienne, esperando a que llegara su madre. Apareció por fin a las siete de la mañana; seguramente habría conducido todo el trayecto por encima del límite de velocidad. Vivienne aún no había recuperado el conocimiento, pero cuando su madre entró en la habitación abrió los ojos, pronunció algunas palabras incoherentes y volvió a dormirse.

Nicole salió sin hacer ruido del cuarto y tomó un taxi de vuelta al colegio. Esa mañana iban a tener mucho que hacer. Hasta que no dispusieran de más información, tendrían que aumentar la seguridad para proteger a todas las mujeres del campus. Si había un violador acechando por la zona, no podían arriesgarse a que ninguna de las alumnas o alguien del personal femenino sufriera una nueva agresión. Y si Vivienne había sido violada, aunque estuviera borracha, lo más probable era que lo hubiera hecho alguien a quien conocía, y no un extraño.

En cuanto llegó a casa, envió un correo electrónico urgente a todos los estudiantes y miembros del cuerpo docente anunciando la celebración de una asamblea general a las nueve de la mañana. No era algo a lo que estuviera deseando enfrentarse. La identidad de Vivienne no sería revelada, pero en el caso de que hubiera sido violada, todo el colegio debía estar informado y extremar las precauciones en el campus.

Cuando la joven no se presentara, resultaría evidente que ella era la víctima, pero no podían hacer otra cosa. Era una situación terrible, sobre todo para la propia Vivienne. El corazón de Nicole se desgarraba solo de pensar en ella. Se metió en la ducha y dejó que el agua caliente recorriera todo su cuerpo. Había sido una noche devastadora. Ahora, lo primero era saber qué era lo que había ocurrido en realidad: si Vivienne había sido agredida sexualmente, tendrían que averiguar quién había sido el violador; y si alguien que la conocía la había emborrachado y la había obligado a tener sexo contra su voluntad, tendrían que descubrir quién era esa persona.

4

A las nueve de la mañana, cuando Taylor y Nicole aparecieron en el estrado del auditorio delante de todo el colegio, quedó claro al instante que algo grave había ocurrido. Todos los congregados guardaron un silencio sepulcral. Muchos de ellos habían oído la sirena de la ambulancia la noche anterior, y se preguntaban si iban a comunicarles la muerte de uno de los estudiantes. Si hubiera sido algo menos serio, ya se habrían enterado por correo electrónico o por boca de alguien. Pero, por el momento, el director y la subdirectora eran los únicos que sabían lo que había ocurrido.

Dadas las circunstancias, Nicole informó al cuerpo docente y estudiantil de la forma más simple y cautelosa posible: la noche anterior, una alumna del colegio había sido presuntamente «agredida». Escogió la palabra con sumo cuidado, ya que aún no sabían si Vivienne había mantenido relaciones consentidas mientras estaba borracha o antes, o si había sido forzada y violada. Todavía no se conocían los detalles, pero la alumna había sobrevivido. No mencionó el nombre, aunque en última instancia su ausencia hablaría por sí misma. Taylor añadió que la policía iba a realizar una investigación exhaustiva en el colegio. Si alguien tenía información, si había visto a alguien sospechoso rondando por el campus la noche anterior o si sabía algo relacionado con lo ocurrido, debía comunicarlo de inmediato para ayudar a capturar al agresor. No había que intentar proteger a nadie, no había que ocultar posibles sospechas, no había que guardarse ninguna información, recalcó Nicole con vehemencia. Mientras hablaba, todos los congregados permanecieron en silencio, clavados en sus asientos.

Hasta que no se supiera algo más sobre la situación, todas las mujeres, tanto alumnas como profesoras, debían moverse por el campus extremando las precauciones, ya fuera en grupos o como mínimo en parejas. No podían ir solas a ningún sitio. Todas las puertas exteriores de las residencias y de las aulas permanecerían cerradas bajo llave. Y tanto hombres como mujeres debían mantenerse alerta en todo momento. Si veían algo inusual, o a algún desconocido merodeando por el campus, debían llamar inmediatamente a seguridad e informar a un profesor o a un miembro del personal de administración.

La subdirectora insistió una vez más en que el colegio y la policía necesitaban la máxima cooperación por parte de todos para poder atrapar al culpable. También les recordó que la norma de no beber en el campus era de obligado cumplimiento y que confiaba en que la acataran. En caso contrario, supondría una expulsión temporal que podría convertirse en definitiva. El colegio mantenía una política de tolerancia cero con respecto al alcohol. Finalmente, Nicole les agradeció su atención y abandonó el estrado con gesto sombrío, seguida por Taylor.

En cuanto el director y la subdirectora se marcharon, estalló un gran alboroto en todo el auditorio. Nerviosos, todos empezaron a hablar y a hacer conjeturas sobre quién podría ser la víctima y qué habría sucedido. Por lo que habían podido deducir, varios estudiantes habían estado bebiendo en el campus y una alumna había salido muy mal parada.

Mientras todo esto ocurría a su alrededor, Adrian Stone permaneció inmóvil en su asiento. Tenía la sensación de que todos en la sala sabían que él había estado allí, que podían verlo en sus ojos. Por lo menos, pensó, no estaba muerta, y eso ya era algo. Habían dicho que estaba viva. Y tampoco creía que pudieran acusarlo a él de haberla «agredido». Aún ignoraba qué era lo que había ocurrido y qué le habían hecho a la chica, pero estaba convencido de que iría a prisión por no revelar la identidad de los seis alumnos que él sabía que estuvieron allí. Puede que ellos no hubieran hecho nada, seguramente no, pero estaba claro que habían estado allí y que la habían visto. Y que salieron huyendo, corriendo y dando traspiés, dejándola allí inconsciente. Pero Adrian no los iba a traicionar. Dejaría que otros se encargaran de eso. Tal vez la policía averiguara lo sucedido por sí misma. Él no pensaba ser responsable de enviar a seis chicos a la cárcel por agresión. Se escabulló del auditorio con el corazón latiéndole desbocado. Al salir se dio de bruces con Simon Edwards, que le dio un susto de muerte.

—Eh, Adrian, ¿estás bien?

El chico estaba muy pálido y parecía presa del pánico.

—Estoy bien, señor Edwards. Pensaba que me estaba dando un ataque de asma, pero ya me encuentro mejor.

—Lo entiendo, todo esto resulta bastante preocupante, ¿no crees? Aún no se conocen todos los detalles, pero al parecer hubo una pequeña fiesta con alcohol y algo salió mal. Eso es lo que pasa siempre. Nunca sale nada bueno de beber e infringir las normas.

Simon acababa de enterarse en el auditorio de que algo grave había ocurrido. Por la noche había oído la sirena de la ambulancia y se preguntó qué pasaría, aunque era demasiado tarde para llamar a alguien e intentar averiguarlo. Nunca habría sospechado que pudiera tratarse de algo así. Había oído historias de este tipo en otros internados, comentarios de alumnos que se emborrachaban e incluso de alguna violación, pero nunca se habría imaginado que pudiera ocurrir en Saint Ambrose. Todos los estudiantes eran buenos chicos. Deseaba con todas sus fuerzas que no fuera ninguno de ellos, y si de verdad se había cometido algún delito, confiaba en que fuera obra de algún desconocido ajeno al campus. Eso era también lo que esperaba Taylor, aunque era consciente de que, cuando había alcohol de por medio, hasta los mejores chicos eran capaces de cualquier cosa.

Adrian se excusó diciendo que tenía que ir a su habitación a buscar el inhalador. Simon pensó que no tenía buena cara, aunque casi nunca la tenía; sufría de alergias, asma, ansiedad y desórdenes psicosomáticos por culpa de las constantes peleas entre sus padres y la interminable batalla legal por su custodia.

Las estudiantes de último año regresaron a la residencia hablando en voz baja entre ellas. Mary Beth se había percatado de que Vivienne no estaba en el auditorio, y cuando llegó al edificio miró en su habitación para ver si se encontraba enferma o si le pasaba algo. La cama estaba hecha y era evidente que no había dormido allí. Entonces comprendió que Vivienne era la víctima de la que habían hablado. Las demás alumnas también pensaron lo mismo y se miraron con expresión sombría.

Decidieron que no iban a cotillear ni a difundir rumores al respecto. Todas sentían mucha lástima por su compañera, pero en el fondo, muy en secreto, se alegraban de que no les hubiera ocurrido a ellas. Acordaron ir juntas a todas partes, como les habían ordenado, hasta que atraparan al agresor. Cuando salió de la habitación de Vivienne, Mary Beth se sentó en su cama y rompió a llorar.

Gillian caminaba silenciosa y consternada en dirección al gimnasio, acompañada por Simon. Resultaba angustioso pensar que algo tan horrible pudiera haber sucedido en aquel lugar tan seguro y apacible. Ninguno de ellos quería imaginar siquiera que alguno de los estudiantes hubiera podido perpetrar un acto semejante. Y «agresión» era un término demasiado amplio. Todo lo que deseaban era que, si en efecto se había producido una violación, no la hubiera cometido ningún miembro de la comunidad estudiantil, sino algún desconocido de fuera del campus. Esperaban que lo atraparan cuanto antes, y también que la víctima no hubiera resultado gravemente herida. La junta directiva se había mostrado bastante opaca al respecto, lo cual nunca era buena señal, ya que hacía que todo el mundo especulara y se pusiera siempre en lo peor.

Simon no conocía con certeza la identidad de la víctima, pero podía imaginarlo. Se había fijado en que Vivienne no estaba en el auditorio esa mañana, y Gillian también lo había comentado. Ambos estaban terriblemente alterados por lo ocurrido, por las advertencias de extremar las precauciones y por la escasa información de que disponían. Lo único que les habían dicho era que una alumna del internado se encontraba en el hospital, pero desconocían la gravedad de su estado.

Cuando Taylor llegó al edificio de administración, los agentes de policía ya le estaban esperando en la puerta. Eran dos hombres de mediana edad y aspecto muy serio. Les invitó a pasar a su despacho y luego llamó a Nicole para que se uniera a ellos.

—Esta tarde vendrán desde Boston dos inspectores de la unidad de delincuencia sexual juvenil —les informó el sargento que parecía estar al mando—. Son dos investigadores con mucha experiencia en este tipo de casos. Mientras tanto, procederemos a recoger pruebas.

—¿Existe algún indicio de violación y de quién podría haberlo hecho? —preguntó Taylor—. ¿Ha dicho ya Vivienne si fue eso lo que ocurrió?

Se produjo un silencio.

—Esta mañana le ha contado a su madre que la violaron. Que la forzaron contra su voluntad. Eso es violación —confirmó el sargento.

Taylor notó que se mareaba. Acababan de confirmar el peor de sus temores.

—¿Lo hizo alguien que ella conocía? —preguntó Nicole.

—Suponemos que sí. Estoy convencido de que el alcohol tuvo mucho que ver y que la cosa se les fue de las manos. Pero no ha dicho con quiénes estuvo bebiendo. Les está protegiendo.

—¿Fue violada por varios chicos? —inquirió Nicole con voz ahogada.

—Ella dice que fue solo uno —afirmó el sargento con gesto grave.

Era el tipo de situación que toda escuela temía que ocurriera, una tesitura en la que al final todo el mundo salía perdiendo. Ellos tenían la obligación de proteger a sus estudiantes, y todos tenían el derecho de estar a salvo y sentirse seguros.

—¿Creen que nos dirá quién lo hizo?

—Todavía no —respondió el policía en tono irritado—, pero las muestras de ADN y de fluidos corporales nos lo acabarán revelando. Y también algunos objetos encontrados en el lugar de los hechos: una botella de tequila vacía y un estuche de violín con una etiqueta en la que aparece el nombre de Thomas Yee. Nos gustaría hablar con él esta mañana.

Nicole supuso que habría huellas dactilares en la botella. Si Vivienne no confesaba quién la había violado, aquella se convertiría en una investigación muy larga y exhaustiva.

—Por supuesto —dijo Taylor—. Aunque me cuesta creer que Tommy Yee tenga algo que ver en todo esto. Es uno de nuestros estudiantes más aplicados —añadió, terriblemente afligido solo de pensar en la posible implicación de Tommy.

—Tendrá que explicarnos qué hacía su violín allí —repuso el otro agente, y Taylor asintió de nuevo.

—La botella de tequila está llena de huellas —prosiguió el sargento—, lo cual nos facilitará las cosas. Cuando llevaron a la víctima al hospital, el nivel de alcohol en sangre era extremadamente elevado. En otras palabras, estaba tan borracha que el grado de intoxicación etílica podría haber acabado con su vida. Cualquiera de los que estuvo bebiendo con ella podría haberla violado. O tal vez la joven perdió el conocimiento, ellos se asustaron y, como no querían tener problemas, la dejaron allí y luego otra persona abusó de ella. Esa es otra posibilidad. Podría haber sido violada por alguien ajeno al colegio, pero no es muy probable. Lo más seguro es que lo hiciera un compañero. Y sin duda habrá alguien que sepa lo que ocurrió y al final acabará hablando.

—Esperamos que así sea —afirmó Taylor, y Nicole asintió—. Haremos todo lo que sea preciso para ayudarles. Nosotros también queremos saber quién está detrás de todo esto.

—Analizaremos las huellas siguiendo los procedimientos habituales y, para ir sobre seguro, por mera formalidad, las cotejaremos con los archivos de agresores sexuales y condenados por violación que hayan salido hace poco de prisión y estén actualmente por la zona. Si no encontramos ninguna coincidencia, y estoy casi convencido de que no la encontraremos, tendremos que tomar las huellas a todo el colegio —dijo el sargento en tono calmado—. Si había otras chicas bebiendo con ella, puede que alguna acabe hablando y nos cuente quién más había allí.

—¿Tomar las huellas a los novecientos cuarenta alumnos? —preguntó Taylor, muy sorprendido.

—Sí, y a los miembros del cuerpo docente y a todo el personal que trabaja en el internado. Empezaremos por averiguar con quién estuvo bebiendo y qué fue lo que ocurrió. Si la joven recuerda algo, eso puede conducirnos a su violador. Volveremos a hablar con ella dentro de un rato. Está experimentando el típico sentimiento de culpabilidad de las víctimas de violación: se siente avergonzada y enfadada consigo misma por haberse emborrachado con ellos. Beber en pandilla no es algo muy inteligente, pero los chicos lo hacen, y los adultos también. En todos los casos de este tipo que me he encontrado en colegios, siempre ha habido alcohol de por medio. Se descontrolan, se vuelven locos, y a veces entran en una dinámica de grupo muy agresiva. Pero, en cualquier caso, no hay ninguna justificación para que la violaran.

Taylor y Nicole asintieron, muy tristes y devastados por que algo tan espantoso le hubiera ocurrido a Vivienne. Además, creían lo que la chica le había contado a su madre, aunque eso pusiera al colegio contra las cuerdas respecto a su política sobre el consumo de alcohol.

—Haremos todo lo que esté en nuestra mano para cooperar con ustedes —les aseguró el director con total franqueza.

El sargento prometió mantenerles informados de cualquier avance que se produjera en la investigación. En cuanto los policías se hubieron marchado, Taylor soltó un suspiro y miró a Nicole.

—Nos enfrentamos al mayor escándalo en toda la historia del internado —dijo—. Y tarde o temprano todo este asunto acabará llegando a la prensa.

—No creo que podamos hacer nada para evitarlo —señaló ella—. A la gente le encantan este tipo de historias sórdidas en colegios elitistas. Y que Vivienne estuviera borracha no nos deja en muy buen lugar, ni a nosotros ni a ella. Eso no justifica en absoluto que la violaran, pero ella misma se puso en una situación terriblemente peligrosa. Y el sargento estaba en lo cierto: el alcohol siempre tiene mucho que ver en este tipo de casos.

—Y lo que ha sugerido también es muy probable: que un grupo de estudiantes la dejara allí borracha e inconsciente, y que luego alguien la encontrara y la violara.

—Ojalá fuera eso lo que ocurrió —suspiró Nicole—, aunque lo dudo. Creo que lo hizo uno de nuestros chicos. Ojalá pudiéramos averiguar quién es y llevarlo ante la justicia antes de tener que poner todo el colegio patas arriba.

—Cuando descubramos con quiénes estaba cuando se emborrachó, tendremos que aplicar la política de expulsión por consumo de alcohol en el campus.

—No podemos hacer eso —protestó Nicole en tono expeditivo—. No podemos expulsar a una chica que ha sido violada mientras estaba borracha. Tal vez podríamos expulsar de manera temporal o permanente a los chicos y concederle a ella cierta amnistía si confiesa con quiénes estaba y, sobre todo, quién la violó. Quienquiera que lo hiciera debe ser castigado e ir a prisión.

Taylor asintió. Era consciente de que aquello iba a ser un desastre para el colegio. Nada volvería a ser como antes.

—Esto también asustará a los padres —añadió, pensativo—. Nadie querrá que su hija vaya a un internado donde una de las estudiantes ha sido violada.

—Esa es la razón por la que yo no quise ir a Yale —comentó Nicole—. Cuando estaba enviando solicitudes se produjo una oleada de violaciones en el campus. Ni siquiera me lo planteé. En vez de eso, fui a Harvard.

—Es una universidad de segunda —bromeó Taylor—, pero hiciste bien.

—Lo que quiero decir es que no podemos vendernos como internado mixto si nuestras estudiantes no están seguras. Vamos a tener que mostrarnos muy sensibles al respecto, sobre todo cuando la historia llegue a la prensa. Quién sabe cómo abordarán el tema. Lo más probable es que nos crucifiquen y digan que nosotros hemos tenido la culpa, por una supervisión inapropiada o por laxitud en el cumplimiento de las normas. Pero los chicos son chicos en todas partes, y siempre encuentran una manera de infringir las normas sobre consumo de alcohol, aquí y en todas las escuelas. Lo cual no tiene por qué acabar necesariamente en una violación.

—Va a ser algo devastador —añadió Taylor en tono consternado.

—Ya lo ha sido para Vivienne —repuso Nicole en voz queda.

Se alegraba mucho de que la joven hubiera sobrevivido a la intoxicación etílica, pero ahora tendría que lidiar con las consecuencias de la violación. Estaba de acuerdo con el sargento en que el alcohol siempre tenía mucho que ver en estos casos y que solo servía para empeorar la situación, sobre todo entre los adolescentes.

En cuanto Nicole se fue del despacho, Taylor llamó a Shepard Watts y le informó de lo que sabía hasta el momento, que no era mucho. Algunos estudiantes habían estado bebiendo en el campus, una alumna se había emborrachado hasta el punto de estar al borde de la muerte por intoxicación etílica, y luego había sido violada, probablemente por uno de los chicos. Shepard se alteró mucho al enterarse y dijo en tono vehemente que esperaba que no se tratara de uno de esos casos en los que un grupo de chavales violaban a una chica inocente mientras los otros miraban. Era algo que en los últimos años había ocurrido en algunos de los mejores colegios. Tal como había dicho el sargento, se apoderaba del grupo una mentalidad bárbara y agresiva que acababa arruinando la vida de todos los implicados: la de la víctima, la de los agresores y la de los que miraban.

—Nunca me habría imaginado que algo así pudiera ocurrir aquí —lamentó Taylor—. Creo que debemos comunicárselo a los padres lo antes posible, antes de que se enteren por otros medios. Voy a enviarles un correo electrónico explicándoles la situación y prometiendo mantenerles informados.

—Eso causaría mucho revuelo —objetó Shepard, dubitativo.

—Tratar de ocultarlo sería aún peor. Los alumnos ya lo saben y no tardarán en contárselo a sus padres. Es mejor que se enteren por mí, e incluso por ti, como presidente de la junta escolar.

—Creo que deberíamos mantenerlo en secreto el mayor tiempo posible. ¿De verdad era necesario contárselo a los estudiantes?

—Por supuesto. Tenemos que proteger a las mujeres del colegio. No podemos ocultarles algo así. Tienen que saberlo para extremar las precauciones y velar por su seguridad. Después de lo ocurrido, todas están en peligro.

—¿Has hablado con Jamie? —preguntó Shepard—. Tal vez él haya oído o sepa algo. Si fuera así nos lo contaría. Ese chico sabe distinguir entre lo que está bien y lo que está mal.

—No he visto a ningún estudiante desde la asamblea de esta mañana. Y tampoco me paré a hablar con ninguno. Pero estoy seguro de que si Jamie sabe o se entera de algo nos lo contará. La policía va a tomar las huellas dactilares a todo el colegio. Quieren saber con quién estuvo bebiendo la joven antes de que ocurriera todo, para ver si alguno habla y puede identificar al violador, ya que ella no está dispuesta a hacerlo.

—Parece una chica problemática, una borracha —dijo Shepard en tono irritado—. Este es un quebradero de cabeza que no nos hace ningún favor en estos momentos. Estoy a punto de emprender una nueva campaña para recaudar fondos y no puedo hacerlo con una violación pendiendo sobre nuestras cabezas.

—No creo que sea una borracha, Shep. Es solo una chica de diecisiete años. Tengo claro que los chavales de esa edad intentan engañarnos de vez en cuando para desfogarse un poco, sobre todo los de último año. Están sometidos a mucha tensión, y también cansados de que se les trate como a niños. Sienten que ya están listos para volar. Hacen esas cosas en sus casas cuando no hay nadie, y luego intentan hacerlas aquí. Dentro de un año se emborracharán con sus compañeros en la universidad. Los estudiantes del último curso son siempre un grupo difícil. Es algo que puedes ver en todos los colegios e institutos. Pero en muy pocos casos se cometen violaciones, y por supuesto es algo que no nos gustaría que hubiera ocurrido aquí. Tenemos que actuar de forma rápida y contundente. No toleraremos estos comportamientos en Saint Ambrose. Y desde luego —concluyó el director—, Vivienne contará con todo nuestro apoyo.

—Bien, no creo que consiga recaudar diez millones de dólares para la escuela cuando estalle este escándalo —comentó Shepard, frustrado.

Taylor sonrió.

—Llama a Joe Russo. Seguramente te extenderá un cheque por cinco.

—Creo que su límite está en uno. Bueno, mantenme informado. Y no esperes que te dé las gracias por comunicarme tan malas noticias.

—Tenías que saberlo.

—Ya, tienes razón —convino Shep, aunque seguía sin hacerle ninguna gracia nada de aquello.

—Hoy mismo van a enviar desde Boston a un equipo especializado en delincuencia sexual juvenil. Van a investigar a fondo para descubrir al violador y contarán con plena colaboración por parte del colegio. Se lo debemos a Vivienne, y a todas las alumnas y profesoras.

—Intentemos que todo este asunto quede atrás lo antes posible. Que encuentren al culpable, que lo encierren y que envíen de vuelta a esa chica antes de que se emborrache otra vez.

—No es tan sencillo —dijo Taylor intentando parecer calmado.

—Pues debería serlo —replicó Shepard en tono impaciente.

Colgaron poco después, y al cabo de un momento Charity

entró en el despacho. Había ido a verle durante un descanso entre clases.

—¿Cómo lo estás llevando? —le preguntó a su marido con expresión compasiva, consciente de que, como director, aquello estaba siendo muy estresante para él.

—Esto se va a convertir en un auténtico infierno, ¿no es así? —dijo él con gesto preocupado.

Ella no iba a negar lo evidente.

—Así es, y las cosas se pondrán mucho peor antes de que empiecen a arreglarse. Pero afrontaremos este asunto de la mejor manera posible, y una vez que lo hayamos superado, todo quedará atrás.

Lo dijo en tono sereno y convencido, una de las razones por las que Taylor amaba tanto a su mujer.

—¿Crees que esto acabará destruyendo al colegio? —preguntó, verbalizando sus peores temores.

—No, no lo creo. Estoy segura de que, en sus ciento veintidós años de existencia, Saint Ambrose ha pasado por situaciones igual de malas o incluso peores. Estas cosas pasan. El colegio lo superará, y tú también. Al igual que Vivienne, con ayuda de terapia. Y el chico que lo hizo recibirá su castigo.

—¿Crees que esto ha ocurrido porque nos hemos convertido en un internado mixto?

Charity negó con la cabeza, sonriendo.

—Deja de darle vueltas a eso. Seguro que has estado hablando con Larry Gray otra vez. Hicimos lo correcto apostando por la educación mixta. Esto solo ha sido un golpe de mala suerte, para el colegio y, sobre todo, para Vivienne.

—Gracias a Dios, no he visto a Larry desde que la noticia se ha dado a conocer esta mañana. Debe de estar bailando en su despacho y preparando pancartas en las que ponga: «¡Te lo dije!». Vaticinó que ocurriría algo así. —Taylor estaba desalentado.

—Puede que Vivienne fuera violada por alguien que no

esté relacionado con el internado. Tienes que mantener la calma y prepararte para capear el temporal. Las cosas van a ponerse muy feas durante un tiempo.

—Ya se han puesto, sobre todo para esa pobre chica. Shep se ha tomado muy mal todo este asunto. Se ha enfadado porque dice que esto afectará a su próxima campaña de recaudación de fondos.

—Pues dile que espere seis meses. ¡Por Dios, tú no podías prever nada de esto!

—No, por supuesto que no —dijo, y besó a su mujer, sintiéndose muy agradecido por todo su apoyo.

Cuando Charity se fue, empezó a redactar una carta para los padres, eligiendo con cuidado las palabras para explicarles la situación con el mayor tacto posible. Sin embargo, no tenía ni el ánimo ni el tiempo necesario para hacerlo como era debido, por lo que decidió posponerlo por el momento.

La policía esperó hasta las once de la mañana para volver a hablar con Vivienne. Para entonces ya estaba despierta. Tenía un terrible dolor de cabeza por culpa de la resaca, pero los doctores dijeron que estaba en condiciones de responder a sus preguntas. La madre permaneció en la habitación en todo momento, mostrándose ferozmente protectora del bienestar de su hija. Vivienne presentaba un aspecto lastimoso, como si la hubiera atropellado un autobús. Se la veía exhausta, resacosa y muy abatida. Borracha o no, había pasado por una experiencia terrible para cualquier mujer, y más si cabe para una adolescente.

—¿Recuerdas algo de lo que pasó anoche, Vivienne? —le preguntó el sargento al mando.

Ella vaciló antes de responder.

—Algo. No mucho.

—¿Puedes contarnos lo que recuerdes?

—Después de salir de la casa encantada del gimnasio, estuve bebiendo con un grupo de chicas.

—¿Recuerdas sus nombres?

—No —respondió en voz baja—. No eran de mi curso y apenas las conocía.

—¿Puedes decirnos cuántas eran?

—Dos... cuatro... quizá seis...

—¿Recuerdas qué bebisteis?

Vivienne asintió.

—Tequila.

—Eso es algo muy fuerte para unas muchachas tan jóvenes. —El sargento pareció sorprendido, aunque era algo que ya sabía por la botella que habían encontrado y de la que estaban extrayendo las huellas—. ¿Llevaste tú el tequila?

—No. Una de las chicas tenía un carnet falso y compró la botella en el pueblo. Se suponía que estábamos celebrando una especie de fiesta de Halloween.

Esta última frase, intuyó el sargento, era la única que parecía encerrar algo de verdad.

—¿Y qué ocurrió después de que estuvieras bebiendo con las chicas?

—No lo sé. Me acuerdo de estar tumbada en el suelo y de que había un hombre encima de mí. Luego me desmayé. Y me he despertado aquí esta mañana.

Parecía totalmente inocente, con aquella carita suya de Alicia en el País de las Maravillas.

—¿No recuerdas quién era ese hombre? ¿O algo más acerca de la violación?

—No me acuerdo de ningún detalle, solo de que estaba encima de mí, y después perdí el conocimiento.

—¿Le conocías? ¿Le habías visto antes? ¿Era un estudiante al que hubieras visto en la escuela?

—No.

El sargento sabía por experiencia que estaba mintiendo, pero decidió que era mejor no contradecirla.

—¿Estuvo bebiendo con vosotras?

—Creo que no.

—¿Era un estudiante de aquí?

—No lo sé. No recuerdo cómo era. Me penetró por la fuerza y luego me desmayé.

La chica parecía angustiada. El policía escrutó su cara.

—¿Viste a algún hombre joven o adulto merodeando por el lugar mientras aún estabas consciente?

—No, éramos solo las chicas, creo.

—No nos estás ayudando mucho para encontrar a quien te agredió —dijo él con delicadeza.

—Eso es todo lo que recuerdo —replicó ella, apoyando la cabeza sobre la almohada y cerrando los ojos con gesto dolorido. Luego volvió a abrirlos—. No vi a ningún hombre, ni joven ni adulto, solo al que estaba encima de mí antes de desmayarme.

—Muy bien.

Los policías se levantaron, le dieron las gracias y salieron de la habitación. El sargento esperó hasta que estuvieron en el ascensor para dirigirse a su compañero con expresión frustrada.

—Está mintiendo descaradamente. Está protegiendo a quien lo hizo, tal vez un novio. Pero si le preguntara si tiene novio, lo negaría también. Voy a dejar este asunto en manos del equipo de investigación de Boston. Ellos son profesionales en este tipo de casos. Yo nunca soy capaz de sacarles nada a estas adolescentes, ni siquiera a la mía. Pero antes de volver a la comisaría quiero hacer una paradita.

—¿Y adónde vamos, si se puede saber? —preguntó su compañero.

El caso se estaba volviendo cada vez más difícil. Sin la cooperación de la víctima, les iba a costar mucho avanzar.

—Me muero de ganas de tomarme un chupito de tequila para empezar bien la mañana.

—¿Estando de servicio?

No sabía que el sargento bebiera en el trabajo, pero no dijo nada mientras conducían hasta el pueblo más cercano a Saint Ambrose y paraban delante de la única licorería del lugar. Entraron y el sargento preguntó dónde estaba el tequila. El dependiente negó con la cabeza.

—Solo tengo una botella, y lleva ahí desde hace cuatro años. Nadie bebe tequila por aquí. Creo que es un rollo más de la costa Oeste. Hace años que no compro tequila para la tienda.

—Lamento oír eso —dijo el sargento, aunque su expresión era de satisfacción.

—¿Puedo ayudarles en algo más?

—Por ahora no, pero gracias. —Miró a su compañero cuando salieron de la licorería—. Nos ha mentido también en eso. No sé cómo consiguieron el tequila, pero no fue con un carnet falso. Creo que no hay una sola palabra de verdad en todo lo que nos ha contado. No estuvo bebiendo con unas chicas, o no solo con chicas. No se desmayó simplemente y se despertó a la mañana siguiente en el hospital con dolor de cabeza. Creo que sabe muy bien lo que le ocurrió, pero no nos lo va a contar. O bien tiene miedo del violador, o bien lo está protegiendo porque le conoce. En todo este asunto hay mucho más de lo que parece a simple vista.

Condujeron de vuelta a la comisaría. Los primeros registros informáticos de las huellas extraídas de la botella vacía estaban ya sobre su mesa. Había siete juegos de huellas. Uno pertenecía a Vivienne. Se las habían tomado en el hospital la noche anterior, mientras estaba inconsciente. Los otros seis juegos no se correspondían con ningún criminal convicto ni con ningún delincuente sexual conocido a nivel federal, ni de Massachusetts ni de los demás estados de Nueva Inglaterra. Así pues, no se trataba de ningún malhechor o violador en serie que hubiera estado merodeando por la zona.

Seis personas habían compartido aquella botella de tequila con Vivienne, y el sargento estaba casi seguro de que no eran chicas. Su intuición le decía que eran seis alumnos varones de su misma escuela, uno de los cuales la había violado.

Tenían mucho trabajo por delante: iban a tener que tomar las huellas a todos los estudiantes del internado, y tal vez también a los miembros del cuerpo docente. Volverían allí después de almorzar para hablar con Tommy Yee, el propietario del violín que habían encontrado debajo del árbol en la escena del crimen. Por el momento, era el único alumno al que podían vincular con lo ocurrido, y aunque él no fuera el violador, el sargento confiaba en que supiera quién lo había hecho.

Cuando Tommy Yee se despertó a la mañana siguiente después de su juerga alcohólica, se sentía aún un poco borracho y tenía un terrible dolor de cabeza. Se encaminó tambaleante hacia el cuarto de baño mientras escenas de la noche anterior giraban vertiginosamente por su cabeza como en una película de terror.

Los recuerdos eran fragmentarios e inconexos, y de pronto, mientras se miraba en el espejo preguntándose cómo podía haber ocurrido aquello, le invadió una oleada de pánico que recorrió todo su cuerpo. Volvió corriendo a su habitación, miró por todas partes y comprendió al instante qué era lo que faltaba: su violín. Y sabía dónde se lo había dejado. Con las prisas por huir antes de que los descubrieran, se lo dejó olvidado en el claro. De modo que quien hubiera encontrado a Vivienne, también habría encontrado su violín. Y en el estuche había una etiqueta con su nombre.

Al mismo tiempo, Tommy supo dos cosas con absoluta certeza: que iban a relacionarlo con lo que le había ocurrido a Vivienne y a culparlo por ello, y que sus padres iban a matarlo. El violín le había costado a su abuelo casi cien mil dólares, una cantidad demencial de dinero. Nunca se lo perdonarían. Resultaba inconcebible que lo hubiera perdido, y aún más inconcebible que alguien pensara que él pudiera haber violado a una chica, pero de repente se vio a sí mismo entrando en prisión.

Si de verdad habían encontrado su violín, más le valdría estar muerto. Se planteó volver al lugar de los hechos para recuperarlo, pero si lo intentaba seguramente lo pillarían *in fraganti*, porque la policía estaría allí. ¡Cómo podía haber sido tan estúpido de haberse dejado enredar para beber con los chicos, de haberse emborrachado tanto, de estar siquiera en aquel lugar! No se había enterado de que Rick había violado a Vivienne hasta que se lo contaron los demás. No le había visto hacerlo. Y ahora estaba metido de lleno en aquella pesadilla, y además había jurado proteger a Rick, que ni siquiera era un verdadero amigo.

Entonces vio el correo que convocaba a todo el colegio a una asamblea general y supo al instante cuál era el motivo de aquella reunión. Al salir de su habitación para dirigirse al auditorio se sintió desnudo sin el estuche del violín en la mano. Y rezó por que la chica no hubiera muerto después de dejarla inconsciente en el claro. Habían avisado al personal de seguridad del campus. Chase les había llamado.

Ojalá no hubiera aceptado la invitación de los chicos para beber, pero ahora ya era demasiado tarde. Estaban juntos en aquello y probablemente acabarían todos en prisión. Deseó estar muerto, deseó no haberse emborrachado, pero lo había hecho.

5

Los dos policías se presentaron en el despacho de Taylor mientras este se estaba comiendo un sándwich sentado a su escritorio. Se le formó un nudo en el estómago al verlos. Acababa de terminar una reunión con Nicole, que en ese momento salía por la puerta. Había venido para informarle de que había pedido a los tutores que hablaran con sus alumnos para ver cómo habían reaccionado a la noticia de la violación. Ya era de conocimiento público: la estudiante que había sido «agredida» en realidad había sido violada. Y lo que estaban buscando era a un violador.

—Venimos para ver a Tommy Yee —explicó el sargento. Al escuchar aquello, Nicole giró sobre sus talones y volvió a entrar en el despacho—. Podemos llevárnoslo o hablar con él aquí, aunque conseguiríamos mejores resultados en la comisaría —añadió en tono expeditivo.

Por el momento, Tommy era la única persona a la que podían vincular con la violación y querían obtener toda la información que pudieran sacarle, sobre todo después de que Vivienne se hubiera mostrado tan poco dispuesta a colaborar. Dado que el estuche del violín había aparecido en la escena del crimen, era muy probable que Tommy hubiera estado allí en algún momento de la noche, y querían saber a quién había visto.

—Me gustaría dejar algo claro —intervino Nicole—. Tommy es hijo único de una familia china muy tradicional, y seguramente sea también nuestro mejor estudiante. Si siente que ha deshonrado a su familia de algún modo, es muy probable que se plantee seriamente la idea del suicidio. Si se lo llevan a comisaría, quiero que lo tengan vigilado las veinticuatro horas del día para evitarlo. ¿Pueden garantizarnos eso?

Taylor no había contemplado esa posibilidad, y le alivió mucho que Nicole sí hubiera pensado en ello.

—Si consideran que existe ese riesgo, podemos hablar con él aquí —accedió el sargento en tono mesurado.

La situación ya era lo bastante grave como para añadir un suicidio.

—Se lo agradeceríamos —dijo Nicole, y Taylor asintió.

Ella misma fue a buscar a Tommy. Lo encontró saliendo de la cafetería después de almorzar. Iba solo, aunque por lo general siempre andaba con dos o tres compañeros del último curso. A Nicole le pareció que estaba muy pálido y cansado, e inusualmente tenso. Le dijo con la mayor delicadeza posible que la policía quería hablar con él, y el muchacho la siguió en silencio al despacho del director. No dijo una sola palabra. Nicole no podía imaginárselo cometiendo algo tan despreciable como una violación, y parecía a punto de echarse a llorar cuando entró en el despacho y vio a los dos policías esperándole. Les estrechó la mano con educación y se sentó en una silla.

—¿Sabes por qué queremos hablar contigo, Tommy? —El chico asintió y al momento negó con la cabeza—. Hemos encontrado tu violín en el lugar donde fue violada la víctima. Queremos saber por qué se hallaba allí, y dónde estuviste tú anoche.

—Después de cenar fui a la casa encantada que habían montado en el gimnasio. Luego volví a mi habitación y me acosté.

Ayer me robaron el violín. Por la tarde también había ido a la casa encantada. Dejé el estuche con el violín en la entrada y cuando salí ya no estaba.

El sargento asintió.

—¿Informaste de que te lo habían robado?

—Aún no. Pensaba hacerlo hoy. Esperaba que alguien lo encontrara y me lo devolviera. Lleva una etiqueta con mi nombre.

Lo dijo en voz baja, pero parecía calmarse conforme hablaba. Se había pasado horas tratando de inventarse una excusa para justificar por qué su violín había aparecido junto a la víctima. Por la mañana se había acercado al lugar para echar un vistazo, pero estaba precintado con cinta policial amarilla y se imaginó que los agentes ya se lo habrían llevado.

—Lo hemos comprobado. Se trata de un violín Gagliano, un instrumento muy valioso. Cuesta unos cien mil dólares. Me sorprende que no informaras de su desaparición inmediatamente.

—La gente de aquí es muy honrada, y además lleva mi nombre en el estuche.

—Por eso hemos sabido que era tuyo. —El sargento hizo una pausa y luego miró al muchacho directamente a los ojos—. ¿Sabes quién la violó, Tommy? Si nos lo dices, nadie sabrá que tú nos lo contaste. Es muy importante que nos ayudes a encontrar a quien lo hizo. ¿Viste u oíste algo extraño anoche?

—No —respondió con voz ahogada—. Yo no sé nada. —Entonces rompió a llorar. Taylor y Nicole lo miraron fijamente, preguntándose qué iba a decir a continuación—. Yo no la violé... No lo hice, lo juro.

El chico sollozó durante un buen rato bajo la atenta mirada de los cuatro adultos, hasta que al fin recobró la compostura.

—Te creo —le aseguró el sargento muy serio—. Pero ¿sabes quién lo hizo?

Tommy negó con aire desdichado.

—No, no lo sé.

—Si te enteras de algo o recuerdas alguna cosa, ¿nos lo contarás?

Tommy asintió y se secó los ojos.

—¿Pueden devolverme mi violín?

—Me temo que no. Aunque te lo robaran, apareció en la escena del crimen y ha sido confiscado como prueba.

—Mis padres se enfadarán mucho. Fue un regalo de mi abuelo. Ahora no podré ensayar.

—Podemos prestarte uno —le ofreció Nicole—. No tan bueno como el tuyo, pero quizá te sirva. Uno de nuestros exalumnos ha donado un Gustave Villaume.

Lo sabía porque se lo había contado el jefe del Departamento de Música. Era un violín muy bueno, pero ni de lejos tenía la calidad del que había perdido.

—Gracias —susurró el muchacho. Parecía destrozado y muy asustado por cómo reaccionarían sus padres.

—Puedes marcharte —le dijo el sargento. Tommy se levantó, les dio las gracias y salió del despacho. El oficial de policía suspiró y miró a Taylor y Nicole—. Ya son dos de dos. La víctima también nos ha mentido. No me creo que a Tommy Yee le hayan robado el violín. Es un objeto demasiado valioso e importante para él como para perderlo de vista ni un segundo, y menos aún tratándose de un chico tan concienzudo y meticuloso. —Nicole recordó que siempre le veía cargando con el estuche a todas partes, incluso a la cafetería—. Y la víctima nos ha mentido esta mañana al decirnos que había estado bebiendo con un grupo de chicas, y también sobre cómo habían conseguido el tequila. Hemos comprobado esa parte de su historia y es una mentira flagrante. O bien tiene miedo de quien la violó, o bien es un amigo suyo y lo está protegiendo.

—Eso no tiene sentido —protestó Taylor, un tanto exasperado—. ¿Por qué iba a proteger a alguien que le ha hecho algo así?

—Los adolescentes forjan lealtades extrañas. Es algo que hemos visto muchas veces con anterioridad. Y tampoco me creo que estuviera bebiendo con un grupo de chicas. Estoy convencido de que también Tommy sabe mucho más de lo que dice. Y no sé por qué, pero le creo cuando afirma que él no la violó. Sin embargo, puede que estuviera mirando mientras abusaban de ella. Ha ocurrido otras veces en colegios como este. Cuando están en grupo, los chicos pueden descontrolarse de tal modo que hacen cosas que no harían estando solos. Estoy seguro de que saben a qué me refiero.

Taylor asintió. Sabía muy bien de lo que hablaba. Era algo que podía pasar, sobre todo cuando había bebida de por medio. El alcohol alteraba el comportamiento y llevaba a cometer actos del todo impensables en circunstancias normales.

—Aquí nos regimos por un sistema moral muy fuerte, basado en profundos valores familiares. Nuestros estudiantes no se dedican a violar a sus compañeras —defendió Taylor con expresión tensa.

—Antes no había chicas aquí —le recordó el sargento—. Lamento decir esto, pero vamos a tener que tomar las huellas a todo el colegio. Empezaremos por ahí, y esperemos que con eso sea suficiente. Necesitamos saber con quién estuvo bebiendo Vivienne. Hay seis juegos de huellas en la botella de tequila, aparte de las suyas. Apuesto a que uno de esos juegos pertenece a Tommy Yee. Pero teniendo en cuenta lo que acaba de contarnos sobre él —añadió mirando a Nicole—, no quiero presionarlo demasiado. Podemos tomarle las huellas junto al resto. Empezaremos mañana. Necesitamos un juego completo de huellas de todo el colegio: estudiantes, profesores, jardineros, todo el personal que trabaje aquí. También de las alumnas: si de verdad estuvo bebiendo con algunas chicas, sus huellas aparecerán en la botella. Para proceder a la toma de muestras, colocaremos algunas mesas en el campus con varios agentes que estén fuera de servicio.

El director asintió con gesto consternado, aunque comprendía perfectamente la necesidad de hacer aquello, ya que por el momento nadie parecía dispuesto a hablar.

—Estaremos preparados para recibirles —aceptó, resignado.

Después de que los policías se marcharan, le preguntó a Nicole:

—¿Debemos notificárselo a los estudiantes?

—Creo que no —respondió ella—. Será mejor pillarlos por sorpresa. No queremos que el culpable, sea quien sea, intente librarse de algún modo.

—¿De veras crees que lo hizo uno de nuestros alumnos? —le preguntó Taylor, visiblemente preocupado.

Nicole dudó antes de responder.

—Creo que es posible. Cualquier cosa lo es. Y coincido con el sargento en que Tommy sabe algo. No creo que le robaran el violín. Le he visto llevándolo consigo a todas partes y nunca lo habría dejado en la entrada de la casa encantada. Es demasiado responsable para hacer algo así.

—Muy bien. Pues mañana les comunicaremos que van a tomarles las huellas. Iremos clase por clase. Podemos empezar por los de último año y luego seguir con los cursos inferiores.

Nicole asintió y volvió a su despacho.

Taylor seguía pensando en toda la situación cuando, una hora más tarde, volvió a llamarle el sargento.

—Hemos encontrado una coincidencia en el violín y en la botella de tequila. En ambos objetos aparecen las mismas huellas. Así pues, no me equivocaba: Tommy estaba en la fiesta con alcohol que probablemente desencadenó la violación.

—¿Va a arrestarlo? —preguntó Taylor, conmocionado.

—Todavía no. El equipo de investigadores de Boston se hará cargo del caso a partir de esta tarde. Les proporcionaremos la información de que disponemos y todo dependerá de ellos. Y no creo que Tommy vaya a escaparse. Veremos cómo se desarrollan los acontecimientos cuando hayamos tomado las huellas a todo el colegio.

—Empezaremos con los estudiantes del último curso. Hemos pensado que resultará más útil para ustedes.

—Gracias. Apreciamos mucho su colaboración. Intentaré pasarme por allí mañana para ver cómo va la cosa.

—Gracias, sargento. —Taylor colgó mientras pensaba con aprensión en qué les depararía el día siguiente.

Como de costumbre, Chase y Jamie almorzaron juntos en la cafetería, pero apenas hablaron. Después de la noche que habían pasado, sufrían una terrible resaca y tenían muy mal cuerpo. Ninguno de los dos era capaz de entender qué era lo que había ocurrido ni por qué, qué era lo que había llevado a Rick a cometer un acto tan espantoso. Y ambos estaban avergonzados por haberse peleado por una chica. Era algo totalmente impropio de ellos. No comentaron nada al respecto, pero se sentían fatal. Picotearon con desgana la comida. Los demás ni siquiera se acercaron a ellos.

Jamie había visto a la subdirectora Smith ir a buscar a Tommy, y ambos se preguntaron para qué lo querría. Steve, Rick y Gabe comieron con otros compañeros.

—¿Estás bien? —le preguntó Gabe a Chase cuando se dirigían a clase de matemáticas.

—Sí, claro. Muy bien —respondió Chase con sequedad.

Se sentó en la última fila, lejos de Gabe. Se le veía muy tenso, aunque trataba de aparentar lo contrario. Todos se preguntaban qué ocurriría a continuación, pero Chase estaba seguro de que ninguno de ellos iba a traicionarles. Ni siquiera Tommy, quien no había hecho otra cosa que vomitar y llorar apartado del resto. Tuvieron que contarle lo que había hecho Rick, ya que él no había visto nada.

El tequila había provocado que todo se descontrolara. Chase quería hablar con alguien sobre lo ocurrido, pero no podía hacerlo. Y Jamie parecía estar en todo momento al borde de las lágrimas. No podía dejar de pensar en el aspecto que tenía Vivienne cuando la besó antes de que empezara todo. Y luego la veía allí tumbada en el suelo, pálida e inconsciente. Quería ir a visitarla al hospital, pero no podía hacerlo. Se suponía que ni siquiera sabían quién era la víctima. Si fuera a verla, sospecharían de él en el acto.

Gabe volvió a acercarse a Chase después de la clase.

—¿Crees que deberíamos enviarle flores o algo al hospital? —le preguntó.

—¿Te has vuelto loco? —respondió con gesto agresivo. Parecía a punto de pegarle—. Eso les llevaría hasta nosotros. Déjalo estar, tío. Se acabó. Ya está hecho. Ahora tenemos que apechugar, confiar en que se ponga bien y en que nadie se vaya de la lengua.

Estaba furioso con Rick por lo que había hecho, pero no quería que acabara en prisión. De hecho, su comportamiento desquiciado les había puesto en peligro a todos.

—Nadie hablará —le aseguró Gabe, esperando que su amigo estuviera en lo cierto—. Solo pensé que...

—No pienses tanto. Es demasiado tarde para eso —le interrumpió Chase en tono airado, y se alejó.

En el mismo instante en que ocurrió todo, sobrio de golpe, Chase supo que ninguno de ellos volvería a ser como antes. Y Vivienne tampoco. Se ponía enfermo cuando pensaba en ella ahora. Debería haberla protegido, haberse dado cuenta de lo que Rick le estaba haciendo en vez de estar peleándose con su mejor amigo por un estúpido ataque de celos, porque Jamie la había besado y a él también le gustaba. No debería haber perdido los papeles de aquella manera. Si hubiera mantenido la cabeza fría, podría haber impedido que Rick hiciera lo que hizo. Nunca se perdonaría por aquello, por haberse dado cuenta demasiado tarde de lo que estaba haciendo y no haber podido pararlo.

Cuando Chris Walker entró en la habitación de hospital, Vivienne estaba durmiendo y su madre dormitaba sentada en una silla. El hombre se quedó allí plantado mirando a su hija, pensando en lo que le había pasado mientras las lágrimas corrían por sus mejillas. Quería enfadarse con ella por haberse emborrachado, pero estaba demasiado afectado por lo de la violación. Como si intuyera su presencia en el cuarto, Nancy abrió los ojos y vio al hombre con el que había estado casada veintidós años. Y lo único que pensó fue que desearía que no estuviera allí. Volver a verlo era como una puñalada en el corazón.

Sus miradas se cruzaron por un momento, pero ninguno dijo nada. Chris supo que por fin había llegado el momento de enfrentarse a ella. Nancy le había estado evitando durante meses y se había negado a verle antes de enviarle los papeles del divorcio. Y aunque era consciente de que se lo merecía, aquella situación le dolía. Nancy era una mujer fuerte y dura, pero tenía una faceta dulce y tierna que Chris siempre había amado en ella y que sabía que ya no le dejaría volver a ver. Todo lo que quedaba ahora entre ellos era el dolor que él le había causado, aparte de una hija maravillosa, algo por lo que Chris siempre le estaría agradecido.

—¿Cómo está?

Había tomado el primer vuelo que salía de Los Ángeles esa mañana y luego había conducido dos horas hasta el hospital. Nancy señaló hacia la puerta y él la siguió hasta el pasillo, donde podrían hablar con mayor libertad.

—Más o menos igual. Está muy alterada, como es lógico. No quiere hablar sobre lo que pasó, ni siquiera conmigo. Dice que solo se acuerda de que había un tipo encima de ella al que no conocía, y que luego se desmayó. Creo que está avergonzada por haberse puesto ella misma en esa situación, por beber y emborracharse. Si alguien no hubiera llamado al personal de seguridad del campus, podría haber muerto. Sus compañeras la dejaron allí tirada, inconsciente. El daño psicológico de todo lo que le ha ocurrido puede ser enorme —concluyó ella con tristeza.

Aquella era la peor de las pesadillas para cualquier padre, y Chris se echó a llorar de nuevo.

Nancy lo dejó allí solo unos minutos y volvió al cabo de un rato con un vaso de café de la máquina expendedora, con la cantidad justa de leche y azúcar. A Chris le sorprendió aquel gesto de afecto. Sin embargo, Nancy solo lo había hecho porque sentía lástima por él. Sabía que adoraba a su hija, siempre había sido un padre maravilloso con ella. También sabía lo mal que le sentó que se llevara a Vivienne a Nueva York y que la matriculara en Saint Ambrose. Pero Nancy no quería que su hija se quedara en Los Ángeles y pasara demasiado tiempo con Kimberly, la joven de veinticinco años con la que ahora vivía Chris y que, antes de que ella descubriera la infidelidad, ya llevaba dos años acostándose con su marido. Los pilló *in fraganti* en su casa, en su propia cama, cuando regresó de un viaje de negocios antes de lo previsto y Vivienne se encontraba pasando las vacaciones de Pascua con unas amigas. A Nancy le quedó muy claro que Kimberly había estado allí con anterioridad y que se sentía a sus anchas en la casa.

Una semana más tarde, Nancy voló a la costa Este, encontró trabajo en un bufete neoyorquino y dejó su puesto en Los Ángeles. Después hizo el examen oficial para poder ejercer la abogacía en Nueva York y presentó los papeles del divorcio.

Dos meses más tarde, cuando Vivienne acabó el curso en junio, madre e hija se trasladaron. Mientras tanto, ya había recibido el certificado para ejercer en Nueva York.

En cuanto se marcharon, Kimberly se mudó a vivir con Chris. Nancy le había pedido que vendiera la casa y le diera su parte. No quería que la joven viviera en el lugar que tanto había amado y que había convertido en un maravilloso hogar para los tres. Si ella tenía que empezar de cero, él también debía hacerlo. Chris tenía cincuenta años y Nancy cuarenta y dos, edad suficiente para ser la madre de Kimberly, lo cual hacía que toda aquella historia le resultara aún más dolorosa.

Chris le había pedido que se quedaran en Los Ángeles, o al menos que Vivienne viviera con él hasta que acabara su último año de secundaria, pero Nancy no dio su brazo a torcer y él acabó cediendo. Sin embargo, el hecho de que la hubiera matriculado en el internado de Saint Ambrose le pareció aún más cruel: no solo le había privado de Vivienne, sino que Nancy tampoco iba a estar con ella. Y ahora, para colmo de males, había ocurrido aquella desgracia.

Chris quería llevársela de vuelta a Los Ángeles en cuanto saliera del hospital. Incluso había pensado en pagarle un apartamento a Kimberly para que se mudara hasta que Vivienne empezara la universidad. Era algo que nunca haría por Nancy, pero sí por su hija. Quería hacer todo lo que estuviera en su mano para ayudarla a superar aquel trance tan traumático.

—¿Tienen alguna idea de quién lo hizo? —le preguntó a Nancy mientras se sentaban uno junto al otro en el pasillo, esperando a que Vivienne se despertara.

Ella negó con la cabeza.

—Dice que se emborrachó con un grupo de chicas y que luego perdió el conocimiento. Recuerda que había un hombre encima de ella. Ni siquiera está segura de si las chicas estaban allí cuando ocurrió todo. Cree que se habían marchado antes, pero no lo sabe con certeza.

—Es algo impropio de ella. Pensaba que en ese colegio tenían una política muy estricta con respecto al alcohol.

—Y la tienen, pero los adolescentes consiguen bebida incluso en las mejores escuelas. La policía cree que Vivienne les está mintiendo. —Pareció vacilar un momento—. Y yo también lo creo. Piensan que conoce a quien lo hizo y que le está protegiendo.

—¿Por qué iba a hacer algo así? No tiene sentido.

—Tal vez sean amigos. Quizá estuvo bebiendo con él y con sus amigos y las cosas se descontrolaron. Por el momento, la policía no tiene ninguna idea de quiénes pueden ser, ya sean chicos o chicas. Viv dice que no se acuerda de las chicas con las que se emborrachó y que tampoco sabe cómo se llaman. Su historia no se sostiene por ningún lado y la policía está desconcertada. Hoy va a venir un grupo especializado de Boston, de la unidad de delincuencia sexual juvenil. Tienen mucha experiencia en trabajar con adolescentes. El colegio está haciendo todo cuanto está en su mano para ayudar en la investigación. Los agentes me han dicho que mañana van a tomar las huellas a todos los estudiantes, tanto varones como mujeres. Han extraído varios juegos de huellas de la botella de tequila que encontraron en el lugar de los hechos, y las de Viv también están. Se las tomaron anoche.

—Y cuando averigüen quién es, ¿enviarán a prisión al chico que lo hizo? Eso no suele ocurrir en esta clase de colegios. A estos centros solo vienen una panda de niñatos ricos y malcriados a los que sus padres siempre les sacan las castañas del fuego —bufó Chris.

—Es cierto que van muchos chicos ricos a esa escuela —concedió Nancy—, pero cuando ha habido escándalos de este tipo en otros colegios privados importantes la prensa no ha dudado en crucificarlos. No creo que Saint Ambrose quiera que le ocurra eso, sobre todo en su primer año como internado mixto. Ningún padre querría enviar a su hija a un sitio así.

—¿Por qué ha tenido que pasarle esto a nuestra hija? —preguntó él con los ojos empañados por las lágrimas.

Se había pasado llorando todo el vuelo desde Los Ángeles. Le aterraba pensar que su hija no se recuperara nunca, que quedara traumatizada de por vida, lo que sin duda era una posibilidad. Nancy había estado hablando con Vivienne toda la tarde, diciéndole que no podía dejar que aquello la paralizara o que la convirtiese en una persona temerosa o amargada. Tenía que superarlo a toda costa.

El director, Taylor Houghton, la había llamado para asegurarle que el colegio pagaría todos los gastos médicos del hospital, así como el tratamiento psicológico que Vivienne pudiera necesitar más adelante. Aquello fue lo primero que oyó Chris que le gustó de Saint Ambrose. Él era un hombre de extracción humilde que se había hecho a sí mismo, y sentía un desprecio visceral por los esnobs malcriados y engreídos que pensaba que salían de ese tipo de escuelas.

Nancy había intentado explicarle que en Saint Ambrose había bastante variedad social y que no todos los alumnos habían nacido entre algodones ni eran hijos de padres que habían ido a Princeton o Yale (aunque en muchos casos era así). Chris siempre había mostrado cierto resentimiento en ese sentido. Él había tenido que trabajar para poder ir a la universidad nocturna y había conseguido ganar mucho dinero gracias a su ingenio y su espíritu empresarial, sin el respaldo de una facultad como Harvard.

En ese momento se encendió la luz sobre la puerta de la habitación. Vivienne se había despertado y había llamado a la enfermera. Nancy dejó que Chris entrara primero. Sabía cuánto le alegraría a Vivienne ver a su padre. Ambos se deshicieron en lágrimas y él la abrazó con delicadeza y le acarició el largo cabello dorado como hacía cuando era una niña, lo cual intensificó aún más el llanto de la muchacha.

Vivienne sentía que le había decepcionado al emborracharse la noche anterior y dar pie a que ocurriera todo lo que vino después. Nunca debería haberse juntado para beber con un grupo de chicos, aunque su padre aún desconociera este último detalle.

—Si tu madre lo permite, voy a llevarte de vuelta a Los Ángeles conmigo.

Como de costumbre, Chris trataba directamente con Vivienne sin consultarlo antes con Nancy. Así era como actuaba siempre, pero ella ya no iba a consentirlo más. Pese a haberle amado tanto, ahora le odiaba y ya no era más que un vestigio del pasado. Todo lo que había sentido por él se había convertido en cenizas. Hacía ya medio año que le había pillado en la cama con Kimberly. Dentro de dos meses el divorcio sería definitivo y podría pasar página por fin, pero Nancy era consciente de que nunca le perdonaría.

En cuanto su madre entró en la habitación, Vivienne le preguntó con los ojos brillantes por la ilusión:

—Mamá, ¿puedo volver a Los Ángeles con papá?

—Puede que la policía aún te necesite aquí —repuso Nancy.

Ahora se había convertido en la mala de la película, la que había arrastrado a Vivienne consigo a Nueva York para luego meterla en un internado. Sin embargo, lo había hecho porque pensó que sería bueno mantenerla alejada de ambos mientras tramitaban el divorcio. Nunca le había contado a su hija que había pillado a su padre en la cama con otra mujer y que llevaba dos años engañándola. Nancy podía mostrarse dura e inflexible en ocasiones, pero siempre había sido ecuánime y nunca trataría de meter cizaña para poner a Vivienne en contra de su padre. Y aunque habría preferido no volver a verle más, ahora tenían que estar juntos para afrontar la crítica situación de su hija.

Últimamente solo se hablaban cuando era imprescindible, cuando lo que tenían que decirse no podía transmitirse a través de sus abogados o por correo electrónico. Nancy quería mantener el menor contacto posible con él. Para ella, era historia pasada.

Después de que padre e hija hablaran un rato, Chris fue a buscar la cena para los tres a un restaurante cercano. Vivienne parecía más alegre y tranquila ahora que lo había visto. Siempre se la veía mejor cuando él estaba cerca.

—Sigues muy enfadada con él, ¿eh, mamá? —Nancy no respondió. No quería ahondar en ese tema con su hija—. ¿Es por la chica con la que empezó a salir después de que nos marcháramos?

Nancy prefirió no sacarla de su error.

—Es por un montón de cosas. Nuestra relación ya no funcionaba. Perdimos la ilusión.

Aunque ahora le despreciase, se negaba a emponzoñar la relación de Vivienne con su padre. No pensaba caer tan bajo.

—No te creo, mamá. Tú le amabas, y de la noche a la mañana empiezas a odiarle y nos obligas a trasladarnos. Debe existir alguna razón para ello.

Vivienne llevaba seis meses tratando de averiguarlo, pero ninguno de los dos soltaba palabra. Su padre se sentía demasiado avergonzado y su madre estaba decidida a mostrarse generosa con él y echárselo todo a la espalda.

—Tendrás que preguntárselo a tu padre —respondió Nancy en voz baja.

—Él tampoco me lo contará. Solo dice que ha cometido algunos errores graves y que tú no le perdonarás por ello. ¿Podríais al menos ser amigos?

—Quizá con el tiempo —respondió ella vagamente—. A veces estas cosas tardan mucho en olvidarse. —Entonces cambió de tema y miró a su hija—. Viv, tienes que contarle a la policía todo lo que recuerdes sobre lo que pasó. ¿De verdad estuviste bebiendo con un grupo de chicas, o también había chicos?

Vivienne apartó la mirada y habló en voz queda.

—Puede que hubiera uno o dos, pero no los conocía. No me acuerdo de nada más.

Nancy podía ver en sus ojos que no decía la verdad.

—¿Tienes miedo de que te echen la culpa por lo que ocurrió?

Vivienne no respondió. En ese momento entró Chris con la cena que había comprado en un restaurante italiano: espaguetis con albóndigas y pizza. Les pasó sus platos a Vivienne y Nancy y, a pesar de las circunstancias, los tres disfrutaron de un rato agradable juntos.

—¿Cuánto tiempo tienes que quedarte en el hospital?

—Todavía no lo sabemos —respondió Nancy por su hija—. Quieren tenerla bajo observación y hacerle más análisis para comprobar que su organismo ha eliminado todo el alcohol. Además, tiene que estar disponible para la policía.

Chris asintió. Tenía previsto trabajar con su ordenador desde allí el tiempo que fuera necesario hasta poder llevarse a su hija de vuelta a Los Ángeles, si es que Nancy se lo permitía. Pero de ninguna manera Vivienne regresaría a Saint Ambrose. Chris quería que volviera a su antiguo instituto. Lo único que tendría que decir era que no le gustaba vivir en Nueva York, o que no se sentía a gusto en el internado. No era necesario contarles nada a sus amigas de Los Ángeles, y mucho menos hablarles de la violación. Chris opinaba que no le haría ningún bien. Pensaba comentar todo esto con Nancy en los próximos días. Quería alejar a su hija lo máximo posible de todo lo ocurrido.

Esa noche Vivienne padeció un terrible dolor de cabeza y tuvieron que darle algo para ayudarla a conciliar el sueño. Cuando ya se estaba quedando dormida, sus padres se despidieron prometiéndole que volverían al día siguiente. Nancy pensó que ella y Chris deberían hacer turnos. No tenían por qué pasar tantas horas juntos en el hospital. Estaba bien que se comportaran de manera civilizada, pero cada vez que le miraba veía su cara cuando le sorprendió en la cama con otra. Entonces lo único que quería era cerrar los ojos y perderle de vista.

Se despidieron en la puerta del hospital. Él le ofreció llevarla en su coche, pero ella le dijo que quería tomar un poco el aire y que prefería caminar. Nancy había dejado su coche en el hotel. Tenía una habitación en una pintoresca posada típica de Nueva Inglaterra bastante cerca del hospital, mientras que él se iba a quedar en un motel un poco más alejado. Nancy se sintió aliviada de que no se alojaran en el mismo lugar. Le había amado durante mucho tiempo, pero ya no. Había algunas cosas que no se podían olvidar ni perdonar. Y él las había hecho todas.

6

Gwen Martin y Dominic Brendan eran compañeros en la unidad de delincuencia sexual juvenil del Departamento de Policía de Boston desde hacía siete años. Ambos procedían de grandes familias irlandesas y se habían criado en el mismo barrio. Gwen, de treinta y siete años, tenía cuatro hermanos mayores, tres de ellos policías y uno sacerdote, y tanto su padre como su abuelo habían sido sargentos de distrito. Lo único que había querido ser toda su vida era agente de policía.

Había trabajado como agente encubierta en antivicio durante un tiempo, pero entonces entró para cubrir una baja en la unidad de delincuencia sexual juvenil y al final decidió quedarse, convencida de que por fin estaba haciendo algo que realmente merecía la pena. Le rompía el corazón ver cuánto sufrían aquellas jóvenes. Algunas eran violadas por sus padres o por sus hermanos; otras, por los malnacidos con los que tenían que convivir en los barrios más pobres.

Dominic Brendan era el mayor de siete hermanos, de los que tuvo que hacerse cargo cuando su padre, también policía, murió en acto de servicio. Por esa razón nunca había querido casarse ni tener hijos, aunque adoraba a sus sobrinos. «Yo ya cumplo con mi parte», les respondía a sus hermanos cuando le incordiaban preguntándole cuándo iba a casarse.

A sus cuarenta y seis años, disfrutaba de su vida de soltero y hacía lo que quería en su tiempo libre. Además, le encantaba su trabajo. Solía decirle a Gwen que escuchar sus quejas y discutir con ella cinco días a la semana era muy parecido a estar casado. Nunca se habían liado, pero formaban un gran equipo juntos y tenían una sensibilidad especial para trabajar con chavales de todas las edades. La madre de Dominic seguía lamentando que no se hubiera hecho sacerdote.

Habían pasado la tarde anterior revisando las pruebas sobre el caso de Vivienne Walker con la policía local. Contaban con muy poco para empezar. Tenían siete juegos de huellas extraídas de una botella de tequila, cinco de las cuales todavía no habían sido identificadas, y una víctima que afirmaba que apenas recordaba nada de un acto tan espantoso, que no sabía quién la había violado y que admitía que estaba borracha en el momento en que ocurrió todo.

El sargento que se había encargado del caso estaba convencido de que mentía, ya fuera por temor a las represalias de su agresor o para protegerle. En cualquier caso, la muchacha no estaba siendo de ninguna ayuda, algo que resultaba bastante inusual. Y, por otra parte, tenían a un chico cuyo estuche de violín había sido encontrado en la escena del crimen y cuyas huellas habían aparecido en la botella de tequila. El sargento sospechaba que él también mentía, pero estaba casi convencido de que no era el violador. En última instancia, las pruebas de ADN lo confirmarían.

—Bueno, ¿por dónde empezamos? —le preguntó Gwen a su compañero—. Hoy van a tomar las huellas a todo el colegio, lo cual mantendrá a los agentes locales bastante ocupados. Novecientos cuarenta estudiantes, sin contar con el cuerpo docente y el resto del personal. —Y en el hospital estaban analizando las muestras de ADN y de semen que habían extraído del cuerpo de la joven—. Tarde o temprano encontrarán una coincidencia. Esto va a ser el escándalo del siglo en una escuela como esta. Cuando empecé en este departamento trabajé en un caso de violación en uno de estos colegios elitistas. Seis estudiantes violaron a una alumna de primero mientras otros siete miraban. Prácticamente vendieron entradas para el espectáculo. Los padres de los chicos eran tan ricos e importantes que ninguno fue a prisión. El juez se mostró indulgente con ellos, los condenó a solo seis meses de libertad vigilada, y culpó a la chica. De aquello hará unos diez años. Ahora las cosas ya no funcionan así, al menos en el mundo real.

Ambos sabían que, en el estado de Massachusetts, las leyes de protección de las víctimas de violación impedían que los abogados de la defensa las atacaran esgrimiendo un supuesto consentimiento. Sin embargo, permitían utilizar otros argumentos contra ellas, como su reputación o su historial de relaciones sexuales, lo cual asustaba a algunas y hacía que renunciaran a denunciar la agresión. También cabía la posibilidad de que Vivienne conociera al chico y hubiera tenido relaciones consentidas con él, aunque la policía local lo consideraba bastante improbable, dado el estado de embriaguez en que se encontraba.

Dominic se quedó mirando a su compañera. Tenía una melena pelirroja de color intenso y la piel llena de pecas. Nunca había conocido a ninguna mujer que pareciera más irlandesa que ella.

—Aun así, si algún estudiante del colegio es acusado y condenado a prisión, sus padres batallarán con todas sus fuerzas. Saint Ambrose es un internado elitista como el que más. Esos chicos me ponen muy nervioso. Son tan pulcros y sofisticados que me hacen pensar que no soy lo bastante bueno.

Era un hombre un tanto tosco, pero también el investigador más inteligente con el que Gwen había trabajado. Su relación profesional se basaba en un afecto tácito y un profundo respeto mutuo.

—¿Lo bastante bueno para qué? ¿Para enviar a prisión a

alguien que ha violado a una chica? Eres lo bastante bueno, Dom. Más que bueno para eso.

Gwen, vestida con tejanos y zapatillas deportivas, presentaba un aspecto de lo más juvenil. No quería ofrecer una imagen de policía que asustara a los estudiantes. Buscaba transmitirles confianza y que se abrieran a ella. Para abordar un caso tan complejo y confuso como aquel, pretendía congeniar con ellos, moverse libremente por el campus y tantear mejor el terreno.

En circunstancias normales, Vivienne debería estar deseando con todas sus fuerzas que atraparan a quien la agredió, pero no era así. Se mostraba muy reacia a cooperar, lo cual no era algo infrecuente, pero dificultaba muchísimo la investigación. Todavía no habían conseguido que se pusiera de su parte, no habían logrado convertirla en su aliada.

Cuando estacionaron en el aparcamiento de la escuela, Gwen se quedó muy sorprendida al ver que todos los estudiantes llevaban uniforme: ellos vestían chaqueta y corbata; ellas, falda plisada, blusa blanca o jersey azul y también chaqueta, con el emblema de Saint Ambrose bordado. No cabía duda de que era un colegio de lo más tradicional.

—Mierda, debería haberme puesto falda y tacones —se lamentó Gwen, y Dom se echó a reír mientras bajaban del coche y echaban un vistazo a su alrededor. El lugar era francamente majestuoso—. Esto parece Harvard —dijo impresionada. Costaba no estarlo.

Los dos inspectores se encaminaron hacia el edificio de administración, donde les hicieron pasar al despacho del director, sobriamente revestido con paneles de madera. Nicole ya se encontraba allí, repasando los horarios de la jornada con Taylor, ya que tomar las huellas a los alumnos alteraría por completo la programación de las clases. Tras las presentaciones de rigor, los cuatro tomaron asiento en un par de sofás dispuestos delante de la chimenea. La preocupación y la angustia se reflejaban en los rostros de Nicole y Taylor.

—La situación es un poco caótica ahora mismo —dijo el director con expresión sombría—. Todos estamos muy nerviosos y destrozados por lo ocurrido.

Gwen asintió. Se sentía un poco ridícula por su atuendo juvenil. No se había imaginado que el ambiente del colegio sería tan solemne y formal. Como de costumbre, Nicole llevaba un traje chaqueta gris oscuro y tacones. En ese momento entró la secretaria de Taylor para decirle que Joe Russo estaba al teléfono y que se trataba de algo urgente. El director se excusó y dejó que Nicole hablara con los inspectores para ponerles al día de los últimos acontecimientos en la escuela. No había ninguna novedad: no habían surgido más pistas y nadie tenía ni idea de lo que ocurrió la noche en cuestión. Todo el mundo guardaba silencio.

—Es demasiado pronto —le dijo Gwen. Nicole le había caído bien al instante. Le parecía una mujer inteligente y muy directa—. Siempre hay alguien que ha visto algo o que sabe alguna cosa, y que al final acaba hablando. No puede contenerse. Tiene que hablar porque la carga es demasiado pesada para llevarla solo. Tarde o temprano acabará confesando. O puede que tal vez alguien viera o escuchara algo raro esa noche.

—De momento nadie ha soltado prenda. Les hemos comunicado a los estudiantes de último año que hoy les tomarán las huellas. Nos ha parecido más lógico empezar por ellos, ya que Vivienne está en ese curso. Es bastante improbable que la violara un alumno de primero.

Dom prefirió no comentar nada al respecto.

—¿Cuándo van a empezar? —quiso saber Gwen.

—Los agentes llegaron hace media hora. Ya han comenzado. Tienen que recoger las huellas de ciento noventa y cuatro alumnos.

—No debería llevarles mucho tiempo.

Sin embargo, Gwen era consciente de que, lejos de las grandes ciudades, había menos efectivos policiales y no tenían tanta experiencia en estas lides. A veces tardaban más de lo que le gustaría, pero también eran más cuidadosos y metódicos. Hasta el momento, la policía local había llevado el caso con bastante eficiencia y no habían obviado ningún paso importante en las fases preliminares de la investigación. No habían pasado nada por alto, y el colegio también estaba cooperando plenamente.

—Convocaremos a los estudiantes de tercero en cuanto los agentes hayan acabado —confirmó Nicole.

—Me gustaría dar una vuelta por el campus mientras les toman las huellas, para ver si escuchamos algo o algún alumno nos explica alguna cosa —le informó Gwen con gesto pensativo.

—Les hemos contado que enviamos a Vivienne Walker a casa porque ha contraído mononucleosis. Pero no son tontos, y al no verla ayer en la asamblea ni en las clases todos se figuraron que Vivienne era la víctima. Es lo mínimo que podíamos hacer por ella —dijo Nicole, y Gwen asintió.

Las alumnas del último curso lo habían adivinado enseguida, pero se habían mostrado muy protectoras con su compañera y no habían comentado nada.

Mientras Nicole hablaba con los inspectores, Taylor trataba de tranquilizar a Joe Russo, que estaba furioso porque a su hijo iban a tomarle las huellas como si fuera, según sus propias palabras, un vulgar delincuente. Rick le había llamado para contárselo y el padre estaba escandalizado. Amenazó con no hacer más donaciones a la escuela si Taylor no sacaba a su hijo de la fila inmediatamente.

—Sabes que no puedo hacer eso, Joe. Tenemos que cooperar con la policía y no podemos hacer excepciones. Si nos negamos a que le tomen las huellas, eso le implicaría directamente. Además, se lo debemos a la víctima y a sus padres. Si hubiera sido tu hija, querrías que se hiciera todo lo posible para encontrar a sus agresores. Por Dios santo, pero si van a tomarme las huellas a mí y a todo el cuerpo docente. Y sé muy bien que yo no lo hice. Y también se las van a tomar a todo el personal que trabaja en el campus, incluidas las mujeres.

Al oír aquello, Joe suavizó un poco el tono.

—Rick me ha dicho que solo se las iban a tomar a los del último curso —replicó un tanto confuso.

—Eso será esta mañana. Después procederán con los demás estudiantes y con el resto del colegio. Hemos comenzado con los del último curso porque había que empezar por algún sitio.

—Supongo que no es tan malo como parece, pero no sé por qué hay que molestar a chicos como Rick, Jamie o Chase, que sabes perfectamente que son los mejores estudiantes del colegio. ¿También van a tomárselas a Chase, o tiene trato preferente?

Le irritaba que sus padres fueran estrellas de cine y les guardaba cierto resquemor.

—Por supuesto que Chase no va a recibir ningún trato especial. ¿Por qué iba a ser así? Nadie va a quedarse fuera de la investigación. Que sus padres sean famosos no le exonera de lo que ha ocurrido aquí.

Y si estuvieran al tanto de lo sucedido, los padres de Chase tampoco exigirían que su hijo fuera tratado de forma diferente. Nunca pedían ningún favor especial a la escuela.

—Tan solo lo preguntaba —repuso Joe con sequedad—. Es terrible lo que ha pasado —admitió, muy alterado por la situación y sintiendo lástima por la víctima y sus padres.

—Sí, lo es —convino Taylor, al tiempo que su secretaria le pasaba una nota avisándole de que Shepard Watts estaba por la otra línea. Le hizo un gesto para indicarle que ahora cogería la llamada—. Bueno, tengo que dejarte. Han venido dos inspectores de Boston, de la unidad de delincuencia sexual juvenil. Seguimos en contacto.

—Sí, te llamaré —dijo Joe, un tanto descolocado después de su exabrupto inicial.

Taylor colgó y pasó a la otra línea, donde esperaba Shepard.

—Hola, Shep. Está siendo un día de locos. ¿Qué puedo hacer por ti?

Antes de que pudiera acabar la pregunta, Shepard empezó a soltar un furibundo torrente de quejas y exigencias. Cómo se atrevían a tomarle las huellas a su hijo. Él era el presidente de la junta escolar, Jamie era el mejor estudiante, el deportista estrella, Taylor conocía a toda su familia, eran amigos, ¿qué diantres le pasaba?, ¿es que no tenía ni un asomo de decoro y cortesía, ni la menor consideración o lealtad hacia ellos? Su hijo no era ningún violador. La idea de que pudieran tomarle las huellas a Jamie había sacado a Shepard totalmente de quicio, y Taylor se pasó un cuarto de hora tratando de tranquilizarlo, hasta que al final tuvo que colgarle.

Volvió al despacho, donde Nicole, después de haber hablado con los inspectores sobre lo que se les venía encima, parecía incluso más angustiada que antes.

—Los padres han empezado a llamar para quejarse de que les tomen las huellas a sus hijos —le explicó el director, exhausto.

Charity estaba en lo cierto: las cosas se iban a poner mucho peor antes de mejorar.

—Supongo que todo el mundo piensa que sus hijos son especiales —dijo Gwen—. Debe de ser muy difícil manejar la situación en un momento así.

Taylor asintió, dándole la razón.

—Todos ellos son especiales, pero ninguno recibe un trato preferente. No sería justo para los demás.

Al oír sus palabras, Dominic decidió que aquel hombre le

caía bien. Era muy tradicional y conservador, pero también parecía honesto y sincero, y estaba claro que quería atrapar al violador a toda costa.

—Les acompañaré a donde están los estudiantes de último año —propuso Nicole, tanto para darle un respiro a Taylor como para acceder a la petición de los inspectores.

La policía se había instalado en el auditorio, donde tres largas hileras de alumnos esperaban su turno, hablando en voz baja entre ellos. La subdirectora dejó a los investigadores a su aire y regresó a su despacho.

—Ya saben dónde encontrarme —les dijo antes de marcharse.

Gwen se dio cuenta de que muchos estudiantes se les quedaban mirando, preguntándose quiénes eran.

El proceso avanzaba relativamente deprisa. Los agentes rellenaban una ficha con el nombre, la fecha de nacimiento y el curso. Luego les tomaban las huellas y listo. Se trataba de un procedimiento bastante inocuo, pero sus implicaciones resultaban inquietantes: entre ellos había un violador y la policía estaba decidida a descubrirlo. Y, debido a la falta de información sobre lo ocurrido, nadie estaba libre de sospecha.

Al salir, Jamie pasó sin decir palabra junto a Chase, quien todavía esperaba su turno en la cola. Habían llegado por separado, y durante los dos últimos días habían hecho todo lo posible por no pasar demasiado tiempo juntos. Chase le había preguntado esa mañana si recordaba qué había ocurrido con la botella de tequila, pero ninguno de los dos se acordaba. Salvo Taylor y Nicole, nadie más sabía que estaba en manos de la policía y que habían extraído de ella varios juegos de huellas. Chase y Jamie estaban muy nerviosos, y Rick les había comentado un poco antes que llevaba dos días vomitando, no estaba seguro de si por culpa del alcohol o por la angustia de la situación.

Al dar media vuelta para marcharse, Jamie se dio cuenta

de que Gwen Martin los observaba. No tenía ni idea de quién era. No parecía una policía, pero tampoco una profesora. Se la veía fuera de lugar, con su sudadera, sus tejanos y sus zapatillas deportivas. Y el hombre que la acompañaba también iba mal vestido y tenía pinta de estar aburriéndose mucho.

Gwen habría querido poder preguntarle a alguien quiénes eran aquellos dos rubitos tan guapos, pero no tenía a nadie de confianza cerca. Ya se enteraría más tarde, cuando volviera a hablar con Nicole. Parecían destacar del resto, tan apuestos y seguros de sí mismos. La inspectora continuó observando el avance de las hileras. Para la hora del almuerzo ya habían acabado. Después de comer les comunicarían a los estudiantes de tercero que era su turno.

Los dos inspectores se quedaron hasta después del almuerzo. Entonces, Gwen le dijo a su compañero que quería pasarse por el hospital para hablar con Vivienne.

—¿Ya puede recibir visitas? —preguntó Dominic.

—Eso creo. Ayer habló con los agentes de la policía local. Vamos a averiguarlo.

Condujeron los diez minutos de trayecto que había hasta el hospital. Cuando llegaron, la enfermera que atendía el puesto de control de su planta les informó de que la habitación de Vivienne se encontraba al final del pasillo. También les dijo que sus padres habían salido a comer, lo cual era sin duda muy conveniente para sus intereses.

Dominic se quedó en el pasillo mientras Gwen llamaba a la puerta y entraba en la habitación. Vivienne, que estaba despierta, se sobresaltó al verla. No sabía quién era aquella mujer. Gwen le dedicó su mejor sonrisa para tranquilizarla.

—¿Estás en condiciones de recibir visitas?

Vivienne no se sentía enferma ni sufría ningún tipo de lesión, pero aún se encontraba un tanto aturdida por los efectos de la intoxicación etílica.

—Claro —respondió, devolviéndole la sonrisa.

Pensaba que sería una trabajadora del hospital, o tal vez otra psiquiatra. Por la mañana ya había venido una a visitarla.

—Soy del Departamento de Policía de Boston —se presentó Gwen, sentándose en una silla.

El rostro de Vivienne se tensó al momento.

—Ya hablé ayer con la policía —se quejó. Al instante, decidió que se encontraba mal—. Además, me duele la cabeza.

—No me extraña. Nosotros también tenemos un gran quebradero de cabeza. Queremos ayudarte, pero no tenemos mucho para empezar. ¿Crees que podrías esforzarte un poco para tratar de recordar algo más de lo que ocurrió esa noche? También al principio de la velada, si viste a alguien merodeando por el campus o algo así.

—Ya lo conté ayer. Bebí un montón de tequila y luego me desmayé.

—¿Y no te acuerdas de con quién estuviste bebiendo?

—No, no las conocía bien. ¿Acaso eso importa? Estuve bebiendo con un grupo de chicas y ya está.

Se había inventado una gran historia para encubrir la verdad: estaba demasiado borracha para poder identificar a sus compañeras de juerga, no conocía al chico que la violó y perdió el conocimiento mientras tuvo lugar la agresión.

—Mis padres volverán de un momento a otro —añadió Vivienne, como si eso pudiera disuadir a la inspectora, aunque nada podría lograrlo: estaba decidida a descubrir la verdad.

—Te haré compañía hasta que regresen. —De pronto, Gwen tuvo una idea. Estaba relacionada con una información que quería saber, y Vivienne era una fuente tan buena como cualquier otra—. Antes he estado viendo cómo tomaban las huellas a los estudiantes de tu curso —dijo como quien no quiere la cosa, como si aquello fuera algo tan habitual en Saint Ambrose como la clase de gimnasia.

—¿Les están tomando las huellas? —preguntó Vivienne, muy sorprendida.

—Sí, a todo el colegio. Es un procedimiento rutinario en un caso como este. Incluso al director. —La joven sonrió al oír aquello—. Me he fijado en que había dos chicos altos y rubios en la cola, muy guapos. ¿Son amigos tuyos?

Vivienne se encogió de hombros como para restarle importancia, pero Gwen notó que algo cambiaba en su mirada, de pronto recelosa.

—Sí, sé quiénes son. El del pelo rizado es Jamie Watts, hijo del presidente de la junta escolar, y el otro es Chase Morgan. Sus padres son Matthew Morgan y Merritt Jones. Ambos están rodando, su padre en España y su madre en Filipinas.

Parecía saber mucho acerca de ellos, aunque eso no era difícil: tan solo había doscientos alumnos en su curso.

—Seguro que son los más populares del campus, tan guapos...

—Supongo. Son solo chicos —dijo Vivienne, fingiendo despreocupación.

—¿Has salido con alguno de ellos? —preguntó Gwen, como si se tratara de una conversación intrascendente entre chicas.

Sin embargo, podía ver que Vivienne seguía recelando de ella. No bajaba la guardia en ningún momento.

—No, no he salido con nadie desde que llegué aquí. Viviendo en el mismo internado, me resultaría muy extraño.

—O muy conveniente —repuso Gwen con gesto pícaro.

Se notaba que sabía relacionarse con los jóvenes, y Vivienne sonrió.

—Puede ser. Pero los chicos de aquí no son muy enrollados. Son mucho más guais en Los Ángeles.

—Seguramente tengas razón. Los de Boston tampoco son muy enrollados. Tendrías que ver a mi compañero. Parece que saca la ropa de la beneficencia. —La muchacha se echó a reír al oír aquello—. ¿Y ahora qué? ¿Qué te gustaría que pasara ahora?

Parecía una pregunta inocente, pero Vivienne cayó en la trampa. Gwen sabía muy bien adónde quería llevarla.

—Me gustaría olvidar lo que ocurrió la otra noche —respondió con expresión afligida, y Gwen asintió.

—La noche de la que no te acuerdas, ¿verdad? ¿Y qué es lo que quieres olvidar, si no te acuerdas de lo que ocurrió?

Vivienne rectificó al momento.

—Lo de emborracharme y todo lo que está pasando ahora. El revuelo que se ha armado. La policía, lo de tomar las huellas, lo de que intenten que recuerde algo que ya les he dicho que no recuerdo. No me acuerdo de lo que ocurrió, salvo que estuve bebiendo con un grupo de chicas. Creo que ni siquiera eran de mi curso, y tampoco me acuerdo de qué aspecto tenía el chico.

Nada de aquello era cierto. Gwen podía percibirlo en sus ojos.

—Sí, emborracharte como lo hiciste podría haberte matado. Nada bueno puede suceder cuando hay alcohol de por medio. Y eso se aplica también a los adultos. Pero, fuera quien fuese ese chico, tiene que asumir la responsabilidad de lo que hizo. No puedes dejarlo pasar, Vivienne, o podría hacérselo a alguien más. Muchos chicos de instituto se emborrachan, pero no van violando a sus compañeras por ahí. Este chico sí lo hizo. Es un crimen espantoso y tiene que pagar por ello. Tenemos que encontrarlo, no podemos dejar pasar algo así. No sería justo para ti.

Vivienne se puso muy seria.

—¿Y si estaba borracho cuando lo hizo?

—Eso no es excusa. No hay justificación posible para hacer lo que hizo. ¿Le conocías? —preguntó Gwen con delicadeza.

La joven pareció asustada y furiosa a la vez.

—Ya he dicho que no. Debió de ser algún desconocido que rondaba por el campus. Ningún alumno de Saint Ambrose haría algo así.

—O tal vez sí —la contradijo Gwen—. Fuera quien fuese, hay que detenerlo y llevarlo ante la justicia por lo que te hizo.

Vivienne asintió, con las lágrimas anegándole los ojos.

—No creo que vuelva a hacerlo —aseguró como si le conociera bien.

Gwen la observó fijamente.

—No puedes estar segura de eso. Ni siquiera sabes quién es. Ese chico debe de tener un problema muy serio para haberte hecho algo así. Los buenos chicos no violan a mujeres.

Vivienne asintió y luego pareció aterrada, como si hubiera hablado de más con la inspectora.

—Me duele mucho la cabeza. —Habló con un hilo de voz, casi como una niña pequeña.

—Voy a dejarte que descanses. Volveré en otro momento —dijo Gwen con suavidad, y se levantó.

A Vivienne no le hizo ninguna gracia oír aquello. La inspectora salió de la habitación para dejar que la muchacha reposara tranquila y reflexionara sobre lo que habían hablado. Tenía mucho en lo que pensar, y Gwen sabía jugar a aquel juego mucho mejor que ella. Vivienne no podría seguir ocultando la verdad eternamente, tarde o temprano acabaría hablando. Tenía que hacerlo. Llevaba una carga demasiado pesada para soportarla sola y ella estaba dispuesta a esperar, no importaba el tiempo que hiciera falta. Quería atrapar al chico que había violado a Vivienne Walker. No pensaba descansar hasta conseguirlo.

—¿Cómo está? —preguntó Dominic cuando Gwen salió de la habitación y se alejaron caminando por el pasillo.

Ella permanecía pensativa, dándole vueltas a la conversación que acababa de mantener.

—Asustada —respondió al fin—. Aún no estoy segura de qué, si del chico que la violó, de ella misma, de nosotros... Tal vez tenga miedo de que, si hay un juicio, la tachen de buscona o le echen la culpa a ella de algún modo. Es algo que sucede a menudo. En el colegio hay padres muy poderosos. Esta mañana he visto a dos chicos en la fila del auditorio. Vivienne dice que uno es el hijo del presidente de la junta escolar y que los padres del otro son Matthew Morgan y Merritt Jones. Esa gente no se va a quedar de brazos cruzados si acusan a su hijo de violación. Si la investigación continúa por estos derroteros y podemos acusar a alguien, vamos a necesitar pruebas.

—Tenemos las muestras de ADN —la tranquilizó Dominic—, y las huellas encontradas en la botella.

—No tienen por qué coincidir necesariamente. Según el testimonio de Vivienne, las huellas de la botella corresponden a un grupo de chicas.

Ese era el motivo por el que también se habían tomado las huellas a las alumnas, para comprobar si esa parte de su historia se sostenía. De los novecientos cuarenta estudiantes del colegio, seis se habían emborrachado con Vivienne. Gwen sabía que la joven tenía buenas razones para estar preocupada en ese sentido. La junta escolar se ensañaría con ella por haberse emborrachado hasta el punto de ni siquiera recordar quién la había violado, al menos según ella. ¿Qué clase de chica hacía aquello? Vivienne se vería acorralada por su propia versión de los hechos, una versión que la inspectora estaba convencida de que no era cierta. Estaba protegiendo a alguien, y Gwen quería averiguar a quién. Incluso una chica puesta de tequila hasta las cejas tenía derecho a que no la violaran. Tal vez Vivienne solo tuviera miedo de lo que pudiera decir la gente de ella, de que se enteraran de que se había emborrachado y había sido violada.

—No sé... —suspiró Gwen mientras entraban en el coche sin distintivos policiales con el que habían venido desde Boston—. Hay elementos de este caso que no me gustan nada.

—¿Como cuáles?

Dominic siempre confiaba en el instinto de su compañera y había aprendido a escuchar todas sus teorías. Aunque al principio pudieran sonar descabelladas y él siempre se las discutiera, por lo general acababan teniendo mucho sentido. Una vez más, le prestó la máxima atención. Había acertado en muchas ocasiones y siempre había mostrado una gran perspicacia con los jóvenes.

—No lo sé. Todo el mundo tiene miedo por una u otra razón. Vivienne está asustada, aunque no sabemos bien de qué, y la junta directiva del colegio también. Los padres van a volverse locos si sus hijos se ven implicados de algún modo, o si son acusados de violación. No va a ser fácil llevar este caso ante la justicia, sobre todo si Vivienne no colabora. Creo que todos piensan que lo mejor sería dejar este asunto atrás e intentar olvidarlo. Pero las cosas no funcionan así, y además no sería justo ni correcto. Tenemos una víctima y un crimen espantoso, pero parece que todos quieren que nos olvidemos de ello; no solo la propia Vivienne, sino también el colegio, el chico que lo hizo, los padres... Estamos nadando a contracorriente, Dom, y las corrientes son muy fuertes —concluyó con expresión grave.

En la mayoría de los casos solían contar con más respaldo que el que estaban teniendo ahora. Gwen percibía claramente que Vivienne aún no estaba de su lado. Tenían que convencerla como fuera.

—No es la primera vez que nos encontramos en esta situación —le recordó su compañero—. No siempre somos los héroes en esta historia.

Y eso era especialmente cierto cuando, al llegar a juicio, los abogados de la defensa destrozaban a la víctima en el estrado y la hacían parecer culpable. Ambos sabían que si le tocaba un jurado hostil y poco compasivo, eso podría ocurrirle a Vivienne: una alumna recién llegada a la escuela, que había admitido haberse emborrachado hasta perder el conocimiento y cuyo nivel de alcohol en sangre estaba por las nubes. Si no la hubieran violado ya la habrían expulsado, siguiendo la estricta norma de «una vez y estás fuera» que imperaba en el internado, una regla que a Gwen le parecía un tanto excesiva para chavales de esa edad. Por lo visto, los colegios de esa categoría no querían borrachos entre el alumnado, aunque estaba segura de que algunos de los padres sí lo eran. Aun así, Saint Ambrose seguía enorgulleciéndose de tener una política de tolerancia cero con respecto al alcohol.

Si encontraban al culpable y el caso llegaba a juicio, cuando Vivienne subiera al estrado podrían hacerla parecer una borracha, o incluso una buscona. Eso era lo que solía ocurrir antiguamente en muchos casos de violación, aunque ya no era así. En la actualidad las cosas habían cambiado de dirección y eran más favorables para las víctimas, siempre que se prestaran a colaborar. Ahora el mundo escuchaba a las mujeres, pero tenían que ser valientes para dar un paso al frente y hablar.

Gwen quería ayudar a Vivienne a dar ese paso y plantarse contra un crimen que había atentado contra su integridad como mujer y como persona. Sabía que todo lo que tenían que hacer era convencerla, pero también que no iba a resultar una tarea sencilla, pese a que la actitud con respecto a los violadores había cambiado y ahora los tribunales se mostraban no solo más justos, sino también más severos. No obstante, Gwen seguía sin tener nada claro lo que había ocurrido realmente, ni tampoco a lo que se estaban enfrentando, aunque estaba decidida a averiguarlo.

—¿Crees que intentarán dar carpetazo al asunto? Me refiero a la chica y al colegio —le preguntó su compañero.

Era la primera vez que Dominic pensaba en esa posibilidad. Al principio le había parecido un caso muy claro, pero era evidente que se equivocaba. Una víctima reacia a colaborar era un grave escollo. No podrían ayudarla a defenderse si ella no cooperaba y se ayudaba a sí misma.

—Podría ser —respondió Gwen con aire pensativo—, pero no depende de ellos. El caso está ahora en manos de la policía, y si quieren seguir adelante con la investigación, lo harán. Dependerá de las ganas que tengan de plantar batalla. Un colegio como Saint Ambrose es una institución muy influyente y poderosa, y sin duda habrá mucha presión sobre el cuerpo policial. También dependerá mucho de lo que ocurra cuando el asunto llegue a los medios, y estoy segura de que no tardará en llegar.

»Recibirán una llamada de algún ciudadano, o de algún padre disgustado. Me sorprende que aún no haya salido nada en la prensa, o que los equipos de televisión no hayan acampado ya delante de la escuela. Les concedo un día o dos de margen, y luego la noticia estará en todas partes. Cuando ocurre un suceso así en uno de estos colegios elitistas, siempre recibe una gran atención mediática a nivel nacional.

Dominic le dio la razón a su compañera. En los próximos días iba a haber mucho movimiento en todos los frentes. Lo único que podían hacer ahora era esperar los resultados del análisis de las huellas para ver si surgía alguna coincidencia. Eso esclarecería la historia, y tal vez forzara a Vivienne a confesar la verdad.

—Estoy hambriento. Vamos a comer algo —propuso Dominic—. Luego podemos ir a ver qué han sacado en claro de las huellas de los alumnos de último año.

—Sí, yo también tengo hambre.

—Pues ahora sí que tengo claro que estás preocupada.

—¿Y eso por qué? —preguntó ella sonriendo.

—Porque tú solo comes cuando te preocupa mucho un

caso. El resto del tiempo podrías sobrevivir con lo que come un hámster.

Gwen era menuda y de constitución delgada, y eso hacía que aparentara menos edad de la que tenía. En ocasiones casi podía pasar por una jovencita, lo que le permitía relacionarse bien con los adolescentes. Dominic era un hombre corpulento al que le sobraban unos ocho o diez kilos. Pero le gustaba comer, sobre todo cuando estaban trabajando en un caso difícil.

Fueron a una cafetería que él había visto antes, de camino al hospital, y se sentaron en un reservado. Gwen pidió una hamburguesa y Dominic el pastel de carne especial con salsa y puré de patatas.

—Si nos casamos algún día, te pondré a dieta —le dijo ella mientras esperaban la comida.

—Por eso nunca me casaré contigo —repuso él alegremente—. Ni con nadie. La libertad es la felicidad.

—Ya. Lo que tú digas.

Gwen revisó los mensajes del móvil. Tenía veintidós relacionados con nuevos casos. Tendrían que transferírselos a otros compañeros de la unidad. Les quedaba mucho trabajo por delante en Saint Ambrose, y no habían hecho más que empezar.

Justo en ese momento, Taylor y Nicole estaban hablando sobre cómo manejar el asunto con la prensa. Les sorprendía mucho que ningún medio se hubiera puesto aún en contacto con ellos, pero sabían que el tiempo se les agotaba. A Taylor le habría gustado comentar el tema con Shepard Watts en su calidad de presidente de la junta escolar, pero después de su desagradable conversación de la mañana no le apetecía mucho llamarlo. Aun así, estaba claro que, en cuanto el asunto llegara a la prensa, iban a tener que tomar algunas decisiones difíciles.

—Aún no tenemos ni idea de adónde conducirá todo esto. Por lo que sabemos hasta ahora, ninguno de nuestros alumnos ha tenido nada que ver con lo ocurrido. E incluso si se bebieron una botella de tequila con ella, eso no significa que la violaran. Hará falta algo más que eso para implicarlos —dijo Nicole, esperanzada—. Tendremos que esperar los resultados de las pruebas de ADN. Todavía estamos en los primeros días, Taylor, no hay que dejarse llevar por el pánico.

Querían llevar al violador ante la justicia, pero también querían proteger al colegio, y puede que ambos objetivos fueran incompatibles. No obstante, estaban decididos a anteponer los intereses y necesidades de Vivienne por encima de todo. Y ambos sabían que eso podía costarles el puesto si los padres no quedaban satisfechos con cómo manejaban la situación.

—No me estoy dejando llevar por el pánico, pero poco me falta —admitió Taylor con franqueza. Aún no había visto a Larry Gray en los dos días que llevaban inmersos en la crisis, aunque estaba seguro de que el viejo profesor tendría mucho que decir al respecto—. Trataremos de aguantar durante un día o dos si es posible, pero será mejor que tengamos un comunicado preparado para cuando nos llamen. Y también me gustaría enviar una carta a los padres, aunque prefiero esperar a tener los resultados de las huellas dactilares. Ya he recibido algunas llamadas, sobre todo de padres de alumnas. Les he tranquilizado diciéndoles que hemos aumentado las medidas de protección y la presencia de personal de seguridad en el campus, y que hemos implantado el sistema de ir a todas partes en parejas. Pero es imprescindible que me ponga en contacto cuanto antes con los padres de todo el alumnado —añadió Taylor, y Nicole asintió—. Ya tengo la carta preparada para enviarla.

—Yo empezaré a redactar un comunicado para la prensa —propuso ella—. Puede que esto sea más apremiante. —Coincidían plenamente en las cuestiones fundamentales. Taylor estaba descubriendo que Nicole era una persona muy valiosa para tenerla cerca en una situación de crisis como aquella. Poseía una fabulosa combinación de cualidades: era sensata, inteligente, discreta, valiente y honesta, y además había manifestado su clara e inquebrantable lealtad hacia el colegio pese a llevar solo dos meses como subdirectora. Ella y Charity estaban demostrando ser dos pilares muy importantes en un momento tan difícil, aunque la responsabilidad final de todas las decisiones recaía sobre él—. La policía ha dicho que nos informará esta noche si encuentran alguna coincidencia con las huellas extraídas de la botella. Van a cotejarlas en Boston mediante un sistema informático que es mucho más rápido y sofisticado que el de aquí.

Cuando Nicole se marchó al cabo de unos minutos, Taylor se sentó a su escritorio. Al mirar por la ventana, sintió de pronto una gran compasión por el capitán del *Titanic*. Habían chocado contra el iceberg y solo esperaba que Saint Ambrose no acabara hundiéndose. Aquella era la situación potencialmente más explosiva a la que se había enfrentado en toda su carrera y confiaba en que todos salieran indemnes: estudiantes, profesores, la víctima y el colegio mismo. No solo cargaba con el peso del mundo sobre sus hombros, sino que además lo parecía.

Esa tarde, después de las clases, Steve Babson y Rick Russo fueron a la habitación de Jamie. Este se quedó de piedra al verlos.

—¿Qué estáis haciendo aquí? —preguntó en un susurro—. Y encima juntos.

—Teníamos que verte —dijo Steve con una expresión terriblemente desdichada—. Los últimos tres cursos he estado en vigilancia a prueba. Si encuentran la botella de tequila y nuestras huellas aparecen en ella, me expulsarán en menos que canta un gallo, aunque solo sea por la regla contra el alcohol.

—¿Estás de coña, joder? —replicó Jamie en voz baja y con gesto angustiado—. No te expulsarán: iremos todos a prisión porque sabemos lo que hizo Rick y no lo hemos denunciado. Todos somos cómplices. Y tal vez nos merezcamos ir a prisión —añadió, pensando en Vivienne.

Le habían prometido a Rick que no lo delatarían y se sentían unidos a él por un pacto de honor basado en la lealtad y la amistad, por muy terrible que fuera lo que había hecho. Sin embargo, eso les ponía en peligro a todos ellos.

—Mi padre no dejará que eso ocurra —aseguró Rick con más confianza de la que en realidad sentía—. Nos sacará de esto de algún modo. Él dice que el dinero lo puede todo. ¿Por qué diablos no se nos ocurrió a ninguno llevarnos la botella?

A Jamie le preocupaba que Rick no mostrara ningún signo de remordimiento. Tan solo sentía miedo por lo que pudiera pasarle a él.

—Esa noche todos estábamos desquiciados y nos entró el pánico —dijo Jamie con respecto a la botella.

Chase, que estaba en la habitación de al lado, fue a ver quién había ido a visitar a su compañero y se enfadó mucho al verlos a los tres allí juntos.

—Pero ¿qué estáis haciendo aquí, idiotas? —susurró—. ¿No acordamos que nos mantendríamos un tiempo distanciados?

—Ahora tienen nuestras huellas —le recordó Steve—. Si encuentran la botella, sabrán que estuvimos bebiendo con la chica.

—No son nuestras huellas lo que debería preocuparnos ahora —replicó Chase con expresión sombría.

Se sentía terriblemente mortificado por lo ocurrido. Parecía que hubiera perdido un par de kilos en dos días, y seguramente así fuera. Ninguno de ellos tenía buen aspecto. Estaban nerviosos y alterados y apenas podían dormir. A Chase le atormentaba pensar en lo que Vivienne debía de estar pasando, y a Jamie también, aunque no hablaban de ello. Una absurda rivalidad masculina había estallado de repente entre ellos, y la mecha que había prendido la dinamita había sido el tequila.

—Seguro que ya tienen la botella —musitó Steve angustiado.

—A la mierda la botella —repuso Chase—. Tienen a Viv. Si ella habla, estamos muertos. Y tiene todo el derecho a echarnos la culpa, a nosotros y a Rick.

—Creo que no lo hará —añadió Jamie en voz baja.

—También tienen el violín de Tommy —añadió Rick—. Le vi ayer. Se olvidó el estuche allí, aunque eso tampoco demuestra nada. Es una prueba circunstancial. No se sostendrá ante ningún tribunal. —Pero estaba claro que no eran buenas noticias. Tommy estaba muy asustado y se mantenía alejado de todos ellos. Tenía sus propios miedos con los que lidiar—. Le contó a la policía que se lo habían robado cuando fue a la casa encantada, y dice que le creyeron.

—A saber lo que creen en realidad —replicó Chase con escepticismo—. Deberíais marcharos. Solo podemos esperar a ver lo que ocurre cuando analicen las huellas. ¿Habéis hablado ya con vuestros padres?

Steve negó con la cabeza. Era lo último que quería hacer. Le resultaría más fácil hablar con la policía.

—¿Y vosotros? —preguntó.

Chase también negó con la cabeza. Sus padres estaban fuera, rodando.

—Yo sí —dijo Jamie—. Telefoneé a mi padre y se puso furioso cuando le conté que nos iban a tomar las huellas. Llamó al director Houghton hecho una fiera, pero este le explicó que se las iban a tomar a todo el colegio: a las chicas, a los profesores, al personal que trabaja en el campus. Mi padre me dijo que no había podido hacer nada para impedirlo.

—Mi padre también lo llamó —añadió Rick—, y Houghton le dijo lo mismo.

Rick y Steve se dirigieron con paso derrotado hacia la puerta. Los cuatro se miraron unos a otros, preguntándose cómo podía haber sucedido aquello. Ninguno de ellos podía dejar de pensar en Vivienne, en el aspecto que tenía cuando la abandonaron allí. Por muy borrachos que estuvieran, algunos de los peores recuerdos de aquella noche seguían muy vívidos en su mente: sobre todo, el de cuando se dieron cuenta de que Rick había violado a Vivienne mientras Jamie y Chase se estaban peleando.

—Hasta luego, chicos —se despidió Rick.

Una vez fuera, él y Steve se separaron y se encaminaron hacia sus respectivas residencias.

Justo en ese momento, Adrian Stone se encontraba en la enfermería con su segundo ataque grave de asma en dos días. Betty, la enfermera de la escuela, acababa de llamar al doctor. Su inhalador ya no parecía aliviarlo.

7

Jamie fue a la habitación de Chase justo después de que Steve y Rick se marcharan. Los dos se miraron sin hablar, hasta que Chase señaló hacia su cama y le invitó a tomar asiento. Él estaba sentado ante su ordenador. Ambos permanecieron en silencio durante un buen rato.

Jamie fue el primero en romperlo.

—¿Qué crees que va a pasar?

—Si nos descubren, podrían condenarnos. Y seguramente acabaremos yendo a prisión, porque somos cómplices —respondió Chase con gesto grave—. Estábamos allí y no pudimos detenerlo. Y ahora nos negamos a colaborar con la policía.

—¿Crees que deberíamos confesar lo que ocurrió? —preguntó Jamie en un susurro, pese a que había cerrado la puerta al entrar.

Se sentía bien por poder hablar con alguien. Llevaba dos días dándole vueltas a la cabeza sin parar, tratando de encontrar una explicación a lo que había pasado e intentando decidir lo que deberían hacer ahora. Y por más vueltas que le daba, seguía sin comprender qué clase de locura se había apoderado de Rick.

—Yo también me lo he estado preguntando, pero entonces seguro que enviarían a Rick a prisión. Y aunque no me siento con derecho a delatarnos a todos, creo que se lo debemos a Vivienne. Me gustaría poder hablar de esto con mi padre —admitió Chase—, pero está rodando en alguna montaña remota en la que no hay cobertura y solo se puede contactar con él por radio en caso de emergencia. Tengo que esperar hasta que vuelva. —Entonces miró a Jamie muy serio—. Siento haberme peleado contigo esa noche. Fue una completa estupidez. Creo que los dos le gustamos a Vivienne. Es una chica estupenda. Y no quería que fuera para ti. —Al pensar en ello pareció tremendamente deprimido, y Jamie también—. Ahora me siento tan estúpido... Si no hubiéramos estado borrachos y peleándonos, habríamos visto lo que estaba haciendo Rick y podríamos haberlo parado. Me pongo enfermo solo de pensar en ello. Cada vez que lo veo me dan ganas de patearle el culo.

—A mí también —aseguró Jamie—. Aunque nada de esto habría pasado si no hubiéramos estado borrachos.

—Yo llevé la condenada botella de tequila —dijo Chase, abatido, consumido por el remordimiento mientras se enjugaba una lágrima de la mejilla—. Maldita sea, ojalá pudiera volver atrás y hacerlo todo de nuevo. No tendríamos que haber montado una juerga esa noche. En su momento pareció divertido, pero Rick lo llevó todo a otro nivel.

Un nivel al que ninguno de ellos habría pensado llegar nunca y por el que ahora tendrían que pagar todos.

—Creo que si fuéramos ahora a la policía, solo empeoraríamos las cosas —reflexionó Jamie—. Tenemos que aguantar. Se lo prometimos a Rick. Si hablamos, seguro que irá a prisión. Y Vivienne tampoco ha dicho nada, así que no debe de querer que la policía se entere de lo que ocurrió.

—Sí, lo sé —convino Chase—. Dios, mi padre me matará si esto sale a la luz.

—El mío también —dijo Jamie—. ¿Crees que el padre de Rick podrá librarle contratando a algún superabogado de prestigio?

—No lo sé —admitió Chase—. Yo estoy convencido de que mi padre esperaría que asumiera el castigo por lo que he hecho.

—Yo no sé lo que haría el mío. Seguramente matarme.

Proteger a Rick se había convertido en una carga muy pesada para ambos, que además iba en contra de lo que sentían que le debían a Vivienne. Se debatían en un conflicto insoportable.

Chase miró a su amigo con expresión de pesar.

—Esto mataría a mi padre. Espero que, por el bien de todos, nunca salga a la luz. Aunque es una putada para Vivienne. Me gustaría que pudiéramos compensarla de algún modo.

—¿Crees que estará bien? —preguntó Jamie mientras las lágrimas empezaban a rodar también por sus mejillas.

Ambos lloraban en silencio, pero en cierto modo era mejor hacerlo en compañía que solos. Estaban juntos en aquello y además eran amigos, aunque Jamie sabía que, a partir de ahora, cada vez que viera a Chase recordaría esa noche. Sin embargo, no tenía a nadie más con quien hablar y desahogarse. El recuerdo de lo sucedido y el silencio que ahora compartían se entrelazaban irremediablemente con su amistad.

—No lo sé —respondió Chase—. ¿Cómo va a estar bien, la pobre? Lo más seguro es que esté hecha polvo durante mucho tiempo. Sigo pensando que deberíamos confesar, pero no quiero que acabemos todos en prisión. Eso arruinaría nuestras vidas.

—Tal vez nos lo merezcamos. Tal vez eso sea lo que significa hacer justicia —comentó Jamie en voz queda.

—Si Vivienne quisiera que fuéramos a prisión ya le habría contado a la policía lo que ocurrió. Y está claro que no lo ha hecho, porque entonces ya estaríamos entre rejas y no estarían tomando las huellas a todo el colegio, incluidos el director y el personal de mantenimiento. No les ha contado nada de nosotros, y creo que no lo hará.

Chase estaba bastante seguro de ello, aunque no del todo. Le estaba costando mucho decidir qué era lo que debería hacer, qué sería lo correcto. Sin embargo, sabía que tomara la decisión que tomase acabaría afectando a la vida de mucha gente.

—Puede que también esté avergonzada por juntarse con nosotros y emborracharse. Pero lo que le hizo Rick supone pagar un precio demasiado alto solo por haber estado bebiendo. Ella no se merecía eso. Nadie se lo merece.

Jamie se devanaba los sesos tratando de comprender algo para lo que ninguno de ellos encontraba explicación.

—No es justo que Rick salga indemne de esto —afirmó Chase con gesto grave—. Me pregunto qué haría mi padre. Es el hombre más honrado que conozco.

—En este momento no somos más que un recuerdo horrible para Vivienne, y a partir de ahora siempre lo seremos. ¿Por qué crees que no se lo ha contado a la policía?

Era algo que Jamie se había preguntado un millón de veces.

—Tal vez esté asustada —respondió Chase—. Aunque nosotros seamos los culpables, si el caso va a juicio pueden atacarla y destrozarla ante el tribunal. Los abogados que contraten nuestros padres la sacrificarían a ella para salvarnos a nosotros. Otra explicación puede ser que Vivienne sea realmente una persona buena y decente y no quiera arruinarnos la vida, aunque nosotros se la hayamos arruinado a ella.

Volvieron a quedarse en silencio durante un buen rato, hasta que Jamie se levantó. Tenía la sensación de haber envejecido un montón de años.

—Veremos lo que ocurre mañana con las huellas —concluyó Chase.

Jamie asintió. Luego regresó a su habitación, se tumbó en la cama y se echó a llorar pensando en Vivienne. Sentía que le oprimía un peso enorme. Y tampoco podía dejar de pensar en que Rick no estaba mostrando la menor señal de remordimiento por el terrible acto que había cometido.

El inspector Dominic Brendan llamó a Taylor a las nueve de la noche.

—Tenemos el informe preliminar de las huellas de los alumnos de último año —dijo en tono inexpresivo.

—¿Han encontrado alguna coincidencia con las huellas de la botella? —preguntó Taylor.

Rezó en silencio por que la respuesta fuera negativa, aunque sabía que era una esperanza vana. Deseaba que ninguno de sus estudiantes fuera culpable.

—Seis coincidencias, aparte de las de Vivienne —respondió el inspector en tono sombrío—. Necesitamos que vengan aquí para interrogarlos, y también tendrán que pasar por el hospital para que les practiquen un frotis bucal. Vamos a cotejar su saliva con el ADN extraído de las muestras de semen. Este es un asunto muy serio. Y no será preciso seguir tomando más huellas. Ya tenemos lo que necesitamos.

Desde un punto de vista policial, era un primer paso muy importante.

—¿Van a arrestarlos? —preguntó Taylor con voz ronca.

—Depende de lo que ocurra a partir de ahora: de lo que nos cuenten, de si alguno confiesa la violación, de lo que revelen las muestras de ADN. Ahora mismo les tenemos ubicados en la escena del crimen bebiendo tequila. Eso no es ningún delito grave. Se trata tan solo de unos menores consumiendo alcohol, posiblemente en el lugar y en el momento equivocados. Sin embargo, tenemos que ir paso a paso. Si las muestras de ADN no revelan ninguna coincidencia, entonces el problema es de la escuela y dependerá de ustedes cómo quieran manejar el tema del consumo de alcohol. Pero si alguna de las muestras coincide con las encontradas en el cuerpo de la víctima, entonces la historia cambia por completo, y ya sabe lo que vendría a continuación.

»Queremos encontrar a la persona que violó a Vivienne —aseguró muy serio—. Puede que esos chicos sean sus amigos, y que ese sea el motivo por el que ella no quiera contarnos nada y se haya inventado la historia de que estuvo bebiendo con un grupo de chicas de las que ni siquiera se acuerda. Me cuesta mucho entender que esté protegiendo a un chico que la ha violado, a menos que esté enamorada de él. Con estos jóvenes nunca se sabe. Forjan entre ellos curiosas lealtades por las razones más extrañas.

»Por otra parte —continuó—, un juicio por violación sería muy duro para Vivienne. Y si esos chicos se encontraban en el lugar de los hechos, serán juzgados como cómplices, además de por obstrucción a la justicia por no haberlo denunciado y, en el caso de Tommy Yee, por haber mentido a la policía. Todo dependerá mucho de lo que los chicos digan ahora, de si nos mienten o nos cuentan la verdad, y de lo que Vivienne corrobore.

»Todos son menores de edad —añadió—, así que podrían tener un juicio a puerta cerrada. Pero en un caso tan grave como este podrían no ser tratados como menores, y si uno de ellos cometió la violación, podría ser juzgado, condenado y sentenciado como un adulto, lo que conllevaría una pena de prisión de entre cinco y ocho años. Soy consciente de que estos sucesos en colegios elitistas reciben mucha atención mediática y de que, hasta no hace mucho, los implicados solían recibir condenas muy leves. Pero ahora la mayoría de los jueces ya no se muestran tan benevolentes. La prensa se les echaría encima por dictar sentencias muy duras contra la gente normal y condenar solo a seis meses de libertad vigilada a esos niños ricos. Además, eso causaría una gran indignación entre la opinión pública.

»Hoy en día —concluyó el inspector— los tribunales se

toman muy en serio este tipo de delitos, mucho más que antes. Y si alguien es acusado de violación, no se irá tan fácilmente de rositas. Pero nos estamos adelantando a los acontecimientos. Mañana a primera hora iremos a buscar a los chicos para interrogarlos, y nos gustaría que la señorita Smith y usted estuvieran presentes durante los interrogatorios en representación de los padres. No quiero que les avise de que vamos a ir a buscarlos. Alguno podría intentar escapar durante la noche.

—Claro, lo entiendo. ¿Puede decirme ahora quiénes son?

Taylor notaba cómo el corazón le latía desbocado, y se preguntó si toda aquella presión podría provocarle un ataque cardíaco.

—Se lo diré si promete mantener la información en secreto. Preferiría que no comunicara nada a los padres antes de que traigamos a sus hijos aquí. Tendremos una mejor idea de a qué nos enfrentamos después de interrogarlos y de tener los resultados del ADN. Una vez que hayamos hablado con los chicos, podrá informar a los padres.

—Así lo haré.

—No le envidio —dijo Dominic en tono compasivo—. No le espera una tarea nada fácil, sobre todo en un colegio como este.

Ambos sabían que a cualquier padre de cualquier extracción social le aterraría que su hijo se encontrara en una situación así, pero al menos los padres del Saint Ambrose podrían permitirse contratar a abogados de prestigio; aunque no todos, como aquellos cuyos hijos estudiaban con becas.

El inspector prosiguió:

—Tenemos seis juegos de huellas, aparte de los de la víctima, que coinciden con los encontrados en la botella. Corresponden a James Watts, Gabriel Harris, Steven Babson, Richard Russo, Thomas Yee, que es el chico del violín, y Chase Morgan. Estos son los seis sospechosos.

Taylor permaneció sentado con los ojos cerrados, cada vez más afligido y angustiado a medida que escuchaba los nombres.

—Son algunos de nuestros mejores estudiantes. De hecho, tres de ellos son los primeros de su promoción, y además Chase es el hijo de Matthew Morgan, el actor. Eso significa que, aunque el asunto se limite al consumo de alcohol por parte de menores en el escenario de una violación, la noticia recibirá cobertura mediática nacional y tendremos a la prensa por aquí durante semanas. Debemos prepararnos para la tormenta, inspector Brendan.

—Así es. Aunque esperemos que se trate solo de una tormenta tropical, y no de un huracán. ¿Las ocho de la mañana es demasiado pronto?

—Estaremos preparados. Y gracias por llamar para informarme. Nos vemos por la mañana.

—Primero pasaremos por el hospital para el frotis bucal. Serán solo unos minutos. ¿Disponen de un vehículo para trasladarlos?

—Los llevaremos en una de nuestras furgonetas.

—La inspectora Martin y yo les seguiremos en nuestro coche. Buenas noches, director.

Cuando Taylor colgó, le temblaban las manos. Charity entró en el despacho y, al ver la palidez de su cara, se acercó a él.

—¿Qué ha pasado?

Estaba muy preocupada por su marido. Sabía que se enfrentaba al reto más difícil de su carrera profesional, incluso de su vida.

—Las huellas encontradas en la botella de tequila corresponden a seis alumnos de último año. Seis de nuestros mejores estudiantes. —Lo dijo con labios temblorosos y lágrimas en los ojos, pensando en lo que se les venía encima si resultaba que la cosa iba más allá de una simple fiesta de Halloween con alcohol en el campus. Si las muestras de ADN coincidían con las de alguno de ellos, el chico sería procesado y, si era condenado, iría a prisión. Ni siquiera podía imaginarse cómo sería eso con diecisiete años. Entonces miró a su esposa. Confiaba en ella plenamente y siempre le contaba todos sus secretos, incluido este—. Son Steve Babson, Rick Russo, Gabe Harris, Tommy Yee, Jamie Watts y Chase Morgan.

—Oh, Dios —exclamó Charity, y se sentó junto a él—. ¿Vas a llamar a sus padres esta noche?

—Me han pedido que no lo haga. Mañana se llevarán a los chicos a primera hora para interrogarles y tomarles muestras de ADN. Me han dicho que es mejor que espere a después para llamar a los padres, y que Nicole y yo podremos estar con ellos en representación de los padres.

—¿Deberías llamar a Shep como presidente de la junta escolar?

—No puedo. Tengo que seguir las instrucciones de la policía. Temen que alguno intente escapar, y estoy de acuerdo con ellos. Podrían hacerlo. Y Nicole está muy preocupada por Tommy Yee. Solo nos faltaría un suicidio, además de todo lo que tenemos. Y lo más probable es que pasado mañana se abra la veda para la prensa. Solo espero que salgamos bien librados de esta y que los estudiantes no resulten muy perjudicados. El que cometió la violación merece ser castigado, pero los otros también podrían ser procesados.

—Lo único que puedes hacer ahora es intentar capear el temporal lo mejor posible —dijo ella, y le besó.

Luego se encaminaron con paso cansado hasta su dormitorio, donde Charity le metió en la cama como si fuera un niño. Sabía que al día siguiente iba a necesitar todas sus fuerzas y ella quería transmitirle su apoyo. Mientras le acunaba entre sus brazos, Taylor se echó a llorar.

Esa noche, Adrian Stone se quedó en la enfermería. Betty Trapp quería tenerlo controlado por si sufría otro ataque de asma. El doctor le había recomendado que siguiera usando el inhalador y le había recetado algunas pastillas. Su tutora, Maxine Bell, se había pasado para ver cómo estaba. Lo encontró contento y relajado, viendo la televisión y cenando en una bandeja.

—¿Cómo está? —le preguntó a la enfermera antes de entrar en su habitación para verlo.

—Parece que ahora está bien. Cuando llegó estaba muy nervioso y alterado.

—¿Es que alguno de sus padres ha presentado una nueva demanda contra el otro? Eso suele provocar que se ponga así.

—No, que yo sepa. Le he preguntado si había tenido noticias suyas últimamente y me ha dicho que no sabe nada de ellos desde que empezó el curso.

—De eso hace ya dos meses —repuso Maxine con el ceño fruncido—. Unos padres magníficos, muy preocupados por su hijo —añadió sarcástica en un susurro—. Lo arrastran ante el tribunal cada vez que tienen oportunidad para intentar dejar al otro en mal lugar, pero no le llaman ni le escriben para ver cómo se encuentra. ¿Les has telefoneado para explicarles lo de su ataque?

—Tengo órdenes de enviarles solo mensajes de texto, así que eso es lo que he hecho. Les he escrito a los dos contándoles que Adrian estaba respondiendo bien y que el doctor Jordan le había recetado una nueva medicación, pero ninguno me ha contestado. Supongo que se imaginan que ya se encuentra mejor y que aquí cuidamos bien de él.

Maxine asintió, escéptica, y luego entró a ver a Adrian. Parecía tranquilo. Era un chico menudo y bajito para su edad, y siempre había estado muy delgado. Vestido con el pijama, aparentaba unos doce años en vez de los dieciséis que tenía. Daba la impresión de no haber llegado aún a la pubertad. Apenas tenía una ligerísima sombra de bigotillo sobre el labio superior, y el pelo largo le hacía parecer aún más joven. Algunos de los chicos de su curso ya se afeitaban.

Charlaron durante un rato, pero Adrian estaba viendo un programa y Maxine no quería interrumpirle, así que fue a tomarse una taza de té con Betty. Esta se alegró mucho de tener compañía. Había entrado a trabajar como enfermera después de la muerte de su marido y, al no tener hijos, aquel empleo le pareció una solución ideal para su nueva situación.

Maxine nunca se había casado y llevaba enseñando en internados desde hacía casi treinta años. Ambas mujeres estaban en la cincuentena y se habían hecho buenas amigas. Las dos se entregaban en cuerpo y alma a su trabajo y disfrutaban cuidando de los jóvenes alumnos.

—Hace un rato he recibido un correo electrónico —dijo Maxine—. Por lo visto mañana ya no nos van a tomar las huellas. ¿Ha habido alguna novedad?

—Yo también lo he recibido y no explica nada más. Tan solo que se suspende.

—Espero que esto se solucione pronto. Todos los chicos están muy tensos y muchas alumnas están asustadas.

Luego se pusieron a hablar de otras cosas, y un poco más tarde Maxine regresó a sus dependencias en el campus, situadas muy cerca de donde estaba su despacho. Habían acordado que, como en años anteriores, pasarían juntas el fin de semana de Acción de Gracias en Nueva York, donde aprovecharían para ver algunas obras de teatro. Les vendría muy bien alejarse unos días del colegio.

Esa noche, después de que sus padres se marcharan a sus respectivos hoteles, Vivienne permaneció tumbada en la cama pensando en lo que le había dicho la inspectora: que el chico que la había violado debía pagar por lo que le había hecho. La joven no había mentido acerca de su dolor de cabeza; realmente había empeorado. Estaba convencida de que, si contaba la verdad y hacía que todos los implicados cargaran con la responsabilidad de sus actos, sobre todo Rick, sus abogados la presentarían ante el tribunal como una chica fácil, una buscona, lo que avergonzaría a sus padres.

Sabía que había hecho mal quedándose a beber con los chicos, pero nunca imaginó que las cosas acabarían de aquella manera. Por unos momentos había disfrutado al sentirse deseada tanto por Chase como por Jamie, pero entonces los dos empezaron a pelearse y al final todo se descontroló de la manera más espantosa cuando Rick la forzó y ella perdió el conocimiento.

Aquellos chicos le caían bien, sobre todo Chase y Jamie, pero sabía que, después de lo ocurrido, ya nunca podrían ser amigos. No quería que les expulsaran por beber en el campus y arruinar su futuro, y tampoco quería cargar con la culpa de que encarcelaran a Rick. Era demasiada responsabilidad para ella. Lo que hizo fue horrible, pero destrozarle la vida no iba a cambiar nada.

Se sentía muy confusa sobre lo que debería hacer, y no tenía a nadie con quien hablar, ni siquiera con sus padres. No dejaba de pensar en lo que le había dicho la inspectora. Enviar a prisión a Rick sería algo muy duro, pero también lo que él le había hecho a ella. Se preguntó una vez más si no habría sido culpa suya, por beber con ellos y emborracharse, o incluso si habría incitado a Rick de algún modo. Pero Chase y Jamie también estaban borrachos y ninguno de ellos la había violado. Y en cuanto ella contara la verdad, no podría evitar lo que pudiera pasarles. La decisión estaría en manos del juez y del jurado, y a ella nadie la escucharía.

Seguía pensando que lo mejor sería continuar guardando silencio y hacer lo posible por olvidarlo todo. Las consecuencias de confesar la verdad serían demasiado graves.

No se había puesto en contacto con Lana ni con Zoe después de lo ocurrido. Tampoco había respondido a sus mensajes ni a sus solicitudes de comunicarse por FaceTime. No sabía qué decirles. Aunque no era culpa suya que la hubieran violado, se sentía avergonzada. Demasiado abochornada incluso para contárselo a su madre. Sus padres ya estaban bastante molestos con ella por haberse emborrachado e infringido las normas.

Lana y Zoe le habían preguntado cómo lo había pasado en Halloween, pero ella no les había contestado. No quería que sus amigas se enteraran de lo que le había ocurrido. Nunca volverían a mirarla de la misma manera. Si les contaba la verdad, pensarían que había sido culpa suya por haber estado bebiendo a escondidas con un grupo de chicos después del toque de queda y por haberse emborrachado tanto. Ellas también podrían pensar que era una buscona. Como harían todos los demás.

Tumbada en la cama, Vivienne lloró hasta que la pastilla que le habían dado empezó a hacer efecto y por fin se quedó dormida. Lo único que quería era volver con su padre a Los Ángeles, dar marcha atrás en el tiempo y regresar al cálido seno de su vida anterior. Probablemente, cuando estuviera en Los Ángeles no vería a nadie. No tendría valor para enfrentarse a sus amigas. Pero al menos estaría allí, en su casa, con su padre, donde se sentiría segura.

Sin embargo, tras haber sido violada por alguien a quien conocía, tenía la sensación de que nunca más podría sentirse a salvo. Jamás habría pensado que Rick pudiera violarla, o que una noche de juerga bebiendo tequila con los chicos acabara como lo hizo.

8

A la mañana siguiente, Nicole llegó a la cafetería a las ocho menos cuarto. Ella y Taylor habían decidido que su presencia a una hora tan temprana pasaría más desapercibida que la del director. Este esperaba en la furgoneta aparcada fuera. Los inspectores de Boston llegarían a las ocho para escoltarlos hasta el hospital y la comisaría.

Vio primero a Jamie y a Chase, desayunando juntos como solían hacer a menudo. Estaban comiéndose unos boles humeantes de gachas de avena, y se les veía muy cansados y abatidos. Nicole se detuvo junto a su mesa y les habló en voz baja para que los demás no pudieran oírla.

—Lo siento, chicos. Tenéis que venir con nosotros esta mañana. Tenemos que ocuparnos de unos asuntos. La furgoneta os está esperando fuera.

Los dos parecieron sobresaltados y asustados, pero se recuperaron enseguida y se levantaron. Fingiendo un valor que no tenían, recogieron los platos con el desayuno a medio comer, vaciaron las bandejas y se encaminaron hacia la salida. Apenas tuvieron tiempo para hablar entre susurros.

—Mierda, ¿de qué crees que va esto? —preguntó Jamie.

—No lo sé, pero sospecho que no es nada bueno. Tranquilo. No hables —le ordenó Chase, y Jamie asintió.

Al salir, vieron al director esperándolos en la furgoneta.

Algunos estudiantes se fijaron en ellos, pero la mayoría tenían prisa por entrar a desayunar antes de ir a clase.

Steve y Gabe estaban sentados juntos y parecían discutir por algo. Nicole se acercó a ellos y les pidió que salieran. Luego vio a Rick, cargado con la bandeja del desayuno que acababa de servirse, y también le pidió que fuera a la furgoneta que estaba aparcada en la calle. Solo faltaba Tommy Yee, y por un momento le preocupó no encontrarlo. Entonces lo vio dirigirse a toda prisa hacia el mostrador de la cafetería, cargado con el estuche del violín que le habían prestado del Departamento de Música. Tommy cogió solo un plátano, y ya estaba a punto de salir cuando Nicole lo paró y lo condujo hasta el vehículo del colegio para reunirse con los demás. Para entonces ya eran las ocho, y los inspectores Martin y Brendan esperaban de pie junto a su coche, que estaba estacionado un poco más allá. Se montaron y siguieron a la furgoneta fuera del campus.

Nadie dijo una palabra en el interior del vehículo escolar que conducía Nicole. Ni ella ni Taylor les explicaron adónde se dirigían, y ninguno de los chicos se atrevió a preguntar. Estaban convencidos de que les iban a arrestar, y más de uno palideció al entrar en la furgoneta y saludar al director, que estaba sentado delante. Este les devolvió el saludo con educación, pero no hizo amago de entablar conversación. Prefirió no hablar mucho, decidido a dejar que los inspectores se encargaran de dar las pertinentes explicaciones. Y tampoco quería que ninguno de los chicos se asustara y huyera de la furgoneta.

Los seis muchachos parecieron sorprendidos cuando el vehículo se detuvo delante del hospital, y se preguntaron si iban a enfrentarles en un careo con Vivienne para que ella les acusara directamente. En lugar de eso, les condujeron a un laboratorio de la planta baja, donde les informaron de que iban a tomarles unas muestras de ADN, y les pasaron un hisopo por el interior de las mejillas. Al final, Chase se armó de valor y preguntó para qué era aquello.

Gwen respondió de forma clara y concisa para todo el grupo.

—Esto os eximirá de cualquier implicación en la violación de Vivienne Walker, lo cual será muy bueno para vosotros. En cualquier caso, la policía lo requiere como parte de su investigación. Los resultados definitivos tardarán varias semanas, aunque tendrán un informe preliminar dentro de unos días.

—¿Por qué a nosotros? —preguntó Rick, tratando de parecer sorprendido y despreocupado.

—Hablaremos de ello cuando lleguemos a la comisaría —respondió Gwen.

Luego les condujo de vuelta a la furgoneta, con el inspector Brendan cerrando la comitiva.

Una vez en la comisaría, los chicos permanecieron en silencio mirando hacia todos lados, atemorizados y desconcertados. Ninguno de ellos había estado antes en un lugar así, ni tampoco había sido arrestado.

—¿Estamos detenidos? —quiso saber Jamie.

—No. Os hemos traído aquí para interrogaros —respondió Gwen mientras ella y Dominic les hacían pasar a una sala de reuniones.

Les invitaron a tomar asiento en torno a una gran mesa bastante maltrecha, y Nicole y Taylor se sentaron en el extremo más alejado. La comisaría presentaba un aspecto bastante descuidado, y justo al lado estaban los calabozos para encerrar a los borrachos y los delincuentes menores. El lugar era ruidoso y estaba iluminado por la dura luz de los fluorescentes. No había nada acogedor ni agradable en aquel sitio, y los seis chicos parecían aterrorizados.

—Estáis aquí porque se han encontrado siete juegos de huellas en una botella de tequila que apareció en el lugar donde Vivienne Walker fue violada. La botella estaba casi vacía. Unas huellas pertenecen a Vivienne Walker, y los otros seis juegos a cada uno de vosotros, lo que os sitúa potencialmente en la escena del crimen la noche en que ocurrió. La botella no llevaba allí mucho tiempo, así que en algún momento de esa noche los seis os la bebisteis con ella. De lo que no estamos seguros es de lo que sucedió después.

»Ahora tenéis la oportunidad de contarnos la verdad —les dijo la inspectora—. Decidnos todo lo que sabéis, lo que visteis, lo que ocurrió realmente, si las cosas se os fueron o no de las manos, a qué hora os marchasteis, cuándo visteis a Vivienne por última vez y en qué estado se encontraba. En el hipotético caso de que nos mintáis, al final alguien acabará hablando o encontraremos alguna nueva pista que nos conduzca a la verdad. Por eso os recomiendo encarecidamente que os sinceréis con nosotros. Será mucho mejor para todos si lo hacéis.

»Hablaremos con cada uno de vosotros por separado, y si vuestras versiones no coinciden, entonces sabremos que nos estáis mintiendo. De momento no estáis arrestados, a menos que alguno de vosotros confiese hoy, pero sois sospechosos y por eso estáis siendo investigados. No podréis salir de la zona; en vuestro caso, del colegio. Insisto una vez más en la importancia de que seáis honestos con nosotros. Si lo hacéis, las cosas serán mucho mejor para vosotros. Y aunque alguno de vuestros compañeros nos mienta, los demás haréis muy bien en contar la verdad. La lealtad entre amigos es algo maravilloso, pero no cuando va en contra de la ley. Y estoy segura de que vuestros padres os dirían lo mismo.

A continuación, Gwen llamó a dos ayudantes del sheriff y les ordenó que vigilaran que los chicos no hablaran entre ellos. Después, los inspectores llevaron a Steve Babson a un cuarto situado detrás de la sala de reuniones y le indicaron que se sentara. También pidieron a Nicole que les acompañara. La subdirectora tomó asiento en silencio.

—Steve, cuéntanos qué pasó la noche de Halloween.
—Gwen no se mostraba dura ni amenazante, pero estaba claro que representaba a las fuerzas de la ley y que el foco de atención estaba puesto sobre él. Tras avisarle de que iba a grabar la conversación, la inspectora encendió una grabadora y Steve notó cómo el corazón se le aceleraba y su cuerpo empezaba a temblar—. ¿Cuándo te encontraste con tus amigos? ¿Habíais hecho algún plan? ¿Y cómo es que Vivienne también estaba con vosotros?

—Todos los chicos estuvimos en la casa encantada. Después decidimos montar una pequeña fiesta y fuimos a ese claro detrás de los árboles al que nunca va nadie. A veces nos reunimos allí.

—¿Habíais estado de fiesta antes en ese lugar?

Steve vaciló, luego asintió.

—Una vez, tal vez dos en tres años —dijo, y ella le creyó.

—¿Quién estaba allí la noche de Halloween?

—Gabe, Rick y yo. Jamie y Chase vinieron un poco más tarde.

—¿Quién llevó el tequila?

Volvió a dudar un buen rato, luego miró a la inspectora.

—No me acuerdo.

No era verdad, pero no pensaba delatar a Chase.

—¿Fuiste tú?

—No —respondió tajante.

—¿Fue Vivienne contigo?

—No.

—¿Alguno de vosotros salía con ella, o había quedado alguna vez con ella para salir?

Steve negó con la cabeza. Los inspectores le observaban atentamente. Parecía un chiquillo nervioso y muy asustado.

—No. Las chicas llegaron a Saint Ambrose en septiembre, así que todavía no las conocemos muy bien. Pero Vivienne es muy simpática. Hemos hablado con ella en la cafetería y la hemos visto por el campus.

—¿La invitasteis vosotros a vuestra «fiesta»?

—No. Oímos que pasaba por el camino al otro lado de los árboles. Iba cantando. Y la invitamos a entrar.

—Para entonces, ¿ya habíais estado bebiendo? —Él asintió—. ¿Mucho?

—Bastante.

—¿Ya estabais borrachos cuando se unió a vosotros?

—Más o menos, pero no demasiado. Solo un poco. Ah, y antes de eso Tommy también pasó por el camino y le dijimos que entrara.

—¿Había otras chicas con vosotros?

—No, solo Vivienne.

—¿Por qué Vivienne?

—Pasó cuando estábamos allí. Y es guapa, muy guapa. Y también simpática.

Gwen le miraba fijamente a los ojos. Para ella, la verdad siempre se reflejaba en la mirada. Y hasta el momento, Steve no parecía haber mentido. Por su parte, Dominic hacía sus propias observaciones sobre el lenguaje gestual y corporal del chico, y se fijó en que hablaba más deprisa cuando estaba más nervioso.

—¿Empezó a beber con vosotros?

Ella ya conocía la respuesta, pero quería ver lo que contestaba él.

—Sí, le fuimos pasando también la botella.

—¿Una, dos veces?

—Un montón. No sabría decir cuántas.

—¿Y ella os seguía el ritmo? ¿Ninguno de vosotros paró en algún momento?

—Creo que Tommy paró. Pero ella no. Siguió bebiendo una ronda tras otra.

—¿Parecía muy borracha, como si estuviera descontrolada?

—Estaba borracha, pero no más que nosotros.

—¿Perdió el conocimiento?

—No.

—Y luego ¿qué? ¿Seguisteis bebiendo? ¿Parasteis? ¿Qué?

—Nos acabamos la botella y nos fuimos. Ya había pasado el toque de queda y no queríamos que nos pillaran, así que nos marchamos.

—Cuando os fuisteis, ¿estabais tan borrachos que no podíais manteneros en pie, o solo un poco?

—No, estábamos bastante bien.

—¿Y dónde estaba Vivienne? ¿Se fue con vosotros?

—No, la dejamos allí.

—¿En el claro? ¿Por qué?

Gwen observó que los ojos del chico se tornaban recelosos.

—Los dormitorios de las chicas están en la otra dirección. Ese camino es un atajo hacia su residencia.

—¿Así que la dejasteis allí? ¿Y la visteis marcharse?

—No. Simplemente nos fuimos. Supongo que pensamos que volvería por su cuenta.

—¿Cómo estaba cuando la dejasteis?

—Parecía estar bien, más o menos como nosotros. Supuse que volvería a su residencia. Quizá alguien la atacó después de marcharnos, pero cuando nos fuimos se la veía bien.

—¿Dijo algo de si estaba esperando a alguien?

—No, nos despedimos y ya está. Creo que seguía allí cuando nos marchamos. Tal vez estaba esperando a alguien, pero no lo dijo.

Ahora hablaba más deprisa, algo que Gwen también percibió.

—¿Y qué pasó después?

—Eso fue todo. Volvimos a nuestras habitaciones y nos acostamos.

—¿Hay algo más que puedas contarnos, si viste algo o si ella dijo algo más? ¿Te fijaste en si había alguien en el camino cuando os marchasteis?

—No. Ya pasaba del toque de queda para los cursos inferiores, y también para nosotros. Era más tarde de lo que pensábamos.

—¿Te acuerdas de qué hora era?

—No.

—¿No viste a ningún adulto, un trabajador del campus o algún desconocido?

Steve volvió a negar con la cabeza.

Su historia era coherente y plausible, aunque Gwen no estaba segura de que fuera del todo cierta. Lo que no le cuadraba era por qué se habían marchado y dejado allí sola a la chica con la que habían estado bebiendo, sabiendo que estaba bastante ebria. O tal vez estaban demasiado borrachos para que les importara. Sin embargo, su versión no les dejaba en muy buen lugar: simplemente se habían marchado y la habían abandonado a su suerte.

—¿Llamaste tú al personal de seguridad del campus esa noche?

—No. No lo hice.

Era verdad. Lo había hecho Chase. Si la historia de Steve era cierta, la cuestión era qué había ocurrido desde que el grupo se marchó hasta que la seguridad del campus recibió la llamada. Gwen tenía la sensación de que el chico le estaba mintiendo.

—¿Estaba consciente cuando os marchasteis?

—Sí. Estaba más o menos como nosotros.

La inspectora le dio las gracias y le llevó de vuelta a la sala de reuniones. Luego pidió a Rick Russo que la acompañara. Este parecía tranquilo y confiado mientras ella le conducía al cuarto contiguo. Gwen tenía planeado repasar con él los detalles de la noche en cuestión y se quedó muy sorprendida cuando, tras hacerle la primera pregunta, Rick la miró a los ojos, sonrió y dijo muy claramente:

—Lo siento, inspectora Martin, pero mi padre me ha aconsejado que no responda a ninguna pregunta si no es en presencia de mi abogado. Si voy a ser interrogado, tengo derecho a estar asistido por un letrado o a que me acompañe uno de mis progenitores.

—Tienes razón, y por eso la subdirectora Smith está aquí en representación de tus padres. Pero también tienes la obligación de colaborar con nuestra investigación para llegar al fondo de este asunto, ya que tus huellas están en la botella que apareció en la escena del crimen. Por cierto, ¿cuándo has contactado con tu padre? —preguntó ella, irritada.

—Le he enviado un mensaje cuando veníamos en la furgoneta. Dice que se encargará de que un abogado se presente aquí en cuanto usted lo considere oportuno.

—Muy bien. Que lo haga. Y pronto.

Rick pareció aliviado cuando salió del cuarto. Los otros se quedaron perplejos al verlo regresar tan pronto. Gwen miró con expresión exasperada a Dominic y este enarcó una ceja: en su opinión, o eran unos chicos muy preparados o habían visto mucha televisión. Nicole permaneció sentada en silencio y no hizo ningún comentario, aunque no le sorprendió demasiado la reacción de Rick.

El siguiente en pasar fue Gabe Harris. Su versión no difirió mucho de la de Steve, salvo por algunas pequeñas variaciones. Gabe no pensaba que estuvieran excesivamente borrachos, y tampoco creía que Vivienne estuviera muy mal cuando se marcharon. Tampoco le parecía extraño haberla dejado allí, sola y borracha. Si lo que decía era cierto, estaba claro que la caballerosidad había muerto. Gabe añadió que, cuando se marchaban, ella había dicho algo de que iba a encontrarse con unos amigos.

—¿Después del toque de queda? —preguntó Gwen con cautela, escrutándolo con atención—. Antes has dicho que ya pasaba de la hora y que era muy tarde. ¿Y ella aún pensaba quedarse un rato más?

—Eso parece —respondió él con gesto desenfadado e incluso displicente—. Pero no se la veía muy mal. Ninguno de nosotros estábamos preocupados por ella.

—Eso no dice mucho de vosotros —repuso ella en tono cáustico—. Vivienne nos ha contado que se emborrachó hasta tal punto que perdió el conocimiento y que no se acuerda de lo que pasó después. Y ahora tú nos dices que se encontraba perfectamente.

—Bueno, un poco borracha, pero no como para desmayarse del todo.

—¿Qué significa «del todo»? O se desmayó o no se desmayó. ¿Estaba inconsciente cuando os fuisteis?

—No. Estaba bien.

—¿Y no la visteis marcharse?

—No, aunque seguramente se fue por el mismo camino que nosotros, pero en la dirección contraria.

Así que ninguno la había visto marcharse. Después de Gabe fue el turno de Jamie, quien montó el mismo numerito que Rick Russo, alegando que no hablaría si no era en presencia de su abogado. Lo dijo de forma educada y respetuosa, pero muy firme. Su padre le había dicho que no respondiera a ninguna pregunta si no estaba su representante legal delante. También le había enviado un mensaje en la furgoneta. Y cuando le tocó hablar a Chase, hizo lo mismo.

—Mis padres se encuentran rodando fuera del país —dijo en tono comedido—, pero estoy seguro de que no querrían que me interrogaran sin la presencia de un abogado.

Gwen, bastante irritada por aquel giro de los acontecimientos, hizo pasar entonces a Tommy Yee. El chico estaba muy asustado y se removía inquieto en su asiento. Tenía un pañuelo de papel en las manos que iba haciendo trizas mientras ella le repetía las mismas preguntas. Su versión fue ligeramente distinta. Admitió haber estado bebiendo con los demás, pero dijo que creía que Vivienne había bebido muy poco tequila y que se había marchado antes, y que cuando ellos se fueron del claro ella ya debía de estar en su residencia.

Gwen no tenía ni idea de por qué había cambiado su historia, pero eso la dejaba ahora con dos versiones diferentes del final de la velada y con la mitad de los chicos negándose a responder sin la presencia de un abogado. No le extrañaría que la historia de estos últimos fuera también diferente. Al final, todos los relatos de lo ocurrido aquella noche eran distintos del de la víctima. Aún no sabía qué conclusión sacar de todo ello, salvo que estaba claro que todos mentían, incluida Vivienne.

Antes de dejarlos marchar, volvió a hablar con el grupo en la sala de reuniones en presencia de Taylor y Nicole. Esta vez su tono fue mucho más grave que el empleado al principio.

—Quiero recordaros una vez más que ahora es el momento de sinceraros, no de intentar salirse por la tangente ni de recurrir a artimañas legales. Si nos contáis la verdad, o incluso si alguno confiesa algo que desearía que nunca hubiera ocurrido, al final será mucho mejor para vosotros. Pero si nos mentís y os acabamos descubriendo, ya sea porque surgen nuevas pistas, porque uno de vosotros decide hablar o porque aparece alguien que vio lo que ocurrió realmente, lo pasaréis mucho peor cuando tengáis que enfrentaros a la justicia. —Todos asintieron como niños obedientes mientras la escuchaban—. Y quiero insistir una vez más en que el caso aún está siendo investigado, por lo que no podéis salir del estado bajo ninguna circunstancia. Aún seguís siendo sospechosos. No habéis sido acusados de la violación de Vivienne Walker todavía —hizo hincapié en la última palabra—, pero no estáis libres de sospecha.

Después se dirigió muy seria a Nicole y Taylor para recordarles que los seis alumnos debían permanecer en el campus hasta que finalizara la investigación. Tanto el director como la subdirectora le aseguraron que lo comprendían, al igual que los chicos.

Cuando se marcharon de vuelta a Saint Ambrose, Gwen se quedó con Dominic en la sala de reuniones. No sabía qué pensar.

—Bueno, Dom, ¿qué conclusión sacas de todo esto? —le preguntó.

—Algunos saben mentir muy bien, aunque no tanto como se creen. Y luego están esos cabroncetes listillos que se han negado a hablar si no es en presencia de su abogado. Una maniobra muy propia de niñatos ricos. Ningún chico «normal» habría pensado en eso. De momento se han librado con esa artimaña, pero le diré al director que tienen tres días para presentarse con sus abogados, o de lo contrario los encerraremos en un centro de detención juvenil a la espera de ver cómo se desarrolla la investigación. No podremos retenerlos más que un par de días, pero eso les asustará.

»Por ahora —prosiguió—, tenemos tres versiones distintas de cómo terminó la velada: dos de los chicos y una de la víctima. Unos dicen que se fueron y la dejaron allí, y que ella debió de marcharse después pero que no lo saben con certeza; otro ha añadido que la chica se quedó porque iba a encontrarse con unos amigos, y eso que ya pasaba del toque de queda... ¿Por qué iba a arriesgarse de esa manera? Y según Tommy Yee, la chica se marchó antes que ellos. Así que ¿cuál es la verdad? ¿Estaban todos borrachos como cubas, pero ella se encontraba bien?

»Por su parte, ella asegura que estaba tan borracha que perdió el conocimiento, y que además no estuvo con ninguno de los chicos. Todos mienten como bellacos, Gwen —masculló—. Aunque tal vez eso no tenga tanta importancia. Al final, obtendremos la respuesta de las pruebas de ADN. Cuando estemos seguros de que uno de ellos la violó, el resto de la historia saldrá a la luz. Si encontramos una coincidencia en las muestras de saliva que les hemos extraído hoy, los seis quedarán como una panda de mentirosos cubiertos de mierda hasta el cuello. Entonces todos confesarán la verdad. En este momento no me creo una sola palabra de las versiones que han dado de cómo acabó la noche, y la menos creíble es la de la víctima.

—Quiero volver a hablar con ella —decidió Gwen.

—¿Cuándo?

—Ahora —respondió, y él soltó un gemido.

—Maldita sea, nunca me dejas comer.

—Podrás atiborrarte después de que hable con ella.

Dominic aceptó a regañadientes y Gwen se colgó el bolso del hombro.

Mientras tanto, los chicos regresaban al colegio en completo silencio. Parecían más aliviados y relajados que durante el trayecto de la mañana. En la furgoneta, Jamie les envió un mensaje a los otros para citarlos más tarde en su habitación. Les habían interrogado juntos, así que ya no tenía sentido tratar de mantener las distancias. En lugar de ir a la cafetería a almorzar, se dirigieron a la residencia de Chase y Jamie.

—Bueno, ¿cómo ha ido? —les preguntó Jamie cuando estuvieron en su habitación.

Solo tres de ellos habían respondido al interrogatorio; los otros se habían negado.

—No teníais por qué hablar con ellos —señaló Rick—. Teníais derecho a un abogado.

—Yo no puedo permitirme uno —respondió Gabe—. Si acaban acusándonos, tendré que recurrir a uno de oficio.

Sin embargo, todos confiaban en no tener que llegar a ese extremo.

Jamie dejó escapar un gemido cuando descubrieron que habían dado versiones distintas del final de la historia.

—Oh, no... Ahora sabrán que hemos mentido.

—No son estúpidos —comentó Rick—. Seguramente ya lo saben.

—¿Les habéis dicho que yo llevé el tequila? —preguntó Chase.

Steve respondió que le había dicho a la inspectora que no recordaba quién había llevado la botella.

—Gracias. —Chase respiró aliviado.

—Según la inspectora —intervino Gabe—, Vivienne ha dicho que se emborrachó tanto que estuvo inconsciente todo el rato, pero nosotros hemos dicho que parecía estar bien. —Todos se estremecieron al recordar el aspecto que tenía la joven cuando la dejaron—. ¿Por qué habrá dicho Vivienne que estaba inconsciente? —preguntó Gabe, desconcertado.

—Para no admitir que estuvo con nosotros y tener que identificarnos —dedujo Chase, conmovido—. Después de lo que Rick le hizo, está tratando de salvarnos el pellejo, lo cual dice mucho de ella. ¿Qué pasaría si alguno de nosotros confiesa?

—Que todos estaremos jodidos —replicó Rick, tajante—. ¿Y por qué tendríamos que confesar?

—¿Te sientes bien con lo que estamos haciendo? ¿Mintiendo sobre lo que pasó?

—Diablos, sí. Me sentiría mucho peor si fuera a prisión —aseguró Rick muy convencido.

—Yo también he pensado en confesar —reconoció Jamie.

—¡No lo hagas! —suplicó Steve, aterrado—. Que acabemos todos en la cárcel no ayudará a mejorar las cosas.

—Somos unos mentirosos —farfulló Chase con gesto abatido.

Además, ahora que iba a necesitar un abogado tendría que contárselo a sus padres. Todos ellos tendrían que hacerlo. La cosa se había puesto fea de verdad.

En ese mismo momento, Taylor se estaba enfrentando también a la crisis. Como muestra de deferencia, había hecho la primera llamada a Shepard Watts, el padre de Jamie. El presidente de la junta escolar se puso furioso.

—¿Que han interrogado a Jamie? Taylor, ¿cómo lo has permitido?

Shepard culpaba al director de que la cosa hubiera llegado tan lejos.

—Shep, no he podido impedirlo. Sus huellas estaban en la botella que apareció en el lugar de los hechos. Ellos estaban allí. Aún no se sabe lo que ocurrió antes, durante o después de la violación, pero los chicos estuvieron allí con esa joven durante parte de la noche, y al final ella acabó violada y al borde de la muerte por intoxicación etílica. Son sospechosos, Shep. En este punto, la cosa ya no está en mis manos, ni en las tuyas, ni siquiera en la de los chicos. Ahora es una investigación criminal. Solo rezo para que no encuentren ninguna coincidencia en las muestras de ADN, porque si la encuentran, el que lo hizo irá a prisión.

—¡Por encima de mi cadáver! —gritó Shepard.

—Y casi del de ella —le recordó Taylor con voz calmada—. Ahora estamos metidos en la tormenta y tenemos que sortearla como sea. Y tú tienes que animar a Jamie a que cuente la verdad.

—¿Estás diciendo que mi hijo es un mentiroso?

—Solo digo lo que sabemos hasta ahora. Que algo terrible sucedió esa noche y que no sabemos quién lo hizo. Ahora mismo todo es posible. Y las pruebas de ADN nos revelarán qué ocurrió realmente.

—Seguro que esa chica es una zorra.

Taylor se quedó de piedra al oír aquello. Eran amigos desde hacía tiempo y no daba crédito a la actitud que estaba adoptando ante la violación de Vivienne. Shepard haría cualquier cosa, honorable o no, para sacar a su hijo del lío en el que se había metido. Taylor sabía lo mucho que quería a Jamie, pero al proferir aquel insulto había llegado demasiado lejos. La vida de una joven se había visto afectada para siempre a causa de un acto terrible, y él no pensaba consentírselo, ni como persona ni como director, por mucho afecto que le tuviera a Shepard y su familia. Desde que empezó aquella pesadilla no había hablado con Ellen, tan solo con Shepard, en calidad de padre y presidente de la junta escolar. Taylor no sabía cuál sería la posición de su esposa respecto a aquel asunto.

—Tienes que buscarle asistencia legal, Shep. Quieren que vuelva dentro de tres días para ser interrogado en presencia de un abogado, ya que hoy se ha negado a hablar.

—¿No puedes hacer nada para detener esto? ¿Llamar a alguien? ¿Tirar de algunos hilos? —preguntó Shepard, exasperado y furioso con el director.

—No hay ningún hilo del que tirar. El caso está en manos de la policía. Se ha cometido un crimen terrible y está siendo investigado. Están tratando de encontrar a la persona que lo hizo.

—Bueno, ¡pues mi hijo no fue!

—Espero de verdad que así sea —dijo Taylor sinceramente.

Colgó y llamó a Joe Russo, al que contó básicamente lo mismo, que tenía que buscar un abogado para Rick. Al igual que Shepard, Joe se puso hecho una furia. No eran hombres que se inclinaran ante nada, ni siquiera ante la justicia, y harían cualquier cosa para proteger a sus hijos. La reacción de Joe Russo no le extrañó, pero la de Shepard le sorprendió y le decepcionó. Estaba dispuesto incluso a vilipendiar a la víctima para salvaguardar el honor de Jamie.

Como no había cobertura telefónica en las localizaciones donde estaban rodando los padres de Chase, la única manera de contactar con ellos era por correo electrónico. Taylor les envió un mensaje explicándoles que su hijo se encontraba bien, pero que se había producido una situación de extrema gravedad en el colegio y necesitaba ponerse en contacto con ellos cuanto antes. El asunto era urgente. El director sabía por experiencia que tendría noticias de ellos en cuestión de horas.

En efecto, Matthew le llamó al cabo de una hora desde España a través de una línea fija y Taylor pudo explicarle la situación. El hombre se quedó horrorizado y devastado al enterarse de lo ocurrido a Vivienne. Dijo que pediría a su representante que le consiguiera un abogado a su hijo lo antes posible para que Chase se personara ante la policía y respondiera a sus preguntas. Taylor le comentó que Nicole y él habían estado presentes durante el interrogatorio en representación de los padres, y después le agradeció su predisposición a colaborar. Valoraba realmente su actitud compasiva hacia Vivienne, algo que ni Joe ni Shepard habían hecho.

—Espero que Chase no haya tenido nada que ver —añadió Matthew con voz emocionada.

—Yo también —respondió Taylor sinceramente—. Le informaré en cuanto haya alguna novedad.

Cuando llamó a los Harris, estos se quedaron destrozados. Gabe era su gran esperanza para el futuro y habían invertido en él todo cuanto tenían: su tiempo, su dinero, su apoyo y su amor. La familia entera le había respaldado por completo durante los últimos tres años, privándose de todo lo que no fuera imprescindible. Aquella era una noticia terrible y desgarradora, y lo sería aún más si el muchacho acababa en prisión. Mike Harris rompió a llorar cuando Taylor le dijo que su hijo estaba siendo investigado. Antes de colgar, le prometió también mantenerle informado.

Como era de esperar, Bert Babson no se puso al teléfono. Una enfermera le dijo a Taylor que estaba en medio de una operación. En cambio Jean, la madre de Steve, le llamó veinte minutos más tarde. Cuando el director le explicó la situación, la mujer aseguró que iría inmediatamente a ver a su hijo y le agradeció lo que había hecho por él. A pesar de estar muy alterada por la noticia, parecía bastante centrada y coherente.

La llamada más difícil fue la que tuvo que hacer a los padres de Tommy. Telefoneó a la señora Yee a su empresa de contabilidad. Era una ejecutiva fría y eficiente, y aunque se mostró muy correcta y formal por teléfono, Taylor se dio cuenta de que estaba horrorizada. Tuvo la impresión de que, pasara lo que pasase, al final iban a castigar a su hijo con suma severidad por el mero hecho de haberse visto envuelto en todo aquello. Eran extremadamente duros con él, y Taylor no pudo por menos que compartir la preocupación de Nicole ante la posibilidad de que Tommy intentara suicidarse.

Cuando colgó después de hablar con Shirley Yee, Taylor se sintió como un limón al que hubieran exprimido y arrojado a la basura.

En ese momento Gwen se encontraba ya con Vivienne, repasando punto por punto las versiones que le habían contado los chicos.

—¿Por qué les han interrogado? —preguntó la joven, bastante alterada—. Ya les dije que no estuve con ellos esa noche.

—Nos mentiste. Tus huellas y las suyas estaban en la botella de tequila.

—¿Por eso les tomasteis las huellas a todos los estudiantes? —preguntó asustada.

Gwen asintió.

—Vivienne, tienes derecho a que se te proteja, se te valore y se te haga justicia. Y ahora, ¿nos contarás la verdad?

La muchacha permaneció callada durante un buen rato.

—No quiero que tengan problemas por mi culpa —respondió al fin con un hilo de voz.

—¿Y por qué no, después de lo que te hizo uno de ellos? Si es que fue uno de ellos...

—Tal vez yo tuve parte de culpa. Tal vez hice algo que estuvo mal o que les dio una impresión equivocada. Y encima me emborraché con ellos.

Por fin parecía dispuesta a admitir aquello. No tenía otra elección: los chicos ya habían hablado y las huellas en la botella eran una prueba innegable.

—Todas las víctimas de violación afirman lo mismo que acabas de decir, y además lo piensan. Pero no importa lo corta que lleven la falda o lo borrachas que estén. Todas las mujeres tienen derecho a vestir como quieran sin por ello ser violadas. —Gwen guardó silencio un rato para dejar que sus palabras calaran en ella—. Bueno, ¿vas a contarme lo que ocurrió?

Vivienne negó con la cabeza y se hundió aún más en la cama.

—No, no puedo. Y yo no he dicho que lo hiciera uno de ellos.

Pero Gwen sabía que eso no era cierto, y que Vivienne recordaba perfectamente lo que había pasado.

—¿Estás enamorada de alguno de ellos?

Era la única razón que se le ocurría para que quisiera protegerles.

—No. Me caen bien todos... y hay dos que me gustan mucho. Tal vez podría haberme enamorado de uno de ellos, pero ahora eso ya nunca ocurrirá.

—No, supongo que no. Entonces ¿vas a dejar que se vayan de rositas a pesar de todo?

—Ir a prisión arruinaría sus vidas.

—¿Y qué pasa con tu vida?

—Yo estaré bien —respondió con una vocecita infantil, aunque lo cierto era que seguía sufriendo constantes pesadillas y dolores de cabeza.

—Nunca olvidarás lo que te ocurrió y que no hiciste nada

al respecto, y algún día te arrepentirás. Quiero que pienses en esto, Viv. Que lo pienses muy bien. Tienes una responsabilidad hacia ti misma, hacia la comunidad e incluso hacia esos chicos.

Vivienne giró la cara y fingió no escucharla.

—Me duele la cabeza —susurró.

—Ya me voy. Llámame si quieres hablar... y contarme toda la verdad de lo que ocurrió.

La inspectora se marchó y la dejó sola en la habitación. Ninguno de sus padres estaba a esa hora en el hospital. Dominic la esperaba dentro del coche, en el aparcamiento. Gwen se sentó al volante y miró a su compañero con expresión frustrada.

—¿Y bien? ¿Te ha contado la verdad esta vez?

—Más o menos. Uno de los chicos la violó, pero si intentara sacarle una declaración oficial creo que lo negaría todo. No quiere que vayan a prisión por su culpa. Tiene miedo de haber sido ella la que provocó que ocurriera todo, y también ha dicho que hay dos de ellos que le gustan mucho. Dios... las adolescentes son de lo más complicadas.

—Vale, vale, ahora llévame a comer.

Ella le sonrió y salieron del aparcamiento del hospital. Sin embargo, Gwen no podía dejar de pensar en la terrible experiencia por la que había pasado Vivienne, y una vez más sintió que se le desgarraba el corazón.

Esa tarde, Adrian Stone fue a ver a su tutora, Maxine Bell, como se le había pedido que hiciera en el caso de que necesitara ayuda o consejo. Adrian le dijo que quería llamar al abogado que le había asignado el tribunal y le preguntó si podía utilizar su teléfono.

—¿Ocurre algo, Adrian? ¿Has tenido algún problema con tus padres?

La tutora estaba más que familiarizada con la situación del chico.

—Tengo un problema legal —respondió él muy serio, sentado en el borde de la silla.

—¿Qué clase de problema legal?

—Es confidencial.

—Muy bien. Puedes usar el teléfono. Te dejaré solo todo el tiempo que necesites.

—Gracias.

Maxine salió del despacho y fue a tomarse una taza de café a la sala de profesores. Adrian descolgó el aparato y llamó a Nueva York. Era el número de emergencia que le había dado el abogado, quien respondió al primer tono.

—¿Señor Friedman? Soy Adrian Stone, de Saint Ambrose —dijo el chico con voz clara y firme.

—¿Estás bien? ¿Han presentado tus padres otra demanda? ¿Ha ido a visitarte alguno de ellos?

Friedman no había recibido ninguna notificación al respecto.

—No, esta vez no se trata de ellos. —Adrian hablaba en tono expeditivo y adulto—. Creo que he cometido un delito y podría ir a prisión. Estoy sufriendo ansiedad y he vuelto a padecer ataques de asma. Tengo que verle.

—¿Qué tipo de delito?

Friedman estaba conmocionado. Adrian era el chico más tranquilo y dócil que había conocido en su vida.

—Prefiero contárselo en persona. Necesito que me aconseje. No sé qué hacer. ¿Cree que podría venir a verme a la escuela?

No sabría decir por qué, pero la gravedad con que lo dijo convenció al abogado de que aquello era importante. Casi se le escapó un gemido al mirar su agenda. Tenía reuniones y vistas judiciales durante todo el mes.

—¿Podrías esperar hasta el viernes? —preguntó.

Sentía curiosidad por saber cuál era el problema en el que se había metido su cliente y quería ayudarle. Adrian era un buen chico, pese a tener unos padres horribles.

—Supongo que sí —respondió, aunque no estaba seguro: eso significaba esperar tres días más.

—Pues entonces nos vemos el viernes. Si las cosas se ponen peor antes, llámame.

—Lo haré. Y muchas gracias. Es usted un buen abogado.

—Gracias, Adrian.

Sam Friedman sonrió y le prometió que iría el viernes por la tarde después de comer. Cogería el coche y conduciría desde Nueva York.

Cuando colgó, Adrian se encontraba infinitamente mejor. Estaba orgulloso de la decisión que había tomado. Sabía muy bien por qué sufría aquellos ataques de asma y estaba deseando que llegara el viernes para poder hablar con su abogado. Salió del despacho, le dio las gracias a su tutora y se alejó por el pasillo sintiéndose muy aliviado.

9

Habría que decir en favor de Larry Gray que apenas dio señales de vida tras los turbulentos días que siguieron a la noche de la violación de Halloween, como los estudiantes y los profesores la llamaban. No se había presentado en el despacho de Taylor para recordarle que ya le había advertido de que algo así podría suceder, por lo que el director le estaba muy agradecido.

Sus caminos finalmente se cruzaron en el campus cuando Taylor se dirigía a ver a Maxine Bell para pedirle su opinión sobre cómo asesorar a los estudiantes para que asimilaran lo que había ocurrido. Era algo que estaba muy presente en la mente de todos. Algunos profesores ya habían informado de que las alumnas de primero estaban muy asustadas pensando que algo así podría sucederles a ellas.

Al ver a Larry, Taylor se detuvo y se preparó para recibir una andanada de «Ya te lo dije», que finalmente no llegó. En vez de eso, el viejo profesor mostró una actitud muy compasiva.

—Lo siento, Taylor. Si hay algo que pueda hacer para ayudar, házmelo saber. He preferido dejarte tranquilo estos días porque he supuesto que estarías inmerso en medio de un auténtico tsunami.

—Lo has descrito muy bien. Está siendo terriblemente difícil: tratar de encontrar al violador, tranquilizar a los estudiantes, llamar a los padres, prepararse para lidiar con la prensa...

—Lo superarás. Ya sabes lo que dicen: no hay bien ni mal que cien años dure.

Taylor se echó a reír. Era una frase muy propia de Larry.

—Trataré de no pensar en ello la próxima vez que me sienta bien, aunque no creo que eso ocurra en mucho tiempo. Esto ha sido una terrible desgracia, la víctima no se merecía algo así. Nadie se lo merece.

—Las aguas acabarán volviendo a su cauce —le aseguró Larry, y parecía convencido cuando lo dijo—. ¿Te está ayudando Shepard con todo esto?

—La verdad es que no. Al final, toda la responsabilidad es mía. Aunque Charity está siendo un gran apoyo. Y tú, ¿estás bien?

—Felizmente encerrado en mi pequeño feudo. Estoy introduciendo a las alumnas de primero en el mundo de Jane Austen, y les encanta. Cuídate, Taylor. Y llámame si necesitas refuerzos.

Taylor le dio unas palmaditas en el hombro y prosiguió su camino para encontrarse con Maxine. Aquella era una de las razones por las que le tenía tanto aprecio a Larry. En ocasiones podía ser un auténtico incordio, un oponente tenaz e irascible, pero en el fondo tenía buen corazón, estaba totalmente consagrado a la escuela, a los estudiantes y a sus colegas, y siempre había demostrado su lealtad absoluta.

Esa tarde, Taylor se encontró también con Gillian Marks y Simon Edwards. Venían de un partido de fútbol masculino celebrado en el terreno de juego más alejado del campus y ambos le expresaron su apoyo y solidaridad. Resultaba reconfortante saber que contaba con el respaldo del cuerpo docente. Después de todo, había algunos aspectos positivos en aquel panorama tormentoso, aunque sabía que eran muy escasos.

Por la noche, mientras trataba de relajarse y desconectar con Charity, Taylor recibió la llamada del padre de un exalumno. Ocupaba un importante puesto como productor en la NBC y llamaba para ponerle sobre aviso.

—Esta noche vais a salir en el informativo nacional de las once. Se os viene encima una buena. Han recibido un soplo de alguien y van a investigarlo. He tratado de averiguar quién ha sido la fuente, pero no lo he conseguido.

—¿Es muy grave la cosa? —preguntó Taylor con expresión sombría, aunque aquello tampoco le sorprendía mucho.

—Por ahora no mucho, pero podría cambiar en cualquier momento. Por lo que deduzco, habéis sufrido una violación en el campus. —No tenía sentido negarlo—. Dicen que hay varios estudiantes bajo sospecha, pero que el culpable todavía no ha sido identificado.

—Tal como se temía Shepard, esto afectará mucho a su campaña de recaudación.

—Están haciendo mucho hincapié en que este es vuestro primer año como internado mixto y, obviamente, no estabais preparados para ello. En estos tiempos de redes sociales ya no hay secretos. ¿Se encuentra bien la chica? Eso es lo más importante.

—Confío en que se pondrá bien. Todavía se está recuperando en el hospital, más emocional que físicamente. Está siendo una semana espantosa para todo el mundo.

—Te avisaré de lo que me vaya enterando, pero la noticia saldrá en el informativo de las once y debéis prepararos para que los equipos de televisión acampen a las puertas del colegio mañana a primera hora.

—Tienes razón. Me encargaré de ello —repuso Taylor, agradecido y exhausto.

Pese a que ya era muy tarde, en cuanto colgó llamó a Nicole para avisarla de que pusiera la televisión. Ambos vieron las noticias en sus respectivas casas. A Taylor no le hizo ninguna gracia escuchar lo que dijeron, aunque podría haber sido mucho peor. Alguien había informado a los medios de que ese día la policía había interrogado y tomado muestras de ADN a varios alumnos de Saint Ambrose. Estaba claro que disponían de información de primera mano, pero también era cierto que resultaba imposible guardar un secretismo hermético en torno a un asunto como aquel. Se iban a producir filtraciones procedentes de diversas fuentes y debían estar preparados para ello. Taylor supuso que les habría dado el soplo algún miembro del personal sanitario del hospital, o incluso algún policía, pero también podría haberlo hecho alguien del entorno del colegio.

Segundos después de que acabaran las noticias, sonó el teléfono. Era Shepard.

—Bueno, el asunto ya es público. ¿Tienes preparado algún comunicado?

Se le notaba también muy cansado. Esa misma noche se había pasado dos horas al teléfono con Jamie, regañándole por haber estado bebiendo en el campus cuando sabía perfectamente que iba en contra de las normas. También le recordó que aún podían expulsarle por ello y que, dependiendo de los resultados de las pruebas de ADN, podría enfrentarse a algo aún mucho peor. Le pidió que fuera sincero con él y Jamie le juró que no había tenido nada que ver con la violación de Vivienne Walker y que tampoco tenía ni idea de quién lo había hecho. Aquellas palabras hicieron que Shepard estuviera aún más determinado a sacar a su hijo del apuro y a insistirle con más fuerza a Taylor para que le ayudara a hacerlo, lo cual desembocó en otra agria discusión antes de colgar. Shepard sentía que el director le estaba dando la espalda y traicionando su amistad.

—Esto no va de amistad, Shep. Tengo doscientos alumnos de último curso de los que preocuparme, y si la policía encuentra una coincidencia en las pruebas de ADN de alguno de ellos y puede relacionarlo con la víctima, esto va a convertirse en una tragedia mayor de lo que ya es.

—No quiero que mi hijo se vea involucrado en esa tragedia —exclamó Shepard, desesperado.

También había estado discutiendo con su mujer esa noche. Ellen había escuchado cómo le decía a Jamie que mintiera si tenía que hacerlo, y le había preguntado a Shep qué clase de valores le estaba inculcando a su hijo. También le había dicho que, si de verdad Jamie tenía algo que ver con lo ocurrido, debía afrontar la situación como cualquier otro estudiante. No podía mentir para librarse de pagar por los errores que hubiera cometido. Jamie no era así y tampoco quería que lo fuera.

—¿Prefieres que tu hijo te escriba desde prisión mientras tú le transmites tus valores morales?

—Si ha violado a una chica, entonces tendrá que asumir las consecuencias. ¿Qué pasaría si algún día alguien violara a una de las gemelas?

—¡Jamie no ha violado a nadie! —gritó Shepard, que le cerró la puerta en las narices y se encerró en su estudio.

Y ahora Taylor le estaba diciendo que no podía hacer nada para ayudarle. Shepard estaba dispuesto a hacer lo que fuera, incluso a conseguir que despidieran a Taylor, con tal de que aquel desastre no afectara a su hijo y le destrozara la vida. Para empezar, aquella chica no debería haber estado bebiendo tequila con un grupo de chicos. ¿Qué clase de puta barata estaba hecha? Seguramente había tenido sexo consentido con ellos y luego se había arrepentido. Todo eso era lo que le estaba diciendo a Taylor, quien no pudo por menos que defender a Vivienne.

—Te equivocas, Shep. Es una chica de buena familia. Sus padres están en pleno divorcio, pero son una gente estupenda y ella también lo es. Vivienne no se merece esto. Ninguna mujer se lo merece. Y llamarla puta no sirve de justificación.

Hoy en día ningún hombre puede escapar a la justicia si ha cometido un acto así. Ninguna forma de violación es aceptable, no importa quién la cometa. Esto nunca debería haber ocurrido.

—En fin, parece que mañana tendremos a toda la prensa encima. Hoy he contratado a un abogado, el mejor criminalista de Nueva York. Mañana o pasado iré con él para hablar con Jamie, en cuanto tenga un hueco en su agenda.

Taylor hizo una mueca de angustia al comprender cómo iba a alterar aquello la vida en el internado durante los próximos meses, con los equipos de televisión por todo el campus, con las cámaras y los micrófonos plantados delante de sus caras, con los padres presentándose cuando quisieran, los abogados de los chicos implicados, los asesores externos que necesitaran los estudiantes... ¿Cómo iban a poder centrarse en sus estudios y, en el caso de los mayores, presentar sus solicitudes universitarias? Si acababan cumpliéndose los peores pronósticos, ni el chico que la había violado ni ninguno de los implicados serían aceptados en ninguna universidad. Ni siquiera podrían graduarse en secundaria. Tendrían que recibir sus diplomas en prisión.

—Avísame cuando vayáis a venir —le pidió Taylor, tratando de sonar más calmado de lo que se sentía.

Cuando se despertó al día siguiente, miró por la ventana y descubrió a los equipos y cámaras de todas las cadenas de televisión que habían acampado en la zona del aparcamiento. Varios reporteros deambulaban por el campus, mostrando a los espectadores el ambiente que reinaba en el colegio. Era un recinto abierto, pero no tenían permiso para hacerlo. Sin embargo, eso nunca había sido un problema para la prensa.

Un poco más tarde, Taylor y Nicole se acercaron a ellos y les pidieron educadamente que procuraran molestar lo menos posible a los estudiantes y que permanecieran en la zona del aparcamiento. Cuando los periodistas les preguntaron quiénes eran los alumnos que estaban siendo investigados, se negaron a dar sus nombres.

—Eso no sería justo. Aún no se han presentado cargos contra ellos. En este país, todo el mundo es inocente hasta que se demuestre lo contrario. Hasta el momento, ningún estudiante de Saint Ambrose ha sido acusado de nada —afirmó Taylor, dejando su posición muy clara ante las cadenas de televisión nacional.

Por la tarde, todo el mundo estaba ya más que harto de los cámaras y los reporteros, pero no podían hacer nada al respecto. Si los echaban del campus parecería que estaban ocultando algo, y eso era lo último que querían. Sin embargo, los medios estaban decididos a convertir aquella historia en una de las grandes noticias del año.

Por una desafortunada coincidencia, Joe Russo, Shepard Watts y Mike Harris se presentaron en el colegio el mismo día. Los dos primeros iban acompañados de los prestigiosos abogados criminalistas que habían contratado para defender a sus hijos, y el director les permitió que se reunieran en sendas salas de conferencias para que tuvieran privacidad.

Por su parte, Mike Harris le confesó a Taylor con lágrimas en los ojos que si se presentaban cargos contra su hijo tendría que recurrir a los servicios de un abogado de oficio. No podía permitirse contratar a uno privado. Cuando Gabe entró en el despacho del director para reunirse con su padre, este le dio un fortísimo abrazo y se echó a llorar como un niño. Entre sollozos, el chico le dijo lo mucho que sentía que su estúpida «fiesta» de Halloween hubiera acabado como lo hizo y que ahora estuviera siendo investigado por la policía. Y añadió que se arrepentía profundamente de haber estado bebiendo en el campus y que le había escrito una carta al director para disculparse.

La reacción de Joe Russo fue justo la contraria. Delante de todo el personal del despacho de Taylor y de quien estuviera por allí, abofeteó a Rick con tanta fuerza que este cayó de espaldas y estuvo a punto de golpearse en la cabeza contra una mesa. Joe le hizo un corte en la mejilla, y luego lo agarró por la camisa y lo levantó del suelo casi en volandas. Era un hombre más grande y corpulento que su hijo, y Taylor se vio obligado a intervenir rápidamente.

—Escúchame bien, imbécil —le dijo Joe Russo a su hijo, temblando de ira—. Si vuelves a meterte alguna vez en un problema como este, yo mismo te mataré. ¿Me has entendido?

Rick asintió, aterrorizado, y entonces su padre le abrazó y le dijo que le quería. Después, los dos se dirigieron a la sala de conferencias acompañados por su carísimo abogado criminalista. Joe Russo aseguraba que aquel hombre podría librar a cualquiera de la cárcel, aunque hubiera sacado un arma y disparado a alguien delante de veinte testigos. Ninguno de los chicos había sido acusado formalmente, pero la investigación policial avanzaba a buen ritmo y tanto Shepard como Joe querían estar preparados por si la situación se volvía en contra de sus hijos. Y si alguno de ellos había cometido la agresión, los dos padres juraban que harían cualquier cosa para salvarles, dejando muy claro que ninguno de sus hijos iría a prisión.

Shepard había contratado a un abogado muy conocido que había defendido a muchos políticos, gente importante y personajes famosos. A Taylor le pareció un poco estirado, pero tenía reputación de ganar todos sus casos, que era lo que Shepard buscaba. Tanto él como Joe Russo estaban dispuestos a pagar cualquier precio para salvar a sus hijos, y además podían permitírselo.

Los padres de Tommy Yee no fueron a ver a su hijo, pero enviaron a un excelente abogado chinoestadounidense, un letrado muy competente de la comunidad china.

En esta ocasión, los Morgan no pudieron abandonar los

rodajes en los que estaban trabajando. Su representante contrató a un abogado criminalista muy prestigioso que había defendido a muchas estrellas del mundo del cine. Matthew le prometió a Chase que iría a verle en cuanto pudiera ausentarse de la filmación, y le dijo que el letrado le acompañaría durante el interrogatorio policial.

Bert Babson se negó a contratar a un abogado para su hijo y tampoco fue a verle. Lo desheredó por teléfono y le dijo que no quería saber nada más de él, que era un «descerebrado inútil como su madre» y que acabaría convirtiéndose en un borracho como ella. Desde que Steve tenía uso de memoria, su padre los había maltratado tanto física como verbalmente. Le tenía mucho miedo, y en varias ocasiones le había visto pegar a su madre.

Un día después de que Shepard y los otros padres visitaran a sus hijos, Jean Babson se presentó en la escuela acompañada de un joven abogado de aspecto muy serio. Cuando Taylor habló con ella, la mujer se mostró muy clara y coherente, dejándole claro que Steve contaba con todo su apoyo. Antes de marcharse, abrazó a su hijo y le dijo que le quería muchísimo y que confiaba plenamente en él. También le confesó en voz baja que había vuelto a las reuniones de Alcohólicos Anónimos y que ya tenía un padrino. Ya lo había intentado varias veces con anterioridad y nunca había funcionado, pero Steve confiaba en que esta vez lo lograría. Su madre tenía que ponerse bien para estar a su lado y apoyarle. Por último, la mujer le contó que había tomado una decisión que debería haber tomado hacía mucho tiempo: iba a divorciarse de su padre. El abogado que había traído para defender a su hijo también la ayudaría a tramitar el divorcio. Al oír aquella noticia, Steve esbozó una gran sonrisa.

—¡Bien por ti, mamá! Deberías haberlo hecho hace años.

—Nunca es tarde —respondió ella con voz dulce y suave.

Lo que más lamentaba era haber tardado tanto en dar el

paso y permitir que su hijo hubiera tenido que presenciar tantos insultos y malos tratos en casa.

A lo largo de esa semana, Taylor se sintió como el maestro de ceremonias de un circo o el presentador de un programa de telerrealidad. También se enteró de que Jamie, Chase y Rick ya habían acudido a la comisaría con sus abogados para ser interrogados por la policía.

Durante todo ese tiempo, la prensa les estuvo acosando constantemente, ya fuera en el aparcamiento o en la entrada del recinto. El personal de seguridad del campus no dejaba de repetir a los reporteros que debían mantenerse alejados de los estudiantes. Taylor recibió un aluvión de llamadas de padres quejándose de que toda aquella cobertura mediática estaba invadiendo la privacidad de sus hijos y perjudicándoles en sus estudios. En los informativos nocturnos, cuando daban las noticias de Saint Ambrose, los habían visto aparecer al fondo, paseando por el campus o entrenando.

Gillian Marks se estaba comportando de forma heroica, tratando de mantener a todo el mundo ocupado y actuando con normalidad en medio del caos. Su intención era animar a los estudiantes y distraerles de la tensión que reinaba en el campus.

—¿De dónde la sacaste? —le preguntó Taylor a Nicole al final de una tarde particularmente estresante—. Deberíamos haber contratado a dos como ella, y a cinco como tú —añadió en tono agradecido.

La subdirectora se había mostrado de lo más eficiente, compartiendo con él la pesada carga que le había caído encima. No sabía lo que habría hecho sin ella, y tampoco sin el discreto respaldo de Charity por las noches, mientras él intentaba ponerse al día de sus obligaciones en el despacho y ella le acompañaba corrigiendo los trabajos de historia y latín.

El inspector Brendan llamó a Taylor para informarle de que ya habían interrogado a los tres últimos chicos en presencia de los abogados contratados por sus padres. Los letrados habían recurrido a todo tipo de artimañas legales para impedir que sus clientes respondieran a las preguntas que él y la inspectora Martin les habían hecho.

—No hemos podido sacar gran cosa —reconoció—. El abogado de Chase Morgan ha sido medianamente razonable, pero es una superestrella de los tribunales que ha defendido a casi todos los deportistas y actores que han sido arrestados por algún delito. Y el abogado de Rick Russo ha tenido suerte de que la inspectora Martin no le pegara un tiro. Es el tipo más sexista que me he encontrado en mi vida, y nos ha tratado como a escoria. El de Jamie Watts ha hecho todo lo posible para ponernos las cosas difíciles, que supongo que es para lo que le paga su padre. Así que la investigación no ha avanzado mucho. No entienden que solo estamos intentando averiguar qué ocurrió esa noche, que nuestra intención no es hostigarles.

—Lo siento mucho —se disculpó Taylor—. Por suerte, los alumnos son mucho más fáciles de manejar que sus padres, aunque debo decir que los Morgan son una gente bastante sensata.

—Pero los chicos no hablarán estando sus abogados presentes. Acabaremos descubriendo la verdad —concluyó—, esto solo nos retrasará un poco.

Aunque no podía olvidar que, durante los dos últimos días, su compañera casi había acabado desquiciada por los constantes obstáculos que se estaban encontrando a lo largo de la investigación.

Vivienne y su familia también estaban viviendo su propio drama. La joven le había dejado muy claro a su madre que quería volver a California con su padre en cuanto saliera del hospital. Sus progenitores intentaban en la medida de lo posible que su hija descansara, recibiera asesoramiento psicológico y evitara el acoso de la prensa.

Nancy pareció muy dolida cuando Vivienne le contó sus intenciones. Ya lo había arreglado todo para pasar más tiempo con ella y había concertado una cita con una reputada terapeuta de Nueva York especializada en tratar a víctimas de violación.

—Quiero volver a casa, mamá —le dijo con firmeza, sentada en la cama del hospital.

Y por «casa» seguía refiriéndose a Los Ángeles. Los médicos pretendían que se quedara el fin de semana y darle de alta el lunes, pero ella quería irse ese mismo día con su padre.

—Nuestra casa es donde vivimos ahora, Viv —respondió Nancy con tristeza.

Desde el punto de vista de Vivienne, el traslado a Nueva York había sido un fracaso, sobre todo después de lo ocurrido. Siempre recordaría con horror su primera experiencia en una escuela de la costa Este.

—Nuestra casa es la de Los Ángeles, donde todavía vive papá —replicó ella con terquedad.

—¿Y qué pasa con...?

Nancy se interrumpió y miró a Chris. No quería mencionar a Kimberly delante de su hija, aunque esta sabía que su padre salía con alguien. Lo que no sabía era que Kimberly era la razón por la que se estaban divorciando. Chris se había negado a dejar de verla. Si lo hubiera hecho, Nancy habría vuelto con él pese a haberlos pillado juntos en la cama, pero él no estaba dispuesto a renunciar a su joven amante. Así pues, Nancy le pidió el divorcio y se trasladó a Nueva York. Por respeto al padre de su hija, nunca le había contado a Vivienne lo que realmente había ocurrido entre ellos, y esta seguía culpando a su madre porque era ella la que había solicitado el divorcio.

—Ya me he ocupado de eso por el momento —respondió él crípticamente, y Nancy asintió.

—Por Dios, que no tengo cinco años —saltó Vivienne—. Sé que estás saliendo con alguien y quiero conocerla.

No solo salía con ella, sino que estaban viviendo juntos. Por eso Chris había alquilado un apartamento amueblado para Kimberly, a fin de que Vivienne pudiera volver a Los Ángeles. No quería que su novia viviera en la casa mientras Viv estuviera allí. A Kimberly no le había hecho mucha gracia, pero acabó aceptando. Además, el apartamento que Chris le había alquilado era fabuloso. Los dos podrían estar juntos en la casa cuando Vivienne saliera con Lana y Zoe. Y cuando las dos se conocieran finalmente, Kimberly podría ir con más frecuencia. Chris confiaba en que acabaran haciéndose amigas.

—¿Y qué hay de los estudios? —le preguntó su madre—. ¿Qué piensas hacer al respecto?

—No voy a volver a Saint Ambrose. —Sus padres asintieron. Eso estaba fuera de toda discusión. Habría resultado muy deprimente e incluso traumático regresar allí, con todos los recuerdos de la terrible experiencia que había sufrido—. No quiero ir a la escuela durante un tiempo. Puedo reincorporarme en enero. Y he pensado que me gustaría volver a mi antiguo instituto —añadió, a pesar de que ni siquiera había contactado con sus amigas de allí, ya que no quería que se enteraran de lo que le había ocurrido.

—¿Así que piensas quedarte en Los Ángeles? —le preguntó su madre. La decepción se reflejó en su rostro cuando Vivienne asintió.

Aquello era una victoria para Chris. Era lo que él había querido desde el principio, que Vivienne se quedara en Los

Ángeles hasta graduarse. Además, ella tenía intención de matricularse en alguna universidad de la costa Oeste, como la USC, la UCLA, Stanford, la Universidad de California en Berkeley o la de Santa Bárbara.

—Estoy seguro de que en su caso —intervino Chris—, si su rendimiento académico se resiente, harán algunas concesiones por todo lo que ha pasado.

Para él, el asunto ya estaba decidido. Vivienne y él lo habían estado hablando durante los últimos días, cuando ella no estaba presente. La joven quería que su madre le enviara sus pertenencias a Los Ángeles, lo que significaba que no pensaba volver. Eso le destrozaba el corazón a Nancy, pero ella solo quería lo mejor para su hija, especialmente en estos momentos.

—¿Tienen que saber en mi antiguo instituto lo que me ha pasado? —le preguntó a su padre con expresión preocupada.

—Tal vez no sea necesario —respondió él vagamente, aunque en realidad pensaba que deberían saberlo, para que la ayudaran a adaptarse si se sentía un poco desorientada al principio, o por si sus notas bajaban un poco, lo cual no sería de extrañar.

—Quiero que vayas a ver a una terapeuta especializada en este tipo de casos —dijo Nancy con firmeza, y luego dirigió a Chris una mirada cargada de intención. Sabía que a él no se le daba bien gestionar los problemas psicológicos o emocionales. A ella sí. Y la terapeuta de Nueva York había dicho que Vivienne tenía que enfrentarse a su trauma mientras aún estaba reciente, no dejar que se enquistara y que las pesadillas fueran cada vez peores—. Y tendrás que ponerte al día con los estudios cuando empieces a sentirte con fuerzas, y también presentar las solicitudes si no quieres perderte el primer año de universidad —le advirtió a Vivienne.

Para ella y para Chris, Nancy era esa molesta voz de la conciencia que no siempre querías oír.

—Tal vez debería postergarlo —sugirió Chris.

Nancy lo fulminó con la mirada. Estaba convencida de que la consentiría y dejaría que se quedara en casa sin hacer nada. Y con lo que le había ocurrido, Vivienne podría caer en una depresión. Sus amigas estarían en la escuela y ella podría perder el primer año de universidad por dejadez, por no presentar las solicitudes a tiempo. Vivienne necesitaba tener una vida estructurada, unas rutinas que seguir.

—Vayamos paso a paso con esto y veamos cómo te vas sintiendo —dijo Nancy, tratando de calmar las cosas—. ¿Por qué no pasas estos dos meses en Los Ángeles, hasta final de año, y luego decides lo que quieres hacer? Eso te dará tiempo para estar con tu padre, sentirte mejor y empezar a recuperarte antes de tomar una decisión tan importante. Hacerlo en estos momentos sería demasiado precipitado.

A Chris le pareció una opción bastante razonable. Sin embargo, Vivienne insistió en que quería quedarse en Los Ángeles durante todo el curso académico. A él también le gustaba esa idea, pero no estaba seguro de cuánto tiempo podría mantener a Kimberly al margen, en un apartamento. Le encantaba la casa, donde llevaba viviendo desde junio, y se sentía desplazada por Vivienne. Solo ocho años separaban a las dos jóvenes, y a Chris le daba la sensación de que iba a ser como tener dos hijas adolescentes de golpe, y ninguna solía callarse cuando quería algo.

—¿Qué hay de Acción de Gracias? —preguntó Nancy con cautela.

Antes de que ocurriera todo aquello, habían planeado que Vivienne pasara Acción de Gracias con ella y las fiestas de Navidad con su padre. Nancy había alquilado una casa para pasar esas dos semanas esquiando con unos amigos en Vermont.

—Si vuelvo a Los Ángeles cuando salga del hospital, no quiero regresar aquí tan pronto. ¿Puedo pasar Acción de Gracias con papá? —preguntó Vivienne con aire inocente, esperando que su madre no se enfadara.

Nancy aceptó a regañadientes. Tal como estaba la situación, tenía todas las de perder. Su hija solo tenía diecisiete años, y después de lo que había pasado estaba dispuesta a ceder y a hacer lo que ella deseara. Solo quería que Vivienne fuera feliz. Era consciente de que la había obligado a mudarse de forma muy precipitada, y de que después la había convencido para que ingresara en Saint Ambrose, y ahora todo aquello les había explotado en la cara como una bomba. Se sentía en cierto modo obligada a acceder a sus deseos, por muy duro que le resultara y aunque ello supusiera renunciar a su hija tanto en Acción de Gracias como en Navidad.

Nancy no tenía más familia aparte de Vivienne. Chris tampoco, pero él tenía una novia. En la vida de ella no había ningún hombre. Sin embargo, ahora lo más importante era su hija. Aquellos nuevos planes harían que tuviera que pasar sola las dos festividades. Ni Vivienne ni Chris parecían tenerlo en cuenta, y una vez más Nancy tuvo que comportarse como la más adulta y racional de los tres. Pese a todo, después de lo que había sufrido su hija, estaba dispuesta a sacrificarse. Solo quería que superara aquel trauma, costara lo que costase.

—Creo que deberías intentar volver a la escuela en enero y enviar las solicitudes para la universidad. Es muy importante para tu futuro.

Nancy dijo aquello para los dos, aunque no estaba segura de que le hubieran prestado mucha atención. Ella siempre había sido la voz de la razón, el deber y la responsabilidad. Aquellos valores no eran el fuerte de Chris, pero Nancy quería que sí lo fueran para Vivienne, aunque en aquellos momentos no quería mostrarse demasiado exigente con ella. Así pues, decidió dejarlos solos un rato para que celebraran su victoria: Vivienne volvería a Los Ángeles, que era lo que tanto el padre como la hija deseaban. Nancy salió de la habitación a lamerse en silencio las heridas. En el pasillo se encontró con la inspectora Gwen Martin, quien, al reparar en su aspecto fatigado y abatido, le sonrió y preguntó:

—¿Le ocurre algo? Se la ve muy triste. ¿Vivienne está bien?

—Bastante bien. Unas veces mejor que otras. Tiene pesadillas, lo cual era de esperar. Ha decidido dejar la escuela por un tiempo y regresar con su padre a Los Ángeles, hasta pasadas las fiestas. Solo espero que vuelva a retomar los estudios en enero. No me gustaría que perdiera un año de universidad por culpa de esto.

Gwen asintió, pensando que el chico que la había violado no iría nunca a la universidad. Si entraba en prisión, no podría graduarse y no lo aceptarían en ninguna de las facultades a las que todos ellos aspiraban a entrar. Si era condenado por violación, ya podía ir olvidándose de Harvard, Princeton, Yale, el MIT y las mejores universidades del país. Quienquiera que fuera el violador, como mucho podría obtener un certificado de equivalencia de secundaria en prisión y, si seguía mostrando interés por su formación, tomar clases online mientras trabajaba en el taller o la lavandería del centro penitenciario.

Además, los niños ricos no eran muy populares en la cárcel. Por culpa de una sola noche de locura, al violador le quedaban por delante unos años muy duros. Había arrojado por la borda todo su futuro. Pero Vivienne tendría que cargar con ello durante el resto de su vida, y además por algo que no había sido culpa suya, por mucho que dudara de sí misma y se culpara cuestionando sus actos de aquella fatídica noche.

—Si la fiscalía acaba presentando cargos, Vivienne tendrá que volver para el juicio —le dijo Gwen a Nancy—, aunque eso no sería hasta dentro de un año. Antes de esa fecha no tendría que someterse a las comparecencias ante el tribunal solicitadas por la defensa, a menos que el violador se declare culpable, lo cual no creo que suceda. Todos sus abogados aseguran que son muy buenos chicos, y probablemente lo fueran, hasta que se emborracharon la noche de Halloween y uno de ellos se desquició por completo.

—¿De verdad cree que uno de ellos será acusado de violación? —le preguntó Nancy.

Costaba mucho creer que uno de aquellos chicos pudiera haber hecho algo así, teniendo en cuenta quiénes eran y su pasado intachable.

—No lo sé. Depende de muchas cosas. El culpable debe ir a prisión. Yo creo firmemente que todo crimen debe recibir su castigo. De otro modo, los malhechores no escarmientan y piensan que pueden seguir cometiendo fechorías el resto de su vida. Y eso no es nada bueno.

Nancy se mostró de acuerdo, al tiempo que pensaba en su situación con Chris. Él la había engañado y ella le había castigado mudándose a Nueva York y llevándose a su hija. Ahora esta quería volver con él a Los Ángeles. Así que, después de todo, Chris no había recibido su castigo. Nancy había querido alejarse de él y empezar una nueva vida, pero Vivienne no estaba preparada para ello. Y ahora Nancy también estaba siendo castigada. Se arrepentía de haber tomado la decisión de enviar a su hija a Saint Ambrose, y se sentía fatal por ello.

—Confío en que todo se acabará arreglando para Vivienne —añadió Gwen con delicadeza—. Es joven, fuerte e inteligente. Y además es una buena chica, con unos buenos padres. Estoy segura de que lo superará.

—Eso espero —repuso Nancy en voz queda.

—¿Está con su padre? Entonces volveré mañana —decidió cuando Nancy asintió—. No era nada importante. Cuídese mucho —se despidió con sincero afecto.

Sentía mucha lástima por la mujer. Con su noche de locura y borrachera, aquellos chicos habían desgarrado muchos corazones. Demasiados, si se contaban también los de sus propias familias. Estaba claro que tampoco habían pensado en eso.

10

Cuando Sam Friedman fue a ver a Adrian, este le esperaba sentado en un banco a la entrada del colegio. Hacía un hermoso día otoñal, fresco pero soleado, y el chico llevaba cerca de una hora allí a fin de que el abogado le viera en cuanto llegara. Sam tuvo que firmar en el registro de visitantes del edificio de recepción y luego los dos volvieron a salir al campus.

Sam era un abogado de cuarenta años especializado en defender los derechos de los menores. Trabajaba mucho para los tribunales, y en los tres años que llevaba representando a Adrian le había cogido mucho cariño. Era un chico divertido, un poco desmañado e increíblemente brillante, y su aspecto físico apenas parecía haber cambiado desde que lo conoció con trece años, aunque ahora ya tenía dieciséis.

La mala fortuna había querido que sus padres, ambos psiquiatras, estuvieran como cabras. Pasar una hora con alguno de ellos bastaba para sacar a Sam de sus casillas. No podía ni imaginarse lo que habría sido crecer con ambos bajo el mismo techo. Sin embargo, por suerte para Adrian, sus progenitores mostraban muy poco interés por su hijo y apenas iban a visitarle. Solo le querían para utilizarle como arma arrojadiza en sus constantes batallas legales.

En una ocasión tuvo que pasar las vacaciones de Navidad con Sam porque el chico no tenía adónde ir. El abogado se compadeció de él y pidió permiso al juez y a los padres para poder llevárselo a su casa durante una semana. Lo pasaron muy bien juntos. El muchacho llegó a decir que aquella había sido la mejor Navidad de su vida, lo cual le pareció a Sam algo realmente triste y lamentable. Adrian era un chico estupendo, y sus progenitores eran la prueba viviente de que ni el dinero ni la formación académica te capacitaban para ser un buen padre.

Caminaron despacio por uno de los senderos que serpenteaba a través del campus y se sentaron en otro banco, donde no había nadie cerca que pudiera oírlos.

—Muy bien, cuéntame qué ha pasado. ¿Qué delito has cometido?

Sam se preguntó si Adrian habría hackeado la web de alguna organización o corporación empresarial, o incluso de alguna agencia gubernamental. Eso le parecía posible, pero no mucho más. Y si lo había hecho, habría sido por pura diversión, sin ningún ánimo de lucro ni con ningún fin delictivo. Le conocía bien y sabía que era un chico honrado.

—Una chica ha sido violada en el campus —empezó Adrian.

Sam asintió.

—Lo sé. Lo sabe todo el país. Ha salido en todos los informativos. Por favor, dime que no te has convertido en un violador en serie —rogó el abogado, tratando de reprimir una sonrisa.

—No, pero yo los vi —repuso Adrian con semblante grave y los ojos muy abiertos.

—¿A quiénes?

—A los chicos que lo hicieron. Al menos, creo que los vi.

Al oír aquello, Sam se puso serio al instante. No era algo para tomárselo a broma, de ningún modo.

—¿Eran estudiantes del colegio o gente de fuera?

—Alumnos de último año.

—¿Les conoces?

—Más o menos, aunque ellos ni siquiera saben quién soy yo. Algunos son los chicos más populares del campus, a los que todo el mundo conoce. Y otros son también grandes deportistas. Yo estaba al final del sendero, detrás del gimnasio. Me había colado en la sala de informática, y cuando ya me marchaba, cerca de medianoche, los vi. Salían atravesando la muralla de árboles y arbustos que hay junto al camino. Estaban borrachos como cubas, o por lo menos muy borrachos. Se tropezaban y se empujaban los unos a los otros con las prisas por alejarse de allí. Me pregunté qué habrían estado haciendo. No sé bien por qué, pero sentí curiosidad, así que cuando se marcharon me acerqué y me abrí paso entre los arbustos. Al otro lado había un pequeño claro, rodeado por algunos árboles grandes.

»Entonces vi a una chica allí tumbada. Pensé que estaba muerta, o al menos lo parecía. Era ella, Vivienne Walker, la chica a la que violaron. Supongo que solo estaba inconsciente, pero la observé fijamente y me pareció que no se movía, que ni siquiera respiraba. Pensé que la habían matado. Entonces caí en la cuenta de que si alguien me veía allí pensaría que lo había hecho yo. No la toqué, no toqué nada. Y como estaba convencido de que estaba muerta, supuse que ya no tenía sentido avisar a nadie y que tarde o temprano alguien la encontraría. Así que volví a abrirme paso entre los arbustos y regresé corriendo a mi habitación. Ya pasaba del toque de queda y no quería tener problemas. Le di muchas vueltas a lo que debía hacer, pero estaba seguro de que acabarían encontrándola. Unos minutos después oí la sirena de una ambulancia.

»Al día siguiente hubo una asamblea general en el auditorio —continuó—. Dijeron que una alumna había sido agredida, aunque más tarde me enteré de que había sido violada. Pero yo no estaba seguro de que fuera ella. Podría haber sido otra estudiante, lo que significaba que aún no habrían encontrado el cuerpo de Vivienne. O tal vez sí fuera ella. También nos dijeron que si alguien había visto u oído algo, que informara de ello. Pero yo no lo hice. Estaba demasiado asustado. Pensé que me culparían a mí de lo ocurrido, o que si le contaba a alguien que había visto a esos chicos vendrían a por mí y me matarían. Casi todos parecen mayores, son mucho más grandes que yo.

»Luego me enteré de que esa misma noche la policía había precintado el lugar donde había visto a Vivienne, así que supuse que era ella la estudiante a la que habían violado y que no estaba muerta. Aunque juro por Dios que lo parecía. En fin, el caso es que yo sé algo: sé quiénes son esos chicos. Pero si hablo ahora, probablemente me enviarán a prisión por haber ocultado información, o por obstrucción a la justicia o algo así. Y si alguien me vio allí esa noche, del mismo modo que yo los vi a ellos, seguramente me arrestarán por haber estado en la escena del crimen y no haber ido a buscar ayuda para la chica. Me sentí fatal por no hacerlo, pero pensé que era demasiado tarde y que ya no importaba. Te lo prometo, Sam, parecía que estaba muerta.

—Te creo, Adrian. En primer lugar, no vas a ir a prisión. Pero la próxima vez que veas algo así, pase lo que pase, debes llamar al 911 e informar de ello. Podrías salvar una vida. Gracias a Dios, la chica no estaba muerta y ha sobrevivido. Sin embargo, lo importante aquí es que puede que vieras al chico que la violó, si realmente fue uno de ellos. Quizá solo vieran a la chica y también creyeran que estaba muerta, pero lo más probable es que estuvieran implicados en la violación, por lo que no deberías haber ocultado la información.

—Eso es lo que he estado pensando todo este tiempo. Quería contarle a alguien quiénes eran esos chicos y que estuvieron allí esa noche, y que la chica también estaba. Pero pensé que si lo contaba la policía me arrestaría.

—No —volvió a confirmarle Sam—, no te arrestarán. Y

además, puede que les ayudes a resolver el caso, lo cual sería muy bueno. Podrías acudir a la policía sin necesidad de que yo te ayude, y aun así no te detendrían. Pero, ya que estoy aquí, puedo negociar con ellos los términos de tu declaración. Puedo pedirles que te garanticen el anonimato, para que esos chicos no sepan que eres tú quien ha hablado con la policía. En fin, que estoy dispuesto a acompañarte a declarar. Y me alegro mucho de que me llamaras. Tenías razón: se trata de un asunto muy importante.

Estaba realmente impactado por lo que le había revelado Adrian. No esperaba algo así.

—¿Y no se enfadarán conmigo por no haberlo contado antes? —Sam negó enérgicamente con la cabeza—. ¿No crees que me acusarán de violarla o de intentar matarla?

—En absoluto. Déjame llamar a la policía e iremos juntos. Te estarán muy agradecidos. Han estado pidiendo ayuda por televisión a cualquiera que pudiera proporcionar información.

—¿Harías eso por mí? Quiero decir... ¿llamarles? Creo que debería contarles lo que vi.

—Yo también lo creo.

Estaba impresionado por el relato de Adrian y por su lúcida descripción de lo que había visto. El muchacho tenía tendencia a mostrarse un tanto disperso cuando estaba nervioso o alterado por culpa de sus padres. Sin embargo, no había el menor atisbo de confusión en lo que acababa de contarle, y Sam no tenía ninguna duda de que Adrian había visto a la víctima y, muy posiblemente, al chico que la había violado.

—Estaba tan preocupado que me he encontrado mal durante unos días y he vuelto a sufrir ataques de asma. Ahora estoy convencido de que debo hablar con la policía, aunque haya esperado demasiado para hacerlo. Creo que fue el personal de seguridad del campus quien encontró a Vivienne. Dicen que estaba al borde de la muerte cuando la llevaron al hospital. Eso deja claro que alguien llamó para salvarla, y lo que más lamento es no haber sido yo. Si me ocurre algo parecido otra vez, sabré lo que debo hacer.

—Eso es lo que importa. Y también que ahora vas a contarles todo lo que sabes.

Adrian asintió. Parecía muy aliviado, y más desde que Sam le había asegurado que no iría a la cárcel. Creía en su palabra. Nunca le había mentido. No solo era un buen abogado, sino también un hombre honesto.

El abogado sacó su móvil del bolsillo, llamó a información y pidió el número de la comisaría local. Luego dijo: «Páseme con ellos», y el teléfono sonó un par de veces hasta que respondió un agente.

—Hola. Me llamo Sam Friedman y soy abogado. Represento a un cliente en esta zona que tiene información sobre la violación ocurrida en Saint Ambrose la noche de Halloween. ¿Podría hablar con el oficial encargado del caso?

Se produjo una pausa mientras el agente le daba los números directos de los dos inspectores que se ocupaban de la investigación. Sam los anotó y luego llamó al primer número. Respondió una voz de mujer que se identificó como la inspectora Martin. El abogado, confiando en que esta no pensara que se trataba de una broma, le explicó el motivo de su llamada.

—Mi cliente quiere que se garantice su anonimato. ¿Estaría dispuesta a concedérselo? —La inspectora dudó durante unos momentos y por fin aceptó. Sentía curiosidad por saber quién sería la fuente, pero no preguntó—. ¿Podemos vernos ahora? —prosiguió Sam. Luego Adrian le oyó decir—: Estupendo. —Volvió a repetir su nombre a petición de la inspectora, colgó y miró al muchacho—. Dice que estemos allí dentro de diez minutos. ¿Sabes dónde está la comisaría?

—Sí. Creo que sabré encontrarla.

Había pasado junto al edificio en algunas salidas con la escuela, aunque nunca había estado en su interior.

—Pues vamos.

Se levantaron del banco y Adrian siguió al abogado hasta su coche. Se preguntó si debía comunicar a alguien del colegio adónde iban, pero decidió no hacerlo. Puede que no le dieran permiso, y estaba claro que querrían saber por qué iba a la comisaría.

—¿Tendrás problemas por salir del campus sin permiso? —le preguntó Sam.

Adrian se encogió de hombros.

—No creo. Nadie suele fijarse en lo que hago. Cuando voy por el campus es como si fuera invisible. Y como he estado durmiendo en la enfermería desde que volvieron los ataques de asma, no me echarán de menos en la residencia.

—Tal vez ahora desaparezcan los ataques —le dijo Sam en tono afectuoso.

Era evidente que llevar aquella carga había afectado a su salud. El abogado se alegraba mucho de que le hubiera llamado. Adrian nunca se habría atrevido a ir solo a la policía, y Sam tenía claro que su testimonio sería de gran importancia.

No les costó mucho encontrar la comisaría. Había bastante ajetreo en el interior, y cuando Sam preguntó por la inspectora Martin se presentó ante ellos una mujer menuda vestida con tejanos y una camisa a cuadros que los miró fijamente. Gwen se había preguntado si aquello no sería una broma de algún crío, pero allí estaba aquel muchacho acompañado de un adulto.

Sam ofrecía un aspecto muy respetable. Llevaba traje y corbata, ya que había estado en una vista judicial antes de salir de Nueva York. Tenía el pelo corto y oscuro y unos ojos grises de mirada seria y comprensiva. No había nada pomposo o arrogante en él. Parecía una persona franca y afable que se preocupaba sinceramente por el bienestar del muchacho. Sam le explicó que estaba especializado en la defensa de menores y que Adrian era su cliente.

Gwen les condujo al despacho que le habían asignado mientras durase la investigación. Era un cuarto pequeño y angosto con una mesa sobre la que se apilaban un montón de archivos. La inspectora sonrió a Adrian.

—Creo que te he visto por la escuela —le dijo.

El chico asintió. Él también la había visto. Sam tomó la palabra y explicó que era el abogado designado por el tribunal para defender los intereses de Adrian, y que llevaba representándole desde hacía tres años en los asuntos legales referidos a su familia. Le entregó su tarjeta a Gwen, quien la dejó sobre la mesa.

—Adrian quiere estar seguro de que su declaración se mantendrá en el más completo anonimato. No quiere que su nombre salga a la luz, pero creo que tiene una información que le interesará. Estaba muy preocupado por no haberse presentado antes. Tenía miedo de hacerlo, así que me llamó y he venido desde Nueva York para ayudarle. Suelo encargarme de cuestiones legales de índole familiar, así que esto es bastante inusual para ambos. Lo que mi cliente se dispone a contar podría ser información nueva para ustedes, o podría corroborar las pruebas de que ya disponen.

A Gwen le cayó bien en el acto. Sam era un hombre inteligente que iba directo al grano. También se dio cuenta de que Adrian confiaba en su abogado y que este se mostraba muy afectuoso con él. Pero se notaba que el muchacho estaba aterrorizado. Sus ojos se veían enormes en su cara pequeña y pálida, y mientras Sam hablaba tuvo que usar un momento el inhalador.

—¿Tienes asma? —le preguntó. Adrian asintió—. Yo también. Es un incordio. Lo odio —añadió, y el chico se echó a reír—. Pero mi asma mejoró cuando crecí. Seguro que la tuya también lo hace.

—Mis ataques son peores cuando me pongo nervioso —explicó él.

—Bueno, pues aquí no tienes por qué estarlo. Te agradecemos mucho cualquier ayuda que puedas proporcionarnos. Y entiendo que hayas tardado tanto en venir a hablar con nosotros. Debe de ser aterrador acudir a la policía para contar una información de este tipo. Y ahora, ¿por qué no me explicas lo que viste?

Gwen hablaba de forma tranquila y serena, con mucho tacto, y el abogado se dio cuenta de que se le daba muy bien tratar con los jóvenes. Gracias a su actitud amable y afectuosa logró que Adrian se relajara enseguida. A Sam le gustó mucho su estilo.

—Pensaba que me meterían en la cárcel por no haber venido a contarlo antes —admitió Adrian, y ella volvió a sonreírle.

—Para nada. Ah, por cierto, me llamo Gwen.

Sam se sintió conmovido por la calidez con que la inspectora trataba al chico. También se fijó en sus ojos verdes y su tez pecosa.

—Yo soy Adrian —respondió él, y se irguió en la silla, sintiéndose importante y respetado en su presencia.

—¿Estás en el último curso? —le preguntó Gwen.

La pregunta halagó a Adrian, que se apartó el pelo que le caía sobre la cara para que ella pudiera verle mejor. Tenía unos ojos grandes y tristones.

—No, a tercero —la corrigió, y a continuación le repitió todo lo que le había contado a Sam, junto con algunos detalles más.

Gwen le escuchó con atención. Adrian le dio los nombres de los seis chicos. Eran sus principales sospechosos, y aquello no solo corroboraba lo que ya pensaba, sino que también le proporcionaba un testigo en el lugar y en el momento de la violación, o más bien justo después. Era una prueba contundente en contra de los seis estudiantes. Confirmaba que Vivienne no se encontraba «bien» cuando se marcharon, como ellos habían afirmado. Estaba inconsciente y ya había sido violada, puesto que la ambulancia llegó unos minutos después. Y la habían dejado allí tirada al borde de la muerte. Ahora solo tenían que encontrar una coincidencia en las muestras de ADN.

—Esto es justo lo que necesitábamos, Adrian. No sabes lo agradecida que te estoy.

Entonces la preocupación volvió a reflejarse en el rostro del chico.

—¿Irán a la cárcel por mi culpa?

—No. Si acaban yendo a prisión, la culpa será de ellos por lo que hicieron. Tú no cometiste el delito. Fueron ellos, o al menos uno de ellos. Y los demás lo sabían, y la dejaron allí inconsciente. Ya tenemos algunas pruebas que los inculpan, y estamos esperando recibir algunas más, pero no teníamos ningún testigo que los situara en el lugar de los hechos, o que determinara cómo estaba la víctima cuando se marcharon. Hasta el momento, todo eran suposiciones por nuestra parte. Esto nos confirma que nos encontramos en el buen camino. —Adrian asintió. Se sentía menos responsable del destino de aquellos chicos—. No arrestamos a nadie a menos que tengamos pruebas concluyentes. No podemos hacerlo basándonos solo en conjeturas.

—Es algo muy triste —dijo Adrian en voz queda—. Algunos de ellos parecen muy buena gente. —Siempre había admirado a Jamie desde la distancia y pensaba que era un chico estupendo. Chase le parecía muy guapo, como una estrella de cine, y Gabe Harris era un chaval corpulento y muy buen deportista. Steve y Rick le parecían un poco estirados, y a Tommy Yee no le veía mucho, siempre estaba estudiando o ensayando con el violín—. ¿Les encerrarán durante mucho tiempo?

—Puede ser. Eso depende del juez y de cómo valore los hechos y las circunstancias.

—¿Se encuentra bien la chica?

—Sí, más o menos. Lo que le ha pasado es terrible.

—Es que estaban muy muy borrachos. Apenas se tenían en pie.

—Eso tampoco fue muy inteligente por su parte. En fin, quiero daros las gracias por haber venido. Esto nos va a ser de mucha ayuda. Redactaré la declaración respetando el anonimato. Y guardaré tu información de contacto y la de Sam con carácter confidencial.

—¿Tendré que presentarme ante el tribunal? —preguntó Adrian, de pronto presa del pánico.

—No. —Y si tenía que hacerlo, Gwen se encargaría de que testificara en el despacho del juez, teniendo en cuenta su edad y su asma—. Si me esperáis unos minutos, redactaré la declaración para que la firmes antes de marcharos. ¿Os parece bien?

Ambos asintieron. Gwen los acompañó hasta la sala de espera y les dejó allí. Adrian se dedicó a observar el trasiego de gente que iba y venía a su alrededor. Encontró todo aquello más interesante que aterrador, y le susurró a Sam que le encantaría ver la clase de ordenadores que utilizaban. El abogado sonrió. La visita había ido muy bien, y le había gustado mucho la manera en que la inspectora había tratado a Adrian.

Cuando esta regresó al cabo de menos de diez minutos, el chico leyó la declaración y la firmó. Luego Gwen les entregó a ambos una tarjeta con su número de móvil y volvió a darle las gracias a Adrian por su valentía y por haber actuado como un ciudadano responsable. Sam le dijo que su número de móvil estaba en la tarjeta que le había dado antes y que era la mejor manera de contactar con él. Adrian salió de la comisaría sintiéndose varios centímetros más alto y caminó casi pavoneándose en dirección al coche del abogado.

—¡Se pensaba que era un alumno del último curso! —exclamó con orgullo, y Sam se echó a reír.

Se había guardado la tarjeta de Gwen y le había prometido llamarla si iba alguna vez por Boston. Hacía tiempo que no le impresionaba tanto una mujer.

Cuando ambos se alejaban ya de la comisaría, Gwen entró en el despacho de Dominic y le entregó una copia de la declaración de Adrian. El inspector la leyó y luego alzó la vista.

—Te dije que tarde o temprano alguien acabaría hablando —dijo ella sonriendo.

—¿Quién es?

—Un alumno de tercero de Saint Ambrose. Un chico estupendo, un friki muy gracioso. Creo que tiene una situación familiar bastante lamentable, ya que un tribunal le ha asignado un abogado para protegerlo de sus propios padres. Ha conducido desde Nueva York para acompañarle a declarar. Ya casi lo tenemos, Dom. Cuando lleguen los informes preliminares de las pruebas de ADN y encontremos una coincidencia, tendremos lo que necesitamos para arrestarles por violación y obstrucción a la justicia.

Se miraron el uno al otro. Ambos sabían que aquello era solo el principio. Todo dependía de cómo se declarasen los chicos, seguramente no culpables. Después vendría el juicio, la más que probable condena y la sentencia, y luego el tiempo que deberían pasar en prisión. Unas vidas arruinadas por nada, con todo el sufrimiento que supondría también para sus padres, para los de la víctima y para la propia Vivienne. Algunos de aquellos chicos nunca se recuperarían, sobre todo el que cometió la violación.

—Me han dicho que tendrían el informe preliminar para esta noche o a lo largo del fin de semana —le contó Dominic con voz apagada.

—Cuando llegue, ya veremos lo que pasa. Y luego tendremos que lidiar con la prensa y con los padres de los chicos.

No les hacía mucha gracia enfrentarse a lo que se les venía encima. Sabían que se encontrarían muchos obstáculos por el camino, pero estaban preparados para afrontarlos. Y si las pruebas de ADN no revelaban ninguna coincidencia con las muestras de los chicos, tendrían que empezar de cero y ampliar el radio de búsqueda para encontrar al violador. También estaban preparados para eso.

De vuelta en Saint Ambrose, Adrian volvió a dar las gracias a Sam por haberle acompañado a declarar ante la policía. De pronto se sentía libre de la carga que llevaba oprimiéndole desde hacía una semana. ¡Por fin podía respirar! Sam le dio un abrazo y poco después se marchó.

Pensó en Gwen mientras se alejaba en dirección a la autopista. La inspectora era una mujer muy atractiva. Pero sobre todo se alegraba de haber ido hasta allí porque había podido ayudar no solo a Adrian, sino también a la víctima. Conocer a Gwen había sido solo un extra muy agradable. Mientras conducía de regreso a Nueva York, pensaba en todo lo que les había contado Adrian y se preguntaba cómo acabaría aquello y si de verdad uno de aquellos chicos habría violado a la joven, por muy improbable que pudiera parecer en un colegio así. Sin embargo, en el ejercicio de su profesión, Sam, al igual que Gwen, había aprendido a no sorprenderse de nada.

11

Los domingos solían ser bastante tranquilos en el campus. Los estudiantes aprovechaban el día para hacer la colada, leer, estudiar, ir a la biblioteca y reunirse en pequeños grupos. El ambiente parecía haberse relajado al fin. Solo quedaban dos furgonetas de los equipos de televisión, que habían sido relegadas al extremo más alejado del aparcamiento, donde no representaban una intrusión constante ni molestaban a la vista.

Nadie había olvidado lo ocurrido la noche de Halloween, pero al menos ya no ocupaba el primer plano de sus preocupaciones. Se forjaban nuevas amistades entre los estudiantes de ambos sexos y en la cafetería reinaba un bullicio alegre y jovial. Las actividades deportivas se desarrollaban con total normalidad. Gillian imponía un duro entrenamiento a los equipos y esperaba mucho de ellos. Adrian había regresado a su habitación en la residencia. No había vuelto a sufrir ningún ataque de asma desde el jueves, la noche anterior a que él y Sam acudieran a la policía. Gwen les había enviado un mensaje a ambos agradeciéndoles su cooperación.

Jamie y Chase se encontraban en sus habitaciones. Chase estaba haciendo un trabajo de inglés con el que iba bastante retrasado, aunque le costaba mucho concentrarse. Y Jamie estaba en el cuarto contiguo, abstraído y con la mirada perdida. Su mente no paraba de dar vueltas pensando en cómo estaría Vivienne, aunque no tenía manera de averiguarlo.

Tenía la constante sensación de estar esperando a que se abatiera sobre ellos algo malo, alguna forma de castigo, y se preguntaba si sería así para siempre. Su vida se había convertido en un infierno de angustia y aflicción. No se juntaba con los demás. Procuraban mantenerse alejados unos de otros, y cada vez que Jamie los veía en clase, en la cafetería o en el gimnasio todos los recuerdos de aquella noche acudían de nuevo a su mente.

Aún no había empezado a escribir las redacciones que debían acompañar a sus solicitudes universitarias. Era consciente de que ya no merecía los brillantes elogios que le dedicarían sus profesores, y por eso no les había entregado todavía los formularios de solicitud. Se preguntaba si los otros se sentirían igual que él. Chase apenas le hablaba, temeroso de que alguien pudiera oírlos. Ahora, todos sus actos estaban teñidos por lo que había sucedido la noche de Halloween.

Tommy Yee estaba en una sala insonorizada del aula de música, ensayando con su violín. Le dedicaba más tiempo que nunca y cada vez lo hacía peor. El instrumento que le habían prestado tenía una calidad muy inferior a la del que le habían confiscado. En sus manos era un trozo de madera sin vida, y así era también como él se sentía. Estaba cansado todo el tiempo, no podía dormir por las noches e incluso le costaba poner un pie delante del otro. Se despertaba llorando casi todas las mañanas recordando aquella noche, la visión del cuerpo inerte de Vivienne cuando la dejaron allí tirada.

Vivienne recibió el alta el domingo por la mañana. Su madre había traído dos grandes maletas desde Nueva York con todo lo que ella le había pedido: sus faldas y jerséis favoritos y el osito de peluche rosa con el que seguía durmiendo cuando estaba en casa. Chris había decidido que sería más fácil volar a Los Ángeles desde Boston.

Antes de salir de su apartamento para volver al hospital, Nancy había mirado a su alrededor y había pensado en lo deprimente que iba a resultar aquel lugar sabiendo que Vivienne ya no viviría allí. Ya fue bastante duro cuando se marchó al internado. Pero, consciente de que lo mejor ahora para su hija sería vivir en California, no había querido interponerse y había acabado cediendo. Vivienne quería poner la máxima distancia posible con lo que le había ocurrido en Saint Ambrose. Y además, Nancy iría a visitarla a Los Ángeles cuando pudiera, aunque saber que no pasaría con ella las fiestas hacía que todo resultara aún más desgarrador.

Se preguntó si aquel era el pago que estaba recibiendo por haberla apartado de Chris de forma tan precipitada y por unos motivos que solo le afectaban a ella. No se podían forzar las cosas de esa manera. Vivienne todavía no había tomado ninguna decisión sobre sus estudios, pero Nancy ya había aprendido la lección y estaba dispuesta a darle tiempo para que decidiera lo que deseaba hacer. Solo quería lo mejor para su hija, y que estuviera en el lugar más favorable para poder recuperarse del trauma que había sufrido.

Nicole y Gillian visitaron a Vivienne la noche antes de su partida. Le regalaron un osito de peluche, lo cual parecía un poco cursi, pero Maxine había pensado que le ofrecería algo de consuelo. Habían procurado no llevarle nada que tuviera el emblema de Saint Ambrose. Era fácil suponer que la joven no querría recordar nada de la escuela y de lo que le había ocurrido en ella.

—El equipo de voleibol no será lo mismo sin ti —le dijo Gillian, y Vivienne sonrió.

Estaba entusiasmada con la idea de volver a Los Ángeles, pero aún no se sentía preparada para ver a sus amigas. Al final les había enviado un mensaje a Lana y Zoe diciéndoles que estaba muy ocupada con los exámenes trimestrales y las solicitudes para la universidad y que no había tenido tiempo para escribirles o contactar por FaceTime. Cuando le respondieron, sus amigas parecían un poco molestas.

Vivienne había decidido no contarles nada sobre la violación, y tampoco quería verlas hasta que estuviera totalmente recuperada. Resultaría demasiado vergonzoso para ella. Lana y Zoe se habían enterado por las noticias de lo que había pasado en Saint Ambrose, y cuando le preguntaron a Vivienne al respecto, ella les respondió que conocía a la chica y que había sido algo horrible. Sus amigas le dijeron que se alegraban de que no le hubiera ocurrido a ella. Su nombre no había sido revelado a los estudiantes ni a la prensa.

Seguía teniendo dolores de cabeza y pesadillas de vez en cuando. Se suponía que en California iría a ver a una terapeuta, pero lo único que Vivienne quería era volver a Los Ángeles y olvidar su terrible experiencia. Antes de marcharse, Nicole y Gillian la abrazaron y le desearon un feliz viaje. En el pasillo, la subdirectora volvió a insistirle a Nancy que les hiciera saber si había algo que pudieran hacer por ella y por su hija, y prometió mantenerla informada sobre cualquier novedad que se produjera en la investigación. Nancy asintió y les dio las gracias, y ambas notaron su tristeza por el regreso de Vivienne a Los Ángeles.

—¿Crees que volver a California con su padre es lo mejor para Vivienne? —le preguntó Gillian a Nicole durante el trayecto de vuelta al colegio.

—Tiene casi dieciocho años y es lo que ella quiere. Después de algo así, es ella la que debe tomar la decisión —respondió Nicole.

—Su madre parecía tan triste...

Sin embargo, Nancy no solo estaba afligida por que Vivienne se marchara con su padre. Todos sentían una gran tristeza por la terrible carga que debería soportar la joven a partir de ahora. Justo antes de Halloween, Vivienne le había entregado a Nicole sus solicitudes de ingreso para varias universidades, y la subdirectora pensaba escribirle una elogiosa carta de recomendación, como también habían dicho que harían otros profesores. Dadas las circunstancias, pasarían por alto el incidente de la bebida y podría marcharse de Saint Ambrose sin ninguna mancha en su historial académico. Era lo mínimo que podían hacer por ella, dado que no habían conseguido protegerla de sus propios compañeros.

Chris ya había metido las maletas en el coche cuando Vivienne salió por una puerta lateral del hospital. Había varios vigilantes de seguridad cerca, por si se había producido alguna filtración sobre su salida, pero no se veía a nadie de la prensa en los alrededores. Nadie del hospital había dado información sobre la paciente en ningún momento. Chris observó el abrazo entre madre e hija. Vivienne parecía una joven guapa y atractiva, vestida con unos vaqueros, un jersey rosa y una chaqueta tejana.

—Te llamaré por FaceTime esta noche cuando llegue a casa, mamá.

A Nancy le dolía que siguiera considerando la vivienda de Los Ángeles como su casa, y no el apartamento que habían compartido juntas en Nueva York. Aunque tampoco era tan extraño, ya que solo habían vivido allí cinco meses. Vivienne llevaba en Los Ángeles toda su vida, y ahora quería hacer retroceder el tiempo para retornar a una época más feliz. A Nancy también le habría gustado. No volver con Chris, sino que nada de todo aquello hubiera pasado. Para ella también había sido un año muy duro.

—Voy a echarte mucho de menos —le dijo Nancy, rodeándola entre sus brazos.

Chris le había prometido llamar a la terapeuta al día siguiente y concertar una cita para Vivienne. Tenía muchas ganas de hacer cosas con ella, y también quería presentarle a Kimberly para que se conocieran. Esperaba que se hicieran buenas amigas.

Nancy volvió a abrazar y besar a su hija por última vez. Vivienne se montó en el coche con su padre, se despidió de su madre agitando la mano, y ambos se alejaron en dirección a Boston. Con la cabeza gacha, Nancy caminó hacia su coche para emprender el largo trayecto de vuelta a Nueva York. Al meter la llave en el contacto empezó a sollozar, y salió del aparcamiento del hospital sintiendo que se le desgarraba el corazón. Iría a verla a Los Ángeles muy pronto, pero nada sería lo mismo sin ella. Y le dolía en el alma no poder estar cerca para poder ayudarla.

En el coche, Chris le dijo a su hija:

—Estoy deseando que conozcas a Kimberly.

—Sí, yo también —respondió Vivienne, mirando por la ventanilla.

No sabía si Kimberly estaba al tanto de lo que le había ocurrido, pero no quiso preguntarle a su padre. Era consciente de que, a partir de ahora, eso era lo que lo marcaría todo: si la gente lo sabía o no. A Vivienne le parecía que, en ese momento, era lo que definía su persona y su vida.

El domingo por la noche, cuando se disponían a sentarse a la mesa para cenar, el teléfono sonó en casa de Taylor. Charity había preparado algo sencillo, ya que ninguno de los dos estaba comiendo mucho últimamente. En apenas una semana, Taylor había perdido casi cinco kilos debido al estrés a que estaba sometido. Al otro lado de la línea estaba el inspector Dominic Brendan.

—El informe preliminar ha llegado hace una hora —anunció con voz inexpresiva. Taylor llevaba varios días con el alma en vilo esperando aquello: por fin había llegado el momento de la verdad—. Más adelante tendremos un análisis más detallado, pero estos resultados revelan lo que queríamos saber. Si no hubiera ninguna coincidencia con ninguno de los chicos, con este informe lo sabríamos y todos quedarían libres de sospecha. —Taylor esperaba conteniendo el aliento. Las vidas de los seis alumnos y de sus familias se verían enormemente afectadas por los resultados de aquel informe—. Sin embargo, no tengo buenas noticias —prosiguió Dominic con expresión grave—, aunque tal vez sí lo sean para Vivienne Walker.

»Hemos encontrado una coincidencia. Las otras cinco muestras quedan libres de sospecha, pero la coincidencia está fuera de toda cuestión: corresponde a Rick Russo. Esto demuestra que todos nos han estado mintiendo para proteger a su compañero, incluida Vivienne. Los otros cinco serán acusados como cómplices, ya que estaban presentes en la escena, y de obstrucción a la justicia por mentir sobre la violación. Todos sabían que Rick Russo era el violador.

»La semana pasada enviamos la notificación al juez de circuito y mañana a primera hora firmará las órdenes de arresto que le hemos presentado. Lo siento, señor Houghton, pero mañana procederemos a la detención de los seis alumnos. Lo más probable es que el juez deje en libertad bajo fianza a los otros cinco, pero es muy posible que mantenga encerrado a Rick Russo si considera que existe riesgo de fuga, o puede que le imponga una fianza muy elevada. —Taylor sabía que el padre de Rick la pagaría, por muy alta que fuese la cifra. Y por muy despreciable que Joe Russo pudiera llegar a mostrarse en ocasiones, sentía lástima por aquellos padres. Sería un terrible mazazo para ellos—. Para la familia de la víctima será un alivio que el chico que violó a su hija haya sido identificado y pueda ser llevado ante la justicia.

Durante unos momentos, Taylor sintió que apenas podía

respirar. Se le formó un nudo en la garganta y sus ojos se anegaron en lágrimas. Las vidas de seis jóvenes iban a cambiar para siempre, y también las de sus padres. Si se demostraba su culpabilidad, todos serían condenados y uno quedaría fichado para siempre como delincuente sexual.

—¿Serán juzgados como adultos? —preguntó el director, totalmente anonadado por la noticia que el inspector acababa de comunicarle y consternado por lo que les esperaba a aquellos seis chicos a los que conocía tan bien.

—Eso dependerá del juez. Podrían ser tratados como menores o como adultos, aunque el fiscal del distrito pedirá que se les juzgue como adultos. En ese caso, la sentencia habitual por violación en el estado de Massachusetts es de cinco a ocho años. Ningún jurado mostrará la menor compasión, aunque el acusado tenga diecisiete años. Y además, es un asunto muy jugoso para la prensa: un niño rico de un colegio elitista que cree que puede hacer lo que quiera y acaba violando a una chica. Esta también tuvo su parte de culpa, ya que se emborrachó con el grupo, pero nadie se merece lo que le ocurrió a ella. Los jurados no suelen ser indulgentes con este tipo de delitos, ni tampoco los jueces. Es un asunto muy candente, y si mostraran el menor atisbo de clemencia se les echarían encima. Me temo que tiene un grave problema entre manos, señor Houghton.

—Así es, inspector. Le agradezco que me haya llamado esta noche para informarme. ¿Qué pasará a partir de ahora?

—Mañana tendremos las órdenes de arresto firmadas y nos presentaremos en el colegio para detener a los chicos. Será mejor que no les avise. No queremos que ninguno cometa la tontería de intentar huir, e imagino que todos disponen de los medios para hacerlo gracias a las tarjetas de crédito de sus padres. —No se equivocaba, salvo en el caso de Gabe—. Le digo todo esto para ponerle sobre aviso, pero recuerde que es una información confidencial.

—Se lo agradezco. ¿Y qué ocurrirá después de que los arresten?

—Pasarán un día o dos encerrados, hasta la lectura de cargos. Pueden confesar y declararse culpables. O también pueden declararse no culpables, que seguramente será lo que les aconsejen sus abogados. Aunque siempre pueden cambiar de opinión y declararse culpables más adelante. Durante la vista preliminar, el juez fijará la fianza, o no, dependiendo de la gravedad del delito. Si fija una fianza, los dejará libres con la obligación de comparecer ante el tribunal, aunque no creo que eso suceda en el caso de Rick Russo. Y dentro de más o menos un año se celebraría el juicio.

»Estas cosas suelen alargarse mucho. La maquinaria de la justicia avanza muy despacio. Los abogados harán todo lo posible para retrasar el proceso, pero no podrán postergarlo eternamente. Las pruebas contra ellos son concluyentes. Cometerían una gran estupidez si decidieran ir a juicio. Eso también se lo dirán sus abogados, que es mejor llegar a algún acuerdo. Algún picapleitos de prestigio pensará que puede librar a Rick Russo de ir a la cárcel, aunque dudo mucho que lo consiga.

Taylor ya podía ver el año tan duro que se avecinaba para los chicos, para el colegio y para él mismo. La rueda de la justicia ya se había puesto en marcha y todos debían enfrentarse al sistema judicial. Pero no podía imaginarse a Rick Russo encerrado entre cinco y ocho años en prisión. Le destrozaba pensar en ello, aunque en ningún momento había negado la gravedad de su delito.

—Nos vemos por la mañana —se despidió Dominic, y colgaron.

Taylor fue a buscar a su mujer, que había metido la cena en el horno para mantenerla caliente. Cuando entró en la cocina, tenía el rostro pálido y ceniciento.

—Han encontrado una coincidencia con las muestras de

ADN de Rick Russo. Van a arrestarlos a todos mañana por la mañana. Los otros serán acusados de actuar como cómplices y de obstrucción a la justicia por haber mentido, supuestamente para proteger a Rick.

—¿Vas a avisar a Shep? —preguntó Charity con cautela.

—No puedo. Le he dado mi palabra a la policía. No quieren que ninguno de ellos intente escapar.

Ella asintió. Luego se sentaron a la mesa de la cocina. Se tomaron de las manos, tratando de imaginar la tormenta que se les venía encima. Charity apagó el horno y se olvidaron por completo de la cena. Ninguno era capaz de comer un solo bocado.

12

A las once de la mañana del día siguiente, en cuanto las órdenes de arresto estuvieron firmadas, Dominic Brendan llamó a Taylor. El director le preguntó si podía reunir a los chicos en su despacho antes de que vinieran a buscarlos. Aquello sería mejor que arrestarlos en el campus o en las aulas delante de sus compañeros, un drama que perturbaría por completo la vida de la escuela y que los demás estudiantes no tenían por qué presenciar.

—Me parece muy sensato —respondió Dominic, que deseaba colaborar en lo posible con el director. Taylor había hecho cuanto estaba en su mano por ayudarles de un modo sereno, inteligente y compasivo. El inspector sentía un gran respeto por él y por su manera de dirigir el colegio. Era muy mala suerte que algo así hubiera pasado allí, aunque tampoco era del todo inusual—. Pero no informe a los chicos de por qué los ha citado en su despacho. No queremos que alguno de ellos salga huyendo y tengamos que emprender una persecución policial. —Lo dijo medio en broma, aunque todo era posible si a alguien le entraba el pánico ante la perspectiva de ser arrestado. No querían que se produjera ninguna situación dramática. Ya era bastante trágico lo que había sucedido—. Tampoco hablaremos con la prensa, pero en cuanto hayan sido arrestados se abrirá la veda. Al tratarse de menores, es casi seguro que el juez decrete el secreto de sumario, aunque siempre puede haber filtraciones. Es algo muy difícil de controlar.

—Esperemos que el juez se muestre comprensivo —dijo Taylor.

Él y Charity habían estado hablando toda la noche. Tal como ella le había dicho, tendrían que arriar las velas y prepararse para capear el temporal.

Taylor llamó a Nicole y le pidió que se reuniera con él en su despacho. No le explicó el motivo por teléfono y, al llegar, ella le preguntó:

—¿Hay alguna razón especial por la que me necesites esta mañana? Tengo una montaña de trabajo sobre mi escritorio.

El director dejó escapar un suspiro.

—No puedo contártelo, Nicole, pero creo que es conveniente que estemos los dos aquí. Voy a pedir a los chicos que vengan dentro de unos minutos.

Había revisado los horarios de sus clases y había notificado a sus profesores que los enviaran al despacho. Llegaron poco después, ataviados con sus uniformes y visiblemente nerviosos, preguntándose qué habría pasado ahora para que los hubieran convocado allí. El director les invitó a tomar asiento. Su aspecto era serio e inexpresivo. Al cabo de cinco minutos entraron los inspectores Martin y Brendan, acompañados por seis ayudantes del sheriff. Fuera esperaban tres coches patrulla. Habían llegado al campus con la mayor discreción posible a fin de no alertar a la prensa ni alarmar a los estudiantes.

Al ver entrar a los inspectores en el despacho, los chicos abrieron los ojos como platos. Se preguntaron si habrían surgido nuevas pruebas, o si Vivienne les habría contado la verdad de lo ocurrido.

El inspector Brendan se dirigió al grupo.

—Vamos a tratar de hacer esto lo más sencillo posible. Estáis todos arrestados. —Acto seguido, se giró hacia Rick—. Rick Russo, estás detenido por la violación de Vivienne Walker ocurrida la noche del pasado 31 de octubre, y por obstrucción a la justicia en el transcurso de la investigación.

Tras leerle sus derechos, recitó los nombres de los otros cinco, les informó de que estaban detenidos como cómplices del delito y por obstrucción a la justicia, y les leyó también sus derechos. Totalmente conmocionados, los chicos permanecieron en silencio mientras los agentes los esposaban. Utilizaron bridas de plástico, que se les clavaron con fuerza en las muñecas. Cuando le llegó el turno a Tommy Yee, rompió a llorar incluso antes de que lo tocaran.

—No pueden hacernos esto —protestó Rick Russo en cuanto le pusieron las esposas.

—Sí que podemos —replicó el inspector Brendan con voz calmada—. Las muestras de ADN de tu saliva coinciden con las del semen encontrado en el cuerpo de la víctima después de ser trasladada al hospital.

—Mi padre me sacará bajo fianza en menos de cinco minutos —afirmó bravucón, mirando lleno de furia a los inspectores y a Taylor.

En sus ojos solo había rabia, ni el más mínimo atisbo de remordimiento.

—La fianza no se fijará hasta el miércoles, cuando compareceréis ante el juez para la lectura de cargos —le dijo el inspector, impertérrito ante su fanfarronería—. Permaneceréis encerrados hasta entonces.

Chase y Jamie se miraron, luchando por contener las lágrimas. Steve Babson estaba visiblemente afectado, y Gabe se echó a llorar en cuanto lo hizo Tommy. Todos tenían mucho que perder.

—Lo siento, chicos —dijo el director en tono afligido.

—¡No, no lo siente! —le gritó Rick con las manos esposadas a la espalda—. Usted les ha ayudado a hacer esto.

—Hemos cooperado con la policía —repuso Taylor de forma tajante—. Una joven de nuestro colegio, vuestra compañera, fue violada en el campus y abandonada inconsciente con una grave intoxicación etílica. Se merece que dediquemos todos nuestros esfuerzos a averiguar quién le hizo algo así. Siento muchísimo que vosotros seis hayáis sido los acusados. Lo único que quiero es justicia para ella y para vosotros, en el caso de que no seáis culpables. Pero si lo sois, este delito no puede quedar impune. Mientras estéis aquí sois responsabilidad mía, y ella también. Os conozco desde hace tres años y tengo relación con cada uno de vosotros. Esto me llena de una gran tristeza, al igual que a vuestras familias.

Dicho esto, hizo un gesto con la cabeza en dirección al inspector, quien ordenó a los agentes que se los llevaran. Los muchachos fueron conducidos fuera del despacho sin oponer resistencia. Cuando salían, Nicole y Taylor pudieron ver que los seis iban llorando. Pero las lágrimas de Rick no eran de miedo y tristeza como las de sus compañeros, sino de rabia. Había una faceta de él que nadie había visto antes y que no podía atribuirse al alcohol.

Dominic los acompañó para asegurarse de que les metían en los coches patrulla y partían camino de la prisión y después regresó al despacho, donde Gwen le esperaba con Nicole y Taylor. Los tres parecían profundamente abatidos.

—Qué mañana tan espantosa... —musitó Taylor, e invitó a los inspectores a tomar asiento un rato antes de marcharse.

Nicole pidió a la secretaria del director que les trajera unas tazas de café, aunque ninguno las tocó.

—Ahora se montará una buena —predijo Dominic—, cuando se enteren los padres y los abogados de los chicos.

Taylor asintió. Dentro de unos minutos tendría que llamarles para contarles que habían arrestado a sus hijos. No les pillaría totalmente por sorpresa, dado que ya estaban al tanto de que habían estado bebiendo en el campus y que sus huellas habían aparecido en la botella. Pero aquello sería un terrible mazazo para los padres, que sin duda habrían estado rezando, al igual que todos ellos, para que las pruebas de ADN no revelaran ninguna coincidencia.

—Se lo han tomado mejor de lo que me esperaba —reconoció Gwen—. Son mucho mejores que sus padres —añadió con una sonrisa triste.

—Suele pasar —reconoció Taylor.

Pensaba en Jamie y en su padre, Shepard Watts, cuya actitud en todo aquel asunto había sido deleznable desde el principio y que ahora sería incluso peor. Su amistad de tres años se había esfumado en las dos últimas semanas, y Shepard había mostrado una faceta de sí mismo que Taylor consideraba indigna y detestable. El hombre haría cualquier cosa para salvar a su hijo, sin importarle a quién se llevara por delante.

—En cuanto se calmen un poco las cosas, intentaremos obtener una declaración de Vivienne —les explicó Gwen—. Y cuando salgan bajo fianza, los chicos también se tranquilizarán, sobre todo si se declaran no culpables y tienen que esperar un año hasta que se celebre el juicio. En cuestión de pocos días, todo el asunto se les antojará como algo irreal. Pero al final tendrán que afrontarlo, no hay escapatoria. —Luego cedió a su curiosidad y preguntó—: ¿Les dejarán volver al colegio cuando estén en libertad bajo fianza?

Taylor se quedó pensativo durante un rato y miró a Nicole.

—No podemos permitir que vuelvan —respondió al fin—. Está claro que son inocentes hasta que se demuestre lo contrario, pero también está el asunto del incidente con el tequila, que según las normas del colegio implica una expulsión inmediata. Puede ser temporal o definitiva, pero en cualquier caso no podrán volver, al menos hasta que se les exculpe en un juicio. Y aunque terminen el curso académico estudiando desde casa, no podrán graduarse a menos que sean absueltos.

El delito es demasiado grave. Si acaban siendo condenados, no podrán graduarse aquí, y tampoco tendrán la menor posibilidad de matricularse el año que viene en ninguna universidad prestigiosa. Todos tendrán antecedentes, y Rick quedará fichado para siempre como delincuente sexual.

—También pueden acabar la secundaria en prisión —apuntó Gwen.

Con los menores, siempre se sentía desgarrada de algún modo entre las víctimas y los agresores, porque estos últimos también eran víctimas en cierto sentido de su propia estupidez e inconsciencia y no comprendían plenamente las consecuencias de sus actos hasta que era demasiado tarde. Aunque en este caso, con una joven inocente víctima de violación, no sentía la menor compasión.

Dominic Brendan se levantó y Gwen le imitó.

—Tenemos trabajo que hacer —dijo el inspector—. Supongo que esta tarde ya tendremos a todos los abogados encima.

Se marcharon poco después. Taylor se disponía a comentar la situación con Nicole cuando entró su secretaria para anunciarle que tenía a Shepard Watts esperando al teléfono y que era urgente.

—Vamos allá —le dijo a Nicole, descolgando el auricular.

La subdirectora susurró «¡Buena suerte!» y salió del despacho. Sabía que nunca olvidaría esa mañana. Y después tendrían que enfrentarse a la prensa.

—Hola, Shep. Lo siento mucho —dijo Taylor antes de que el presidente de la junta escolar pudiera decir nada.

Conocía muy bien el motivo de la llamada. Su hijo debía de haberle telefoneado en cuanto llegó al centro penitenciario.

—Si de verdad lo sientes, harás todo lo que esté en tu mano para sacar a Jamie de esta pesadilla. No sé lo que ocurrió aquella noche, y tú tampoco, pero si Rick Russo violó a esa chica, mi hijo no actuó como cómplice ni tuvo nada que ver con lo sucedido. Es un chico estupendo, y seguro que esa muchacha es una zorra que iba por ahí provocando. Y ahora mi hijo está en prisión. Si no haces que lo suelten y retiren todos los cargos, te prometo que os destruiré a ti y a la escuela. Y por lo que a mí respecta, los otros pueden arder en el infierno.

Shepard parecía estar al borde de las lágrimas, y de hecho se había echado a llorar cuando su hijo le llamó para decirle que le habían detenido y que estaba en la cárcel. Jamie había sonado sorprendentemente calmado y se deshizo en sinceras disculpas ante su padre. Shepard había llamado al abogado que contrató cuando le tomaron las huellas a su hijo y ya estaba de camino, pero le había dicho que no podría sacar a Jamie bajo fianza hasta que esta se fijara en la comparecencia preliminar del miércoles. Y también era posible que el juez decidiera no conceder la fianza, dada la gravedad del delito y los cargos. Todo dependía del magistrado. Cuando el abogado le dijo aquello, Shepard se puso hecho un basilisco.

—¡Quiero que retiren los cargos contra Jamie! —volvió a gritarle ahora a Taylor por el teléfono—. ¿Me has oído?

—Nada me gustaría más que los soltaran a todos si son inocentes, pero yo no puedo hacer nada. El asunto está en manos de la policía. Y no es la víctima quien ha presentado cargos contra ellos, sino la fiscalía del estado. Se trata de un delito muy grave. Esa joven fue violada y ninguna mujer se merece algo así. Y tampoco es una zorra. También es una chica estupenda. La policía tiene la prueba concluyente de una coincidencia con el ADN de Rick Russo, pero todos mintieron durante la investigación, así que no hay nada que yo pueda hacer al respecto. Odio toda esta situación tanto como tú. Todo se descontrola cuando unos chicos se emborrachan como ellos hicieron, pero no todos los que se emborrachan cometen una violación. Tu hijo no lo hizo, pero mintió para proteger a su amigo. Todos ellos lo hicieron, y por eso ahora están donde están.

—Te lo repito una vez más, Taylor. Espero que hagas algo para que retiren los cargos contra mi hijo, ¡o te arrepentirás de haberme conocido!

De hecho, ya se arrepentía. La lealtad de aquel hombre hacia su familia era admirable, pero las pruebas eran irrefutables, algo que también le había dicho su abogado. Shepard le había pedido que buscara algún vacío legal o recurriera a algún tecnicismo para sacar a su hijo, pero el criminalista le había explicado que la violación era un asunto muy candente y que ningún tribunal se mostraría indulgente. Eso provocaría una gran indignación pública y todo lo que hiciera el juez tendría una enorme repercusión.

Jamie debía seguir el procedimiento habitual como cualquier otro: esperar a la lectura de cargos del miércoles, declararse culpable o no culpable, tratar de convencer al juez de que fijara una fianza a pesar de la violencia del delito del que había sido acusado como cómplice, pagar dicha fianza y luego preparar su defensa para cuando se celebrara el juicio.

O, en el caso de que Jamie se declarara culpable de los cargos, tratar de llegar al mejor acuerdo posible con la fiscalía para obtener una reducción de la condena, siempre que el juez y el fiscal del distrito accedieran a ello, algo bastante improbable en el clima de animadversión actual hacia ese tipo de delitos. No había ninguna magia ni misterio. Jamie Watts se encontraba en una situación de extrema gravedad, al igual que sus compañeros, y todos los gritos y amenazas contra Taylor no iban a cambiar nada. Jamie lo comprendía mucho mejor que su padre.

Cuando los aterrorizados chicos llegaron al centro penitenciario volvieron a tomarles las huellas y les hicieron las fotos para la ficha policial. Luego, un agente les ordenó que se quitaran la ropa y la metió en unas bolsas de plástico con sus nombres en ellas. Una vez desnudos, otro funcionario les cacheó y les practicó una exploración de cavidades. A continuación, vestidos ya con monos naranjas y calzados con chanclas de goma, fueron conducidos a tres celdas, que ocuparon por parejas.

Sus objetos personales y sus carteras fueron inventariados y guardados. Tres de ellos llevaban valiosos relojes Rolex y dos un TAG Heuer. A todos se les permitió llamar a sus padres. Las conversaciones fueron breves y desgarradoras, con profusión de lágrimas por ambas partes.

Chase y Jamie fueron asignados a la misma celda. El primero había llamado a su abogado en vez de a sus padres. Su madre se encontraba en una selva remota de Filipinas acabando de filmar una película, y su padre protagonizaba y dirigía una cinta que se rodaba en España. Chase sabía que ninguno de los dos podría abandonar sus rodajes, y el abogado le había dicho que él acudiría a la comparecencia del miércoles. Por su parte, Gabe había rellenado un formulario solicitando los servicios de un abogado de oficio.

—Mierda —exclamó Jamie mirando a su amigo—. Estamos jodidos.

—Puede que no —repuso Chase con voz calmada—. Todavía pueden ocurrir muchas cosas antes de que se celebre el juicio.

Después de la conmoción inicial, parecía resignado a aceptar lo que les había ocurrido. Y, en cierto modo, sentía que se lo merecían. Rick seguía jactándose de que su padre le sacaría de allí enseguida, pero les habían dicho claramente que la fianza no se fijaría hasta el miércoles y que hasta entonces no se moverían de allí. Y aunque estaban lo bastante cerca como para poder comunicarse entre ellos, lo cierto era que a ninguno le apetecía hablar mucho.

Tendrían que esperar dos días en aquellas celdas estrechas, provistas de una litera con colchones finos como el papel, unas sábanas raídas y deshilachadas llenas de manchas, una almohada mugrienta, una manta procedente de los excedentes del ejército, una toalla rasposa, un retrete abierto muy sucio y un pequeño lavamanos.

Los llevaban a las duchas comunitarias una vez al día y comían en la cantina junto al resto de los reclusos. Por el momento les estaban tratando como a adultos, no como a menores, aunque eso podría cambiar más adelante.

En el centro penitenciario habría unos sesenta hombres, la mayoría de los cuales parecían camellos o delincuentes habituales. Con su pinta de niños ricos, los seis chicos destacaban como letreros de neón; incluso Gabe, con su aspecto pulcro y su corte a cepillo. En la cola de la cantina chocó sin querer con el tipo que tenía delante, que se giró y le gritó que tuviera mucho cuidado con él. Gabe se disculpó y retrocedió atemorizado. Ninguno estaba preparado para enfrentarse a aquel entorno hostil y a la gente que había en él.

Cuando sus abogados se presentaron al día siguiente, los chicos parecían exhaustos y muy nerviosos. Cada uno iba a ser representado por su propio letrado. La abogada de oficio que fue a ver a Gabe tenía mucha prisa. Le dijo que la lectura de los cargos sería un procedimiento rutinario y que debía declararse no culpable. Siempre estaba a tiempo de cambiar su declaración. También le explicó que la habían asignado para la vista del miércoles, pero que no podría encargarse de defenderle en el juicio, ya que estaba embarazada y para entonces estaría de baja por maternidad. La noche anterior a su comparecencia ante el juez, los seis se sentían completamente perdidos, sentados en las literas de sus celdas.

La madre de Steve Babson había ido a visitar a su hijo ese mismo martes y se alojó en un motel cercano. Los demás progenitores llegarían al día siguiente acompañados de sus representantes legales, excepto los padres de Chase y el padre de Steve. El abogado de Chase había enviado un correo electrónico a Matthew y a Merritt informándoles de que su hijo había sido detenido y encarcelado. El chico no quería ni imaginarse cómo les habría afectado aquello y lo decepcionados que estarían con él. Por su parte, Tommy estaba tan asustado que se había saltado las comidas para quedarse en su celda y repetía que sus padres iban a matarlo.

Todo lo que les estaba ocurriendo parecía algo surrealista. A la mañana siguiente les devolvieron su ropa, que consistía en los uniformes escolares que les permitirían llevar ante el juez. Los funcionarios de la prisión no esperaban volver a verlos, convencidos de que el juez fijaría una fianza y que sus padres la pagarían. Solo Gabe sabía que los suyos no podrían permitírselo, así que después de la comparecencia volvería solo a su celda, lo cual le resultaba aterrador. Tendría que permanecer encerrado hasta que se celebrara el juicio, a menos que su abogada llegara a un acuerdo con la fiscalía, en cuyo caso las cosas avanzarían más deprisa.

Los subieron a la planta de los juzgados en un ascensor de servicio. En esta ocasión les habían puesto unas esposas metálicas que les quitaron antes de entrar en la sala del tribunal. Cuatro ayudantes del sheriff los escoltaban de cerca, preparados para evitar una posible huida. Pero los chicos estaban demasiado asustados como para intentar escapar y caminaron con la cabeza baja y arrastrando los pies hacia la mesa de la defensa.

Allí les esperaban sus abogados, sentados en una misma hilera y conformando un impresionante grupo de la más costosa y prestigiosa asistencia legal. La abogada embarazada de Gabe parecía bastante agobiada y apenas hablaba con los demás. Cuatro de ellos conversaban en voz baja, mientras que el letrado de Tommy permanecía en un extremo de la mesa, un tanto apartado.

Los chicos tomaron asiento en silencio junto a sus respectivos abogados. Todos les habían pedido a sus clientes que se declararan no culpables. Siempre podrían cambiar su declaración más adelante, a menos que estuvieran dispuestos a confesar ahora, aunque no se lo aconsejaban. Les habían explicado que aquella comparecencia era una pura formalidad para presentar los cargos y remitir el caso a juicio. Que se declararan o no culpables era lo menos importante ahora.

Entonces los chicos se giraron y vieron a sus padres en la primera fila, lo que provocó que a casi todos se les saltaran las lágrimas. Joe Russo ofrecía un aspecto muy severo con su traje negro, camisa blanca y corbata también negra. Parecía que estuviera en un funeral, y así era como se sentía. La madre de Rick llevaba un traje Chanel y un abrigo de visón, ambos de color negro, y no paraba de enjugarse los ojos con un pañuelo. Cuando su hijo se volvió a mirarla, ella le lanzó un beso con la mano.

Shepard Watts, con un traje gris oscuro muy formal, tenía el aspecto del banquero que era. Su mujer Ellen, vestida con un jersey y pantalón y con el pelo recogido detrás, estaba muy pálida y no podía parar de llorar. Apretaba la mano de su marido, que miraba con gesto furioso y acusador alrededor de la sala, como si todo el mundo fuera culpable del calvario por el que estaba pasando su hijo.

Jean Babson estaba sola, vestida de forma sencilla y sin pretensiones, y cuando Steve se giró para mirarla le dirigió una sonrisa alentadora que solo sirvió para que el chico se sintiera aún peor. El señor y la señora Harris también habían venido, ambos con unos simples tejanos y aspecto de estar destrozados. Los padres de Tommy tenían una apariencia muy digna con sus trajes ejecutivos. Permanecían sentados con semblante pétreo mirando fijamente al frente, y no hicieron el menor amago de reconocer a su hijo cuando este se giró para ver si estaban. Tommy habría preferido que no hubieran venido.

Los padres de Chase no habían podido acudir, como él ya sabía. Su abogado le había mostrado un mensaje que le había enviado su padre, diciéndole simplemente que le quería, que iría a verle por Acción de Gracias y que tenía muy claro que le dejaba en las mejores manos. Su madre también le había escrito para recordarle que le amaba de forma incondicional.

Taylor y Nicole estaban sentados detrás de los padres.

Al haber tantos inculpados, la mesa de la acusación estaba ocupada por dos ayudantes del fiscal del distrito. En el banco de detrás se encontraban los dos inspectores procedentes de Boston.

Toda la sala se levantó cuando un alguacil lo ordenó, y al momento hizo su entrada la jueza, una mujer de unos sesenta años con el pelo canoso que frunció el ceño al ver la larga hilera de acusados y abogados. Hizo un gesto con la cabeza al secretario judicial, quien procedió a leer los cargos, y acto seguido pidió a todos los presentes que volvieran a tomar asiento. Echó un vistazo a los documentos que tenía delante, entre los que se incluía el informe policial.

—¿Algo que alegar por parte de la defensa? —preguntó a los congregados.

El abogado neoyorquino de Jamie se puso en pie con gesto solemne y se dirigió a la jueza.

—Señoría, solicito que se desestimen todos los cargos contra mi cliente —dijo respetuosamente—, quien se ha visto envuelto en la red de acusaciones dirigidas contra los demás. Mi cliente no presenció ni fue consciente de que se cometiera ningún delito.

Era un formalismo con el que intentaba que retiraran los cargos, y que Taylor estaba seguro de que el padre de Jamie le había pedido que presentara. La jueza no se dejó impresionar y rechazó el recurso, pero Shepard pareció satisfecho de que al menos lo hubiera intentado.

—Letrados de la defensa —empezó, dirigiéndose tanto al

abogado de Jamie como al resto—, los cargos que nos ocupan hoy son muy graves. Una joven, una menor de edad en estado de indefensión, ha sido violada. El resto de los inculpados han sido acusados de actuar como cómplices y también de obstrucción a la justicia. A menos que se produzcan nuevos avances en la investigación, no pienso retirar ningún cargo contra estos jóvenes, así que no perdamos el tiempo con recursos inútiles —dijo de forma tajante—. ¿Cómo se declaran sus clientes? —preguntó, antes de recitar la lista con los nombres y los cargos—. Pido a cada uno de los acusados que, cuando lea su nombre, se ponga en pie y diga cómo se declara.

La jueza fue enumerando los nombres y cada uno de los chicos se levantó y se declaró no culpable con la voz más fuerte y clara que pudo, excepto Tommy, que respondió con un débil susurro apenas audible. Taylor se estremeció al pensar que aquella era la primera vez que unos jóvenes vestidos con el uniforme de Saint Ambrose eran acusados de unos delitos relacionados con un crimen violento. Sin duda era un día ignominioso para la escuela, y también para él como director de la misma.

A continuación, la jueza consultó un calendario y fijó la próxima comparecencia para el 18 de diciembre.

—Entonces podrán presentar todos los recursos que deseen. Esto les dará tiempo para preparar el caso. La sesión se aplazará al día siguiente hasta el 2 de enero.

Así era como funcionaba el sistema judicial. Los abogados sabían que, a menos que los acusados cambiaran sus declaraciones de no culpabilidad, se producirían numerosos retrasos y aplazamientos hasta que se celebrara el juicio. Todo dependía de la contundencia de las pruebas, de lo que aconsejaran los letrados y de los acuerdos a los que intentaran llegar con la fiscalía, aunque era poco probable que el estado se mostrara dispuesto a negociar en un caso como este.

Todos los implicados eran conscientes de que lo mejor sería no llegar a juicio. Los jurados podían ser impredecibles y los procedimientos judiciales costaban mucho dinero al contribuyente, por lo que la fiscalía prefería evitarlos. Además, un juicio por violación no despertaría la menor compasión hacia los acusados. Si seguían adelante, con defensas individuales para cada inculpado, tardarían meses en preparar la causa y se montaría un gran revuelo tanto a nivel judicial como mediático.

—Voy a fijar una fianza —dijo la jueza, mirando a cada uno de los muchachos—. Viendo el impresionante despliegue de asesores legales que tengo delante, estoy segura de que el dinero no representará ningún problema y que vuestras familias estarán dispuestas a pagar lo que haga falta para sacaros de prisión. Pero quiero que seáis muy conscientes de la gravedad de los cargos —prosiguió, clavando la mirada en los acusados—. Este es un asunto muy serio del que vuestros padres no os podrán librar con dinero. Si infringís de algún modo las condiciones de la libertad condicional, volveréis a ser arrestados, sin fianza, y permaneceréis encerrados hasta la fecha del juicio. Voy a establecer una fianza de doscientos mil dólares para cada uno de los siguientes acusados —leyó los nombres—, y de quinientos mil dólares para Richard Russo, acusado de violación y obstrucción a la justicia.

Golpeó con el mazo para finalizar la sesión y los ocupantes de la mesa de la defensa se levantaron casi a la vez para ceder su lugar al siguiente caso.

—¿Podemos irnos ya a casa? —le preguntó Steve a su abogado.

Este le explicó que tenían que volver a prisión hasta que alguien depositara la fianza. Steve asintió y sonrió a su madre. Gabe miraba con expresión consternada a sus padres. Sabía que no tenían manera de pagar esa cantidad y que él tendría que permanecer encerrado durante el siguiente año. Los demás abogados se mostraron aliviados. Temían que, dada la ostentosa exhibición de poderío económico, la jueza fijara una fianza de un millón de dólares para cada uno. Pero, dadas las circunstancias, la magistrada se había mostrado razonable.

Los ayudantes del sheriff se llevaron a los chicos antes de que pudieran hablar con sus padres, y poco después estaban de nuevo en el ascensor de vuelta a la prisión. Padres y abogados abandonaron juntos la sala del tribunal y se quedaron conversando en el pasillo, donde los letrados les explicaron lo que tenían que hacer a continuación para sacar a sus hijos. Los Harris comentaron entre ellos que visitarían a Gabe antes de marcharse esa tarde, ya que no podían pagar la fianza. Joe Russo escuchó aquello y le dijo algo en voz baja a su mujer.

Todo había ido más o menos según lo previsto. Los padres tenían pensado recoger a sus hijos y luego ir a buscar sus pertenencias a Saint Ambrose, tal como les habían dicho que hicieran. El violín que le habían prestado a Tommy se quedaría en la escuela, mientras que el suyo seguiría confiscado por la policía como prueba para el juicio.

Les habían comunicado que los chicos no podrían regresar a Saint Ambrose hasta que se aclarara todo el asunto, y que incluso entonces ya se vería. Dependería de las circunstancias individuales de cada alumno, de que fueran absueltos de los cargos y de la decisión que tomara finalmente la junta disciplinaria sobre el incidente con el alcohol. El curso había acabado para ellos y era muy improbable que les permitieran regresar a Saint Ambrose. Ni siquiera podrían despedirse de sus amigos y profesores. Su brillante trayectoria académica tendría un final desolador. Sus pertenencias habían sido empaquetadas y esperaban en el edificio de administración para ser recogidas en cuanto salieran de prisión. Todavía no estaba claro si les devolverían la parte proporcional de la matrícula, algo que tendría que decidir la junta escolar.

Después de que los abogados se marcharan, los padres fueron a depositar el dinero de la fianza. Los Harris no habían ido con ellos. Con discreción, Joe Russo pagó la fianza de Rick y también la de Gabe. No podía soportar la idea de que, solo porque sus padres no dispusieran de medios, el pobre se pudriera durante un año en prisión a la espera del juicio, con todos los peligros que ello representaría. Estaba seguro de que Gabe no intentaría escapar. Siempre había sido un buen chico, y además él y Rick eran amigos. Fue sin duda un gesto de lo más generoso.

Cuando les pusieron en libertad, Gabe se despidió de sus compañeros, resignado a quedarse encerrado allí solo.

—Tú también —le ordenó un funcionario malencarado—. Todos los niñatos ricos a la calle.

Estaba convencido de que sus abogados les librarían de volver a la cárcel utilizando un montón de artimañas legales. A todos, salvo probablemente a Rick Russo.

—Yo no soy ningún niñato rico —repuso Gabe en tono solemne—. Tiene que haber un error. Mis padres no han pagado la fianza.

—Pues alguien lo ha hecho. Aquí tengo los documentos. Venga, fuera.

Señaló hacia la puerta para que acompañara a los demás, y Gabe les siguió sin dar crédito a lo que estaba sucediendo. Estaba seguro de que debía de haber un error y que en cualquier momento le agarrarían por el cuello y le obligarían a volver adentro, pero nadie le dijo nada al salir. Los padres les esperaban a las puertas de la prisión. Joe Russo sonrió al ver a Gabe.

—No íbamos a dejar que te pudrieras en la cárcel —le dijo en voz baja—. Ahora pórtate bien y no vayas a marcharte a ninguna parte. Creo que tus padres están en la cafetería de ahí enfrente.

—¿Usted me ha pagado la fianza, señor? No puedo permitirlo —protestó Gabe, sorprendido y agradecido.

—Sí que puedes. Lo que tienes que hacer ahora es no meterte en problemas, reunirte con tus padres y volver a casa. Como suelen decir, nos vemos en los tribunales —añadió con una sonrisa antes de volverse hacia su hijo.

Gabe cruzó corriendo la calle en dirección a la cafetería. Al verlo entrar, sus padres se quedaron estupefactos. La madre empezó a llorar cuando les contó lo que había hecho el señor Russo.

—Ha sido un gesto muy bonito, papá. —Rick, agradecido, abrazó a su padre, aunque este le restó importancia.

—Venga, vámonos a casa. Mañana nos reuniremos con el abogado para ver qué podemos hacer para sacarte de este embrollo. Y también tengo una idea que quiero comentar con Taylor Houghton.

Los seis compañeros se despidieron después de prometer que se llamarían cuando estuvieran en sus casas. Ninguno de ellos había hecho aún ningún plan para los próximos meses. Tenían que buscar un trabajo o una manera de llenar el tiempo mientras trataban de mantenerse al día con sus estudios, por si finalmente, en el caso de que fueran absueltos, conseguían graduarse. Se montaron en los coches de sus padres y entraron en Saint Ambrose para recoger sus pertenencias. Después pusieron rumbo a Nueva York, profundamente aliviados por haber salido de prisión.

Chase fue en el coche con Jamie. De forma excepcional, le habían permitido quedarse en el apartamento que sus padres tenían en Manhattan hasta que regresaran de sus rodajes y pudiera irse con ellos a Los Ángeles. Estaba previsto que volvieran en dos semanas, y su abogado había tenido que firmar un documento haciéndose responsable del chico por el momento.

Su despedida de Saint Ambrose fue breve y amarga. Recogieron sus pertenencias, sintiéndose como criminales o marginados, y se marcharon casi furtivamente. En el trayecto de vuelta a casa no abrieron la boca. Los dos últimos días habían supuesto una experiencia espantosa. Los padres de Tommy mantuvieron la misma actitud que habían adoptado en el tribunal y apenas le hablaron. Lo único que le dijo su madre fue que trabajaría a tiempo completo clasificando la correspondencia en su empresa de contabilidad y que tendría que ensayar tres horas al día con un violín que iban a alquilar para él. Al menos no le había repudiado por completo, como temía. Después de eso, no volvieron a dirigirle la palabra.

A la mañana siguiente, Joe Russo llamó a Taylor Houghton para comunicarle la idea que había tenido. Consideraba que era una solución ideal para todos y quería que Taylor se encargara de llevar a cabo las negociaciones.

—Es muy sencillo. Nunca sabremos realmente lo que ocurrió aquella noche, pero está claro que esa joven debe ser compensada por lo que ha sufrido. No sé qué tipo de chica será, pero el hecho de que se emborrachara con una pandilla de chicos no dice mucho de ella. Quizá iba buscando algo y acabó recibiendo más de lo que pretendía. En cualquier caso, tampoco es un angelito. Mi propuesta es ofrecerle un millón de dólares, guardados en un fideicomiso hasta que cumpla los dieciocho años, a cambio de que ponga fin a todo este asunto y niegue los cargos que se imputan a los chicos.

Taylor no podía dar crédito a lo que acababa de oír. Era algo típico de Joe Russo. Para él no había problema que no pudiera solucionarse con dinero, no había persona que no pudiera ser comprada, incluida una joven que había sido violada y a la que seis compañeros habían abandonado estando inconsciente.

—Estoy seguro de que lo que estás proponiendo es ilegal, Joe. Se trata sin duda de una especie de soborno y no puedo implicar a la escuela en algo así. También creo que la chica y su familia se sentirían profundamente ofendidas por una proposición semejante. No tienen ninguna necesidad económica. Su padre es un promotor inmobiliario de éxito. Pero, por encima de todo, no puedes utilizar el dinero para tratar de borrar una experiencia tan terrible. ¿Cómo puedes poner precio a algo que va a afectar a esa chica durante el resto de su vida?

—Pues entonces cinco millones. O diez. No me importa. No pienso permitir que mi hijo vaya a prisión y que eso arruine su futuro. Todo el mundo tiene un precio, Taylor. Averigua cuál es el suyo. Esa chica tendría la vida solucionada a cambio de la libertad de mi hijo.

—Ella no ha presentado los cargos, Joe. Lo ha hecho la fiscalía. Y aunque ella pidiera que se retiraran, no creo que el estado lo aceptara, porque las huellas y la coincidencia de ADN son pruebas irrefutables. Los chicos están atrapados en las ruedas de la justicia y no hay nada que esa joven pueda hacer por detenerlas. Y creo que, si presenta una queja formal ante la policía por tu ofrecimiento, podrías verte en serios problemas y tendrías que afrontar cargos.

Se produjo un largo silencio al otro lado de la línea mientras Joe Russo asimilaba las palabras de Taylor.

—¿Ni siquiera vas a considerarlo? —preguntó al fin, profundamente disgustado.

—No puedo hacer algo así, y tú tampoco deberías. Tienes que hacer todo lo que esté en tu mano con un buen asesoramiento legal, a ver qué se puede conseguir. Siento no poder ayudarte con esto. Por otra parte, ya me he enterado del gesto tan generoso que tuviste con Gabe Harris.

—Me alegró poder ayudarle —dijo Joe. Después le dio las gracias por su tiempo y colgó.

Cinco minutos después llegó un correo certificado al despacho de Taylor. Se trataba de una carta demoledora de Shepard Watts, reprochándole lo poco que había hecho por ayudar a su hijo y anunciándole que dimitía como presidente de la junta escolar. Nicole entró y le vio leyendo la misiva con expresión consternada.

—¿Malas noticias? —preguntó con gesto preocupado, ya que últimamente era lo único que recibían.

—Otra carta de mi club de fans. Shep Watts acaba de dimitir de la junta escolar y ha retirado las solicitudes de sus hijas para el año que viene.

—Si te digo la verdad —comentó Nicole—, me siento aliviada.

Taylor se reclinó en su asiento, soltó un suspiro y sonrió.

—Para ser sincero, yo también.

La familia Watts ya era historia en Saint Ambrose y su final había sido de lo más triste. Aun así, Taylor le deseaba todo lo mejor a Jamie. En el fondo era un gran chico. Mejor que su padre, que estaba dispuesto a pasar por encima de todo, a destruir a quien hiciera falta, con tal de conseguir lo que quería. Su intuición le decía que Jamie estaba por encima de todo eso. Al menos, así lo esperaba.

13

Después de la comparecencia preliminar para la lectura de cargos, mientras los medios se volvían locos con el caso de violación —habían bautizado a los chicos como «los Seis de Saint Ambrose»—, Dominic y Glen empezaron a recopilar sus informes y archivos, ataron algunos cabos sueltos y emprendieron el regreso a Boston. Tendrían que volver para las posteriores vistas judiciales, pero por el momento la parte más importante de su trabajo había concluido y podían marcharse a casa.

Estaban bastante satisfechos con su investigación y con los resultados. El violador había sido identificado y arrestado. Sin embargo, ninguno de los implicados, en especial Rick, había confesado lo que ocurrió realmente la noche de Halloween. Sabían que los seis chicos habían estado en el claro, y Vivienne con ellos, y que se habían emborrachado juntos. Rick se había declarado no culpable, pero las muestras de ADN revelaban sin ningún tipo de duda que él había violado a la joven, y las pruebas en su contra resultarían irrefutables durante el juicio.

El grado de culpabilidad como cómplices de los otros cinco seguía siendo cuestionable, pero ninguno de ellos, incluida la propia víctima, había contado nada sobre lo ocurrido. Vivienne no quería sentirse responsable de que encarcelaran a los chicos, y los abogados de estos les habían aconsejado que se declararan no culpables. Vivienne opinaba que Rick merecía ir a prisión, pero sentía lástima por los demás. Con su acto deleznable, Rick había puesto a sus compañeros en una posición insostenible.

Gwen quería saber lo que había ocurrido aquella noche, más allá del hecho incuestionable de la violación. Aún no se había establecido el grado de culpabilidad de los otros como cómplices pero, por consejo de sus abogados, ninguno de ellos parecía dispuesto a hablar. Tampoco Vivienne, aunque sí había admitido que Rick la había violado. Se había mostrado muy clara al respecto. En el trayecto de regreso a Boston, Gwen fue perfilando una idea que decidió compartir con su compañero.

—Con las pruebas de ADN del informe preliminar y con el testimonio de Adrian Stone, ¿qué te parece si intento de nuevo sacarle una declaración completa a Vivienne Walker? Ahora que los chicos ya han sido inculpados no se sentirá tan responsable si nos cuenta la verdad. El proceso judicial se ha puesto en marcha basándose solo en las pruebas, sin necesidad de que la víctima haya ofrecido una declaración en firme ni haya contado siquiera la verdad. Si conseguimos que lo haga, podríamos presionar a los chicos para que cambien su declaración de no culpabilidad. Todavía no sabemos lo que los otros cinco hicieron aquella noche, aparte de emborracharse como cubas.

—Tal vez podrías sacar algo en claro, o tal vez podrías volver a chocar contra un muro. Pero sí, estoy de acuerdo con tu razonamiento. Tengo entendido que la chica ha vuelto a California con su padre.

—Así es. Por eso inventó Dios los aviones, para que podamos ir a ver a las víctimas a otras ciudades.

Dominic la miró y sonrió. Habían sido dos semanas muy intensas y lo único que deseaba era llegar a Boston para volver a disfrutar de su vida de soltero e ir a ver algunos partidos de hockey de los Patriots y los Bruins.

—¿Pretendes tomarte unas vacaciones en el sur de California? —le preguntó en tono burlón.

—Por supuesto.

Gwen se echó a reír, pero ambos sabían que era el momento de volver a intentarlo con Vivienne, ahora que la imputación basada en las pruebas de ADN hacía que toda la responsabilidad no recayera sobre ella.

—Podrías consultar con los de arriba a ver si te dejan ir. ¿Crees que necesitarás un compañero? A mí también me irían muy bien unas vacaciones en California.

—No, gracias, inspector Brendan. Me las arreglaré bien sola.

Dominic solo estaba bromeando. No pensaba ni por asomo acompañarla.

Gwen esperó unos días antes de consultar con sus superiores, que se mostraron dispuestos a permitirle hacer un viajecito rápido a Los Ángeles si consideraba que eso la ayudaría a reforzar el caso contra los otros cinco implicados. Reservó un vuelo sin avisar a Vivienne ni a su padre, consciente de que el factor sorpresa jugaría a su favor. Su instinto le decía que conseguiría que la joven se mostrara más receptiva si ponía algún pretexto para hacerle creer que se encontraba en la ciudad por casualidad.

Durante los primeros días tras su regreso a Los Ángeles, Vivienne se sintió de maravilla. Le encantaba estar de vuelta en su antigua casa y en su dormitorio de siempre. Su padre trabajaba fuera todo el día y la asistenta, Juanita, estaba emocionada de volver a verla, de cuidarla y de mimarla, aunque le sorprendía que hubiera regresado antes de Navidad. Ni Chris ni Vivienne le contaron lo que había ocurrido. La mujer intuía que había pasado algo malo, con su madre o con la escuela, pero no preguntó.

Sin embargo, Vivienne no tardó en percibir algunos pequeños detalles que demostraban que Kimberly estaba más implicada en la vida de su padre de lo que él le había dado a entender. Al abrir un armario que había pertenecido a su madre, lo encontró lleno de vestidos juveniles y de atrevidos zapatos de plataforma. Cuando Juanita la vio echando un vistazo a aquellas prendas, puso los ojos en blanco pero no hizo el menor comentario. Echaba en falta a Vivienne y a su madre y pensaba que, después de que ellas se marcharan, el padre se había descontrolado un poco.

Al cabo de una semana de estar allí sin poder ver a sus amigas, Vivienne empezó a aburrirse. Mary Beth le envió un bonito mensaje desde Saint Ambrose diciéndole que la echaba de menos, y Vivienne se sorprendió pensando que ella también la añoraba. No había nadie más de allí con quien le apeteciera mantener el contacto, ya que quería dejar todo aquello atrás. De vez en cuando pensaba en Jamie y en Chase, pero después de todo lo que había pasado sabía que jamás podrían ser amigos. Ambos habían vuelto a Nueva York, y después del juicio, si les condenaban, acabarían en prisión.

Acudió a la consulta de la psicóloga que su padre le había buscado y no le gustó. La mujer quería hablar todo el tiempo de la violación, lo que solo servía para hacerla sentir incómoda y para que empeoraran sus pesadillas, aunque ya casi no sufría dolores de cabeza.

Evitaba a sus amigas. Todavía estaba muy avergonzada y no sabía qué decirles ni cómo explicarles por qué no estaba en el instituto. En el mejor de los casos, pensarían que la habían expulsado, lo cual ya era bastante malo, pero admitir que la habían violado sería mucho peor.

Una tarde se encontraba tumbada junto a la piscina de la terraza. Le costaba concentrarse lo suficiente para leer un libro, así que se dedicaba a hojear revistas. Cuando sonó el teléfono, respondió pensando que sería su padre, ya que nadie más sabía que estaba en Los Ángeles. Pero, al descolgar, le sorprendió descubrir que se trataba de la inspectora Gwen Martin. Vivienne pensó que estaría en Massachusetts, ya que la había llamado utilizando su número con prefijo de Boston.

—Bueno, ¿cómo te sientes estando de vuelta en Los Ángeles? —le preguntó Gwen.

—Muy bien. Todavía no he visto a mis amigas, pero es agradable estar en casa. —Parecía un poco apagada, lo cual no le extrañó a Gwen. Sus padres habían sido informados de la imputación, así que ella también debía de estar al tanto—. ¿Cómo fueron las cosas por los tribunales? —preguntó con voz queda.

—Más o menos como cabría esperar. Todos se declararon no culpables, un puro formalismo. El juicio no tendrá lugar hasta dentro de un año. Eso les da una falsa sensación de libertad, como si nunca fuera a llegar, pero entonces les cae como una bomba. Todos tuvieron que dejar Saint Ambrose, así que supongo que estarán en sus casas. —No tenía muy claro si a los chicos de su clase social se les pediría que trabajaran en algo mientras no iban a clase—. En fin, resulta que estoy en Los Ángeles un par de días y me preguntaba si podría ir a tu casa para hablar contigo.

Vivienne dudó un momento mientras pensaba.

—Supongo que sí —respondió por fin.

—¿Puedo pasar esta tarde?

—Claro. Aquí estaré. Mi padre trabaja fuera todo el día.

Se sentía más sola de lo que había esperado. No le apetecía ir a la ciudad, no tenía gracia salir sin sus amigas. Y echaba de menos a su madre, pero no Nueva York.

Gwen llegó sobre las tres de la tarde. Vestía una camiseta y una falda tejana y llevaba la melena pelirroja suelta, lo que le hacía parecer más joven, mientras que Vivienne iba vestida con camiseta y shorts. Era una casa grande y hermosa de estilo español situada en las colinas de Hollywood, decorada con muy buen gusto y con una impresionante colección de arte. Se sirvieron dos Coca-Colas del mueble bar, salieron a la terraza y se sentaron junto a la enorme piscina. Gwen pensó que la joven tenía mucho mejor aspecto que en el hospital, pero en sus ojos había una tristeza atormentada que le preocupó.

—¿Va todo bien? —le preguntó. Vivienne asintió.

—Es un poco raro estar aquí en casa, sin ir a la escuela —admitió.

Y, además, eso le daba mucho tiempo para pensar.

—¿Vas a regresar a tu antiguo instituto cuando te sientas mejor?

—Tal vez. Todavía no lo he decidido. Ahora mismo no sé muy bien cuál es mi sitio. Cuando estaba en Saint Ambrose hablaba constantemente por FaceTime con mis amigas de aquí, pero no he vuelto a hablar con ellas desde que... ocurrió aquello. Aún no me siento preparada para verlas. No quiero tener que explicarles por qué dejé la escuela. Y si supieran la razón, me sentiría como un bicho raro. Todavía me escribo con una de las chicas de Saint Ambrose. Allí le dijeron a todo el mundo que tuve que irme porque tenía mononucleosis, pero está claro que todos saben lo que ocurrió de verdad. No costaría mucho imaginárselo cuando me marché y luego arrestaron a los chicos.

»Así al menos no he tenido que explicárselo directamente a Mary Beth. —Pero al haber dejado la escuela se sentía perdida y sin rumbo, y eso era algo que no le gustaba—. También echo de menos a mi madre. Mi padre está siempre ocupado y tiene una novia a la que aún no he conocido. —No sabía por qué le estaba contando todo aquello sobre su vida, pero no tenía a nadie con quién hablar. Ahora Gwen era un rostro familiar en un lugar que de repente ya no lo era. Vivienne pensó que en Los Ángeles su situación cambiaría a mejor, pero quizá era ella la que había cambiado—. Sigo trabajando en mis solicitudes para la universidad. Eso me da algo que hacer. Y he pensado que también voy a pedir plaza en un par de facultades de la costa Este. —Era algo que había decidido recientemente—. En fin, ¿qué está haciendo en Los Ángeles?

—Estoy trabajando en un caso, así que pensé que podría pasar a verte. Hay algo que me gustaría pedirte, dado que ahora la responsabilidad de la acusación contra los chicos ya no recae sobre ti. Los resultados de las pruebas de ADN son concluyentes, y además un alumno de Saint Ambrose los vio marcharse del lugar de los hechos y ha prestado declaración. —Vivienne pareció muy sorprendida al oír aquello—. Pase lo que pase, la fiscalía va a seguir adelante con los cargos y tú no serás la responsable del destino de esos chicos, así que he pensado que ahora podrías contarme lo que ocurrió aquella noche, para que por fin puedas dejarlo todo atrás. Sin juegos, sin tapujos, sin necesidad de encubrir a nadie. Tarde o temprano, la verdad acabará saliendo a la luz.

—¿Tendré que testificar en el juicio? —preguntó muy preocupada.

—Es probable. La fiscalía podría citarte como testigo aunque no desees testificar, pero el juez y el jurado podrían escuchar tu declaración a puerta cerrada. Y también es probable que el juicio no llegue a celebrarse nunca si los chicos deciden cambiar de opinión y declararse culpables. Sería lo más sensato que podrían hacer, dado que las pruebas contra ellos son concluyentes, y seguramente será lo que les aconsejen sus abogados.

»Lo mejor sería que se declararan culpables y trataran de llegar a un acuerdo con la fiscalía, siempre que esta se muestre dispuesta a negociar. Así que, si prestas declaración y cuentas la verdad, no serás tú la que esté enviando a prisión a esos chicos. Las pruebas de ADN hablan por sí mismas y nos dicen la verdad. —Vivienne asintió, comprendiendo—. El muchacho que se ha presentado como testigo estuvo sufriendo ataques de asma hasta que decidió prestar declaración. No estoy diciendo que te vayas a sentir genial después de contarme toda la historia, pero podría ser un principio para empezar a superar el trauma.

Vivienne volvió a asentir. Eso era lo que quería conseguir, pero aún no sabía cómo hacerlo y se debatía en su interior intentando encontrar la manera.

—Las pesadillas son cada vez peores —reconoció.

Gwen aguardó en silencio. Entonces, Vivienne empezó por fin a hablar. Ahora, todo aquello se le antojaba como una pesadilla, le parecía totalmente irreal. No sabía por qué accedió a reunirse con los chicos y a beber tequila con ellos. Y estaba tan borracha cuando Rick la forzó, fue algo tan inesperado, que ni siquiera supo cómo reaccionar. Recordaba que alguien apartó al chico de encima de ella. Y que Jamie le pegó a Rick un puñetazo en la cara. Luego todo se volvió negro y perdió el conocimiento. Ahora, toda aquella noche se perdía en una bruma borrosa y Vivienne se arrepentía profundamente de haber estado allí. Desde que había sido violada se sentía sucia. Y se ponía enferma cada vez que pensaba en la cara de Rick encima de la suya.

Ahora todo aquello le parecía tan banal, tan estúpido... salvo por la violación. Una sola noche había cambiado sus vidas para siempre. Le contó a la inspectora todo lo que recordaba, aunque de forma bastante inconexa. Los chicos se habían mostrado muy agradables con ella, excepto Rick. Cuando acabó de hablar, Gwen supo que le había contado la verdad. En realidad, solo eran unos chavales incumpliendo las normas y cometiendo una terrible estupidez. Era Rick quien lo había cambiado todo, para todos ellos, y especialmente para Vivienne. De pronto se sentía como si hubiera entrado en el mundo de los adultos, pero no de la manera en que debería ser.

—Jamie me gustaba mucho, y seguramente habríamos acabado saliendo juntos —reconoció—. Pero Chase es tan guapo y tan sexy. Me halagaba mucho saber que le gustaba. Y puede que incluso quisiera poner un poco celoso a Jamie. Ni siquiera me había fijado en Rick. Y antes de desmayarme oí cómo los demás le gritaban.

Todo lo que ocurrió aquella noche se había desencadenado y descontrolado por culpa del tequila. Fue Rick quien lo transformó todo en algo sucio y perverso. Había en él una vena violenta que ninguno de ellos había sospechado antes. Y Vivienne había tenido que pagar el precio más alto.

—Espero que vaya a prisión.

Se sintió culpable al decirlo, pero estaba siendo sincera con Gwen.

—Estoy segura de que lo condenarán —repuso la inspectora—. ¿Estarías dispuesta a firmar una declaración de todo lo que me acabas de contar?

Vivienne asintió. Ya no tenía sentido seguir mintiendo. Todos habían sido detenidos e inculpados, y lo que ocurriera a continuación ya no dependería de ella. La decisión recaería sobre un juez y un jurado.

—Al principio me preguntaba si habría sido culpa mía, si hice algo para provocar que ocurriera.

—No lo hiciste —la tranquilizó Gwen—. El alcohol lleva a la gente a cometer estupideces, pero no convierte a un buen chico en un violador, y tú tampoco lo hiciste. Rick tiene esa maldad en su interior. Los otros no. Fue solo cuestión de mala suerte que te cruzaras en su camino. Pero quiero que te entre una cosa en la cabeza: lo que ocurrió no fue culpa tuya.

—Al principio no estaba muy segura, pero ahora lo creo firmemente. —Cuando lo dijo, Vivienne pareció estar en paz consigo misma. Quería dejar todo aquello atrás. Y para ella fue un inmenso alivio escuchárselo decir a Gwen—. Lamento mucho no haber contado antes toda la verdad. Pensé que si lo hacía, vendrían a por mí y me matarían. Pero después empecé a sentir lástima por ellos. No quería que los encerraran y arruinarles la vida. Y durante un tiempo, pensé que todo había sido culpa mía.

—Es una clásica respuesta femenina a la violación —explicó Gwen en tono mesurado—, y todas las reacciones que has tenido son muy normales. Pero la cuestión es que Rick cometió un crimen violento y espantoso contra otro ser humano y tiene que pagar por sus actos. Estoy segura de que sus padres no quieren que su hijo vaya a prisión, ni los otros padres tampoco, y que tienen dinero para contratar a los mejores abogados. Pero, al fin y al cabo, nada de eso puede cambiar lo que él te hizo. Has hecho lo correcto contando la verdad ahora.

Además, lo que Vivienne había explicado arrojaba una luz más benévola sobre los actos de los otros chicos. Su gran error había sido mentir sobre lo ocurrido y no delatar a Rick. Si lo hubieran hecho, ahora todo sería muy distinto para ellos. Habían tratado de detener a Rick, pero ya era demasiado tarde. La pelea de Chase y Jamie les había distraído y no le habían visto cometer la violación.

—Tengo el portátil en el coche —prosiguió la inspectora—. Si redacto lo que acabas de contarme, lo lees y te parece bien, ¿podríamos imprimir la declaración y luego la firmas? Así ya habrás acabado con todo esto. Ya no tendrás que seguir dándole vueltas a la cabeza preguntándote si tú le provocaste para que te hiciera aquello. Tú no le obligaste a hacer nada —le recordó Gwen.

Vivienne asintió en respuesta a su pregunta.

—Puede utilizar mi impresora.

No se sentía culpable, y estaba segura de que no había hecho nada malo al contar la verdad. Tampoco experimentaba una sensación de euforia ni de súbita liberación, pero una parte de ella se sentía aliviada, como si se hubiera quitado de encima una carga tremenda que la estaba oprimiendo. Cuando pensaba en lo sucedido notaba que le faltaba el aire, y ahora de pronto sentía que podía respirar, como el muchacho con asma del que le había hablado Gwen.

Esta volvió al cabo de unos minutos, escribió rápidamente la declaración en su portátil y luego se la mostró a Vivienne.

—Échale un vistazo a ver si te parece bien.

La joven leyó el texto y, a medida que lo leía, fue comprendiendo la terrible magnitud de lo que Rick le había hecho.

—Aquí está lo que le he contado —se limitó a decir.

—¿Me he olvidado de algo, o quizá recuerdas algo más? —La joven negó con la cabeza. Luego fueron a su habitación, imprimieron la declaración y la firmó—. ¿Quieres que te entregue una copia? —Vivienne volvió a negar. Conocía muy bien la historia. No necesitaba leerla de nuevo, y tampoco quería—. Muy bien, gracias por hacer esto —añadió Gwen—. Has hecho lo correcto.

—Lo sé. Me alegro de haberlo hecho. Y muchas gracias.

—Algo me dice que esta noche dormirás mucho mejor —le dijo Gwen sonriendo.

Después se encaminaron hacia la puerta principal. Ambas sabían que habían hecho lo que tenían que hacer. Una vez en la entrada, Vivienne se quedó mirando a la inspectora.

—¿Ha venido a Los Ángeles solo para verme a mí, o de verdad está investigando otro caso? —le preguntó con unos ojos llenos de inocencia.

A Gwen no le gustaba mentir a los jóvenes con los que trabajaba, sobre todo a las víctimas, que tenían que volver a aprender a confiar en las personas después de lo que habían sufrido. Mentirles sería el abuso que acabaría definitivamente con su confianza, sobre todo en el caso de aquellas chicas que habían sido violadas por alguien a quien conocían.

—Sí, he venido para verte a ti —respondió con total sinceridad.

Vivienne pareció impresionada.

—Imagino que esto es muy importante.

—Lo es. Es muy importante para ti, para nosotros y para ellos. Es otra pieza más de la historia, como un puzle.

Gwen la abrazó antes de marcharse, y luego Vivienne fue a su habitación y se tumbó en la cama. No podía negar que se había quitado un gran peso de encima. Más tarde, cuando su padre llegó a casa, le habló sobre la visita de la inspectora. Él la miró muy serio.

—Me alegro de que lo hayas hecho, cariño. Confiaba en que al final acabarías contando la verdad.

Tanto él como Nancy esperaban que lo hiciera desde el principio.

—Yo también me alegro de haberlo hecho. De todos modos, parece que Rick va a ir a prisión igualmente, y creo que es lo que se merece.

Ahora lo tenía por fin claro y podía decirlo sin remordimiento. Y se alegraba de que su padre pensara que había hecho lo correcto. Eso significaba mucho para ella.

Luego Chris se giró hacia su hija sonriendo.

—Tengo una sorpresa para ti: Kimberly va a venir a cenar esta noche. Se muere de ganas de conocerte. Y pediré comida mexicana de nuestro restaurante favorito.

Vivienne no estaba segura de estar preparada para aquel encuentro. Sentía que estaría siendo un poco desleal a su madre, pero tampoco quería decepcionar a su padre.

Tal como había anunciado, Chris pidió la cena al restaurante mexicano y, a las ocho en punto, Kimberly se presentó con un vestido blanco extremadamente corto y ceñido y unos altísimos zapatos de plataforma también blancos. Era muy guapa. Había sido modelo durante algún tiempo y actualmente trabajaba en una boutique de Rodeo Drive. Al ver a Vivienne, esbozó una sonrisa deslumbrante.

—Tu padre me ha hablado mucho de ti —dijo, y acto seguido fue al mueble bar a servirse una copa de vino. Cuando volvió, iba descalza y se abrazó cariñosamente al padre de Vivienne, lo que hizo que esta se sintiera muy incómoda. Kimberly hablaba por los codos y Chris parecía fascinado con ella—. Este verano hemos celebrado algunas fiestas fabulosas junto a la piscina. Deberías haber estado aquí —le dijo a Vivienne.

Después subió al piso de arriba y cuando bajó llevaba puesto encima un jersey. Estaba claro que había estado viviendo allí y que la ropa que había en el armario de su madre era suya. En un momento dado Kimberly comentó que el año pasado había estado en México con Chris. Él le lanzó una mirada fulminante y ella cambió rápidamente de tema, pero a Vivienne no se le escapó que hacía un año sus padres aún no se habían separado, que seguían casados y viviendo juntos. Entonces comprendió de golpe que aquella era la joven que había roto su matrimonio, y la razón por la que su madre se había marchado a Nueva York y había pedido el divorcio. Y a pesar de todo, ella nunca le había contado nada de la infidelidad. Aquello le hizo sentir un nuevo respeto por su madre.

Cuando Chris salió del salón, Vivienne le preguntó a Kimberly, como quien no quiere la cosa:

—¿Desde cuándo conoces a mi padre?

—Desde hace tres años —respondió alegremente.

Estaba claro que no tenía muchas luces, pero era guapa y sexy y se notaba que estaba muy enamorada de Chris. Él también estaba loco por ella, aunque tenía edad suficiente para ser su padre. Eso no parecía representar ningún problema para ellos, pero a Vivienne la incomodaba bastante.

Después de cenar, Vivienne se excusó diciendo que estaba

cansada y se retiró a su habitación, dejándoles que disfrutaran a solas. No estaba enfadada con su padre. Ya era tarde para eso. Parecía feliz con Kimberly, algo que le costaba creer. Sin embargo, sentía lástima por su madre y le impresionaba mucho que nunca le hubiera dicho nada malo sobre él, aunque habría estado en su derecho. Muchas mujeres lo hacían, criticar al exmarido delante de sus hijos, pero no era el caso de Nancy.

Vivienne miró la hora y pensó que probablemente su madre estaría despierta. En Nueva York era solo medianoche. La llamó y le dijo que la echaba de menos, y luego le hizo la pregunta a la que le había estado dando vueltas toda la noche.

—¿Por qué no me contaste nunca lo de papá y Kimberly? ¿Tú ya lo sabías?

Nancy vaciló antes de contestar.

—Sí, lo sabía. Pero no había necesidad de que tú te enterases.

—Pensé que estabas siendo tan mala cuando le dejaste... Creo que ella ha estado viviendo aquí desde que nos marchamos.

—Eso parece —reconoció Nancy con tristeza, pensando que ahora su hija estaba allí también.

—Me gustaría volver contigo después de Navidad. Es agradable estar aquí con papá, pero te echo mucho de menos —dijo Vivienne, y su madre sonrió al otro lado de la línea.

—Ya veremos cómo te sientes por entonces —comentó Nancy, tratando de no mostrarse exultante.

Entonces Vivienne le explicó que había estado con la inspectora y que en esta ocasión le había contado la verdad. No lo recordaba todo porque estaba demasiado borracha, algo que su madre ya sospechaba, pero sí se acordaba de que Rick se echó encima de ella, que la penetró con violencia y que acabó con un estremecimiento casi al momento. Nunca podría olvidar aquello.

—¿Cómo te has sentido al confesarlo todo?

—Muy bien. Creo que por fin he hecho lo que tenía que hacer. No dejaba de pensar que, de alguna manera, yo había provocado lo que pasó. Pero la inspectora me ha dicho que no fue culpa mía, y ahora yo también lo creo. Lo que ocurrió ha sido demasiado terrible para todos.

—Así es —convino su madre.

Charlaron un rato más antes de colgar. Después se acostó. Podía oír a Kimberly y a su padre riendo junto a la piscina. Cuando estaba con ella se comportaba como un jovencito tonto. Entonces Vivienne cayó en un sueño profundo y no se despertó hasta la mañana siguiente. Había descansado plácidamente, como un bebé. Gwen tenía razón. Fue su primera noche sin pesadillas después de la violación. Y empezaba a sentirse de nuevo como ella misma.

14

Después de ver a Vivienne, Gwen tomó el vuelo nocturno de Los Ángeles a Boston, y cuando aterrizó por la mañana fue directamente a trabajar a la comisaría. Vio a Dominic de camino a su despacho. El inspector levantó la vista de su mesa.

—¿Has conseguido lo que fuiste a buscar?

—Sí —respondió ella, abriendo el maletín del portátil y entregándole la declaración de Vivienne.

Después de leerla, Dominic miró a su compañera, impresionado. El relato de la joven no le sorprendió, pero le asombraba que Gwen hubiera logrado que hablara. Hasta entonces la joven se había negado rotundamente, insistiendo en que no se acordaba de nada, pero lo cierto era que recordaba mucho.

—¿Cómo has conseguido que hablara?

—Simplemente, ya estaba preparada —contestó Gwen con modestia.

—Eres la mejor.

—Gracias.

—¿Vas a enviar la declaración a sus abogados?

—Voy a mandársela al fiscal del distrito. Bueno, ya lo he hecho. Podemos esperar un poco antes de enviársela a los abogados de la defensa. Ahora lo importante es que llegue a la fiscalía.

—No soy adivino, pero creo que no tardaremos en tener seis declaraciones de culpabilidad. Estarían locos si decidieran ir a juicio con una declaración de la víctima como esta. Parece que está diciendo la verdad, y además corrobora todo lo demás.

—Estoy bastante segura de que dice la verdad. Vivienne pensaba que en parte había sido culpa suya, que había hecho algo para provocarlo.

—¿Y la has convencido de que no fue así?

—Por supuesto.

Luego se encaminó a su despacho, satisfecha de haber ido a Los Ángeles y haber hecho lo que tenía que hacer. Aparte de contribuir a reforzar el caso, sabía que aquello ayudaría a Vivienne. Poco a poco, la joven estaba volviendo a encontrarse a sí misma.

Matthew Morgan llegó a Nueva York dos días antes de Acción de Gracias para trabajar en la posproducción de la película que había estado rodando en España. Merritt llegaría al día siguiente. Chase había estado esperando su regreso desde que se celebró la comparecencia para la lectura de los cargos, y los tres habían acordado pasar la festividad en Nueva York.

Matthew estaba muy emocionado por reencontrarse con su hijo, al que no había visto desde que su vida tomara aquel desgraciado giro en Halloween. Tenían mucho de que hablar. La noche que llegó fueron a cenar a un restaurante que estaba cerca de su apartamento. Matthew parecía estar destrozado por lo ocurrido, mientras que Chase mostraba un semblante apagado y sombrío.

—No entiendo cómo se descontroló tanto la situación y cómo Rick pudo llegar a hacer algo así —le dijo Matthew a su hijo.

Chase era un chaval estupendo y siempre se había comportado de forma juiciosa y sensata. Y Rick siempre le dio la impresión de ser también un buen chico. No le encontraba sentido a nada de lo que le había contado el abogado. Le había dicho que Chase podría ir a prisión si era condenado por los cargos de complicidad y obstrucción a la justicia, y había reconocido que era un caso bastante feo y que sería muy difícil de ganar. Las pruebas eran concluyentes, y además había surgido un testigo de última hora, otro estudiante del colegio, que confirmaba la presencia de los chicos en el momento y en el lugar de los hechos y que había declarado que presentaban un alto grado de embriaguez.

—Yo tampoco lo entiendo, papá. No sé por qué ocurrió. Estábamos borrachos como cubas por el tequila y todos nos desquiciamos. Empecé a pelearme con Jamie.

Su padre sonrió.

—No te habías metido en ninguna pelea desde sexto de primaria. ¿De dónde sacasteis el tequila? ¿Os lo compró alguien? —preguntó Matthew, mirando a su hijo con los ojos entornados.

Era un buen padre. Siempre había estado muy presente en la vida de su hijo, en la medida en que su trabajo se lo permitía. Antes de que Chase ingresara en el internado, él y Merritt habían tratado de alternar los rodajes que les obligaban a permanecer mucho tiempo fuera para que al menos uno de ellos estuviera en casa. Estaban muy pendientes de él. Y Merritt era una madre estupenda.

—Cogí la botella de tu mueble bar antes de volver a Saint Ambrose —confesó Chase en voz baja.

Nunca le había mentido a su padre.

—Genial, así que ahora yo también soy cómplice del delito. Ya conoces la política de la escuela respecto al consumo de alcohol. No fue muy inteligente por tu parte. ¿Lo habías hecho antes?

Matthew trató de adoptar un tono neutral, pero estaba bastante decepcionado con Chase.

—Una vez el año pasado, con una botella de vino. La noche de Halloween, Rick Russo también llevó una petaca llena de vodka que le había cogido a su padre. Ellos empezaron bebiendo eso.

Matthew estaba más que disgustado, pero ahora ya era tarde. Lo peor ya había ocurrido.

—Una cosa es emborracharse con una pandilla de amigos, y otra muy distinta es que uno de ellos viole a una chica. ¿Cómo pasó todo? ¿Es verdad lo que cuentan, o fue ella la que os tendió una trampa? ¿Qué clase de chica es?

Matthew seguía sin dar crédito a que su hijo pudiera estar implicado de algún modo en una violación.

—Ella no nos tendió ninguna trampa —respondió Chase con gesto abatido—. Es una chica maravillosa. Me habría gustado salir con ella, pero conoció primero a Jamie Watts. No estaba saliendo con ninguno de los dos.

—Pero ¿ella os provocó o fue solo un coqueteo?

Matthew se esforzaba por entender, aunque en ningún caso la actitud de la joven habría justificado que la violaran.

—No, tan solo estuvo bebiendo con nosotros. Creo que intentaba parecer simpática y enrollada. Aquella noche todos nos comportamos como idiotas.

Pero el comportamiento de Rick Russo fue el peor de todos, porque acabó cometiendo un crimen horrendo.

—Regla número uno para las chicas: no quedarse nunca con un grupo de chicos borrachos en un lugar aislado. Eso no fue muy inteligente por su parte, y mucho menos enrollado, pero no se merecía en absoluto ser violada. Y tampoco tú te mereces lo que te está pasando ahora, ya que no fuiste tú quien la violó, sino Rick —dijo Matthew. Su abogado le había estado enviando recortes de prensa y todos eran terribles. Como era de esperar, hablaban de una pandilla de niñatos ricos que habían violado brutalmente a una chica en un internado elitista—. ¿Quién lo empezó todo?

—No lo sé. No me acuerdo —dijo Chase, mirando su plato casi sin tocar. Apenas tenía apetito y había perdido bastante peso—. Llevo tiempo queriendo decirle cuánto lo siento, pero no he tenido valor.

Matthew asintió, mirando fijamente la cara de su hijo.

—¿Y todos os habéis declarado no culpables?

—Nuestros abogados nos dijeron que lo hiciéramos. Dicen que siempre podemos cambiar nuestra declaración, que la lectura de cargos solo era una formalidad. Y todos mentimos cuando nos interrogaron.

—¿Ninguno de vosotros le contó la verdad a la policía? —Chase negó con la cabeza—. ¿Por qué no?

—Estábamos muy asustados. Nos arrestaron el día después de que encontraran la coincidencia con el ADN de Rick. Hasta entonces no tenían pruebas concluyentes contra nosotros, tan solo las huellas en la botella de tequila, y eso sí lo habíamos reconocido.

—¿Y qué dice la chica?

—Todavía no ha prestado declaración, y tampoco ha presentado cargos. Lo hizo la fiscalía después de que la encontraran inconsciente con una intoxicación etílica. Después de marcharnos, llamé al personal de seguridad del campus y se presentaron enseguida. Pero nunca deberíamos haberla dejado allí.

—Es un asunto bastante feo, Chase —dijo Matthew con semblante grave y preocupado. Su abogado tenía razón. Iba a ser un caso muy difícil de defender y ningún jurado se mostraría indulgente—. Doy por sentado que de verdad fue violada. Que no es una historia inventada —añadió con cierto tono de interrogación en su voz.

—No, no lo es. Nos emborrachamos y cometimos un montón de estupideces. Pero Rick se volvió completamente loco.

—¿Y por qué no ha prestado declaración la chica? Debe de sentirse culpable por algo. —Era una observación muy perspicaz.

—Creo que no quiere sentirse responsable de que vayamos a prisión. Y tal vez no quiera que se sepa que se había emborrachado con nosotros.

—¿Dónde se encuentra ahora?

—He oído que ha vuelto a Los Ángeles con su padre. Su madre vive aquí, en Nueva York. Se están divorciando, como tú y mamá —siguió Chase con expresión afligida.

—¿Y qué quieres hacer ahora? Según el abogado, el juicio tardará un año en celebrarse. No puedes estar de brazos cruzados sin hacer nada. Yo tengo trabajo en Nueva York. Podrías quedarte conmigo y ayudarme en las tareas de posproducción. O podrías volver a California con tu madre. Pasaremos aquí Acción de Gracias, pero el viernes ella volverá a Los Ángeles para acabar el rodaje de su película. Dentro de unas semanas yo iría para pasar juntos las Navidades. —Chase no le preguntó si todavía se veía con la actriz con la que había tenido una aventura. Desde que se habían separado, cuando no estaban rodando fuera sus padres vivían cada uno en una punta del país—. También podrías trabajar con tu madre, pero no puedes quedarte en casa haraganeando y viendo la televisión durante todo un año.

El padre de Rick le había dicho lo mismo a su hijo, y ahora estaba en su empresa cargando cajas y haciendo pequeños trabajillos. Nadie le habría contratado sabiendo que había sido acusado de violación. Gabe trabajaba limpiando el gimnasio de su padre. Steve estaba intentando conseguir un empleo como repartidor de pizzas y Jamie aún no había encontrado nada, pero estaba buscando. Tenían mucho tiempo libre, y ninguna escuela los admitiría con una acusación tan grave pendiendo sobre sus cabezas. Ninguno de ellos iba a graduarse este año, y sus perspectivas de ir a las universidades a las que ellos aspiraban se habían esfumado. Chase deseaba estudiar arte dramático en la escuela Tisch de la Universidad de Nueva York, o especializarse en cinematografía en la USC o en la UCLA.

—Tendrás que estar disponible para presentarte en el juzgado. Cuando tu madre llegue mañana, hablaremos sobre sus planes.

Este año iba a ser una fiesta de Acción de Gracias muy difícil. Ni Matthew ni Chase habían hablado con Merritt desde lo sucedido en Halloween, ya que había estado rodando en una zona remota de Filipinas y les había resultado imposible contactar con ella.

Matthew pagó la cuenta y salieron al frío aire nocturno. Se quedó mirando a su hijo. Seguía pareciendo un muchacho, pero no lo era. Era un hombre que podría ir a prisión.

—Solo quiero decirte una cosa. Aquella noche os reunisteis para beber, la cosa se os fue de las manos y acabó ocurriendo algo terrible. Una chica fue violada. Todos estabais allí, todos estáis implicados, y después mentisteis. Ahora tienes que hacer lo correcto y confesar, no importa el precio que tengas que pagar ni lo duro que pueda resultar. Todos tenéis que confesar. Se lo debes a la chica que sufrió el daño, a tus amigos y a ti mismo. Tienes que portarte como un hombre, Chase. No puedes mostrar una falsa lealtad hacia tus amigos si estos no hacen lo que deben. Todos actuasteis mal. Ahora es el momento de hacer lo correcto, cueste lo que cueste.

Cuando terminó de hablar, Matthew rodeó con el brazo los hombros de su hijo y caminaron de vuelta al apartamento. Chase se alegraba de que su padre estuviera en casa. Las cosas siempre iban mejor cuando él estaba cerca. Nada había vuelto a ser igual desde que sus padres se separaron, aunque fuera de forma amistosa.

Merritt llegó a la noche siguiente y los tres volvieron a abordar el tema. Ella se mostró de acuerdo con Matthew: no importaba lo que hicieran sus amigos, él debía hacer lo correcto. Y después de decirle lo que pensaban, dejaron que Chase decidiera por sí mismo.

Pasaron una tranquila fiesta de Acción de Gracias en el apartamento. Pidieron la comida en un restaurante, ya que no querían tener que enfrentarse en un lugar público con la gente que les pedía autógrafos. Siempre que salía con sus padres se veían asediados por los admiradores. Además, en los medios había aparecido que Chase era uno de los seis chicos que habían sido acusados de violación y otros cargos en Saint Ambrose. La situación requería no llamar demasiado la atención.

Por el momento, Chase decidió quedarse en Nueva York con su padre. Volverían a Los Ángeles con su madre por Navidad. Mientras tanto, podría ayudar a Matthew haciendo algunos trabajillos. Merritt se marchó el viernes, no sin antes decirle a su hijo, como siempre, lo mucho que le quería.

Chase pudo comprobar que la relación de sus padres continuaba siendo más o menos buena, aunque eso no significaba nada. Siempre se mostraban civilizados delante de él y nunca discutían, pero el divorcio seguía adelante, por lo que supuso que su padre estaría aún liado con la actriz Kristin Harte. La noche de Acción de Gracias, Merritt durmió en la habitación de invitados. Chase se fijó en que sus ojos parecían muy tristes, aunque ahora no tenía claro si era por culpa de su padre o por la de él. No soportaba la idea de estar haciéndole daño a su madre.

Ese fin de semana, Chase apenas pudo dormir por las noches. No paraba de darle vueltas a todo lo que le había dicho su padre. Por fin, el domingo por la mañana se presentó en su dormitorio con una expresión atormentada y lágrimas en los ojos.

Matthew estaba leyendo el *New York Times* dominical sentado en la cama y levantó la vista hacia su hijo.

—¿Qué ha pasado? —dijo, preguntándose si aún podía pasar algo peor.

—Quiero confesar ante la policía y contar lo que ocurrió realmente aquella noche. Todos hemos mentido, pero yo no puedo seguir haciéndolo. Quiero cambiar mi testimonio y declararme culpable. No me di cuenta de que Rick la había violado hasta después de que lo hubiera hecho, y he estado ocultando la verdad para protegerles a él y a los demás. Todos me odiarán por hacer esto, pero no puedo seguir mintiendo. Quiero seguir tu consejo y acabar con todo esto haciendo lo que debo hacer —concluyó, sintiéndose mucho mejor tras haberlo dicho.

—Llamaré al abogado por la mañana. Aún tienes tiempo de pensártelo bien esta noche.

Matthew habló en tono calmado, pero le aliviaba que su hijo hubiera llegado a esa conclusión por sí mismo.

A la mañana siguiente, Chase le dijo que no había cambiado de opinión. Matthew llamó al abogado y le contó que su hijo quería confesar. El letrado le aseguró que se pondría en contacto con el oficial encargado del caso.

—Veré si puedo conseguirle un buen trato: una reducción de los cargos, una sentencia más leve, o ambas cosas.

El abogado llamó al cabo de media hora. Habían acordado que Chase se presentaría en la comisaría que estaba al lado de Saint Ambrose para confesar y declararse culpable. La fiscalía se había negado a llegar a un acuerdo. Iban a tratar el asunto con dureza y a imputarlos como adultos.

—Tienen miedo de la reacción de la prensa si hacen un trato con vosotros. Merritt y tú sois demasiado conocidos, y los medios y la opinión pública pondrían el grito en el cielo.

Al día siguiente, Matthew y Chase condujeron hasta Massachusetts. Su abogado se reunió con ellos en la comisaría. Gwen y Dominic también habían sido avisados y llegaron desde Boston para tomarle declaración.

Chase se mantuvo serio y tranquilo mientras confesaba. Les contó todo lo que recordaba, aunque muchos de sus recuerdos estaban borrosos por culpa del tequila.

—Sé que nos has contado la verdad, Chase —dijo Gwen con suavidad—. La víctima también ha declarado hace poco y tu versión corrobora la suya punto por punto. Ella tampoco había hablado hasta ahora. No quería sentirse responsable de que ninguno de vosotros fuera a prisión.

—¿Cómo se encuentra?

—Está mejor —se limitó a decir Gwen.

Después de declarar, el abogado les aseguró a Matthew y a Chase que confesar había sido un acierto. Si hubiera continuado mintiendo, la declaración de Vivienne le habría hundido definitivamente. También les dijo que así podría conseguir que enviaran a Chase a un centro penitenciario menos severo, aunque no podría hacer mucho más. Lo más probable era que le condenaran a un año o dos por complicidad, y a otro más por obstrucción a la justicia. A Chase aquello se le antojó como una cadena perpetua, sobre todo tratándose de un primer delito. Matthew hizo todo lo posible por mantener la compostura.

El muchacho firmó la declaración y se dirigieron a los juzgados, donde Chase habló con la jueza en su despacho para cambiar su testimonio y declararse culpable. La magistrada fijó la fecha de la sentencia para el 8 de enero y aceptó que continuara en libertad bajo fianza siempre que uno de sus progenitores se hiciera responsable de él. Matthew dijo que él se haría cargo. Cuando acabaron, salieron de nuevo al frío aire invernal.

Ni Matthew ni Chase dijeron una sola palabra en el trayecto de vuelta a Nueva York.

—Has hecho lo que tenías que hacer, Chase. Estoy orgulloso de ti —le dijo Matthew a su hijo cuando llegaron a la ciudad, y le abrazó con fuerza.

Una vez en el apartamento, Chase miró a su alrededor pensando que dentro de solo cinco semanas, quizá algo más, podría ingresar en prisión. Merritt estaba al tanto de lo que habían ido a hacer ese día, y Matthew la llamó cuando terminaron de hablar con la jueza. Ambos estarían junto a su hijo cuando se dictara la sentencia y habían acordado que, pasara lo que pasase, le apoyarían.

Esa noche, Chase le envió un texto a Jamie: «He confesado la verdad y me he declarado culpable. Lo siento. Tenía que hacerlo». Luego se sentó a su mesa y le escribió una carta a Vivienne. Era algo que llevaba mucho tiempo queriendo hacer. Le dijo que se arrepentía de todo lo sucedido aquella noche, sobre todo del daño que había sufrido ella, y que ahora estaba intentando hacer cuanto estaba en su mano para tratar de compensarlo. Había hecho lo que tenía que hacer.

15

Cinco días más tarde, después de varias noches agónicas, Jamie llamó a su abogado. Admiraba la decisión que había tomado Chase y quería hacer lo mismo. No se lo había dicho a su padre, pero el abogado se sintió en la obligación de comunicárselo a Shepard antes de que su hijo se declarara culpable.

Jamie no sería acusado de violación, sino de los cargos derivados de haber estado presente en el lugar de los hechos bebiendo en exceso, haberse dado cuenta demasiado tarde de que Rick había violado a Vivienne, haberla abandonado allí borracha e inconsciente y haber mentido después para proteger a Rick y a los demás. Lo único bueno que había hecho Chase había sido llamar al personal de seguridad del campus para informar de dónde se encontraba la chica. Jamie había golpeado a Rick cuando se dio cuenta del abominable acto que había cometido y Steve le había apartado de encima del cuerpo de Vivienne.

Cuando el abogado llamó a Shepard, este le pidió que no hiciera nada de momento, y luego tuvo un enfrentamiento terrible con su hijo en presencia de Ellen. El letrado le había dicho que Jamie haría muy bien cambiando su testimonio y declarándose culpable. Él no podría ganar el caso y aquello ayudaría a suavizar la condena. También había añadido que, desde una perspectiva ética y moral, era lo que Jamie debería hacer, y no seguir encubriendo a Rick, que no se lo merecía. La verdad era el único camino a seguir.

Eso no cambiaba el hecho de que Vivienne hubiera sido violada, pero demostraría que Jamie era una persona decente y honrada, pese a haber cometido la estupidez de emborracharse. Era una lección muy dura y costosa de aprender para todos ellos. Sin embargo, Shepard se opuso con fiereza a que su hijo se declarara culpable y se lo prohibió tajantemente.

—¿Te has vuelto loco? ¿Quieres pasarte años en prisión? Hemos contratado a uno de los mejores abogados criminalistas de Nueva York y puede conseguir que te absuelvan —insistió Shepard.

—Él dice que no puede ganar el caso, papá —le interrumpió Jamie—, que las pruebas contra nosotros son concluyentes. La policía tiene muy claro que hemos mentido. El abogado también ha dicho que Vivienne ha prestado declaración contando lo que pasó. Todos hemos estado mintiendo, papá, y la policía lo sabe. Nuestras versiones ni siquiera coincidían. Chase confesó hace cinco días y se declaró culpable, y yo también quiero hacerlo. —Jamie ya no lo soportaba más. Quería contar la verdad—. Y aunque pudiera ganar el caso, no quiero hacerlo mintiendo.

—¿Tú sabes lo que podríamos hacer con esa chica en los tribunales? ¿Una chica bebiendo tequila a medianoche detrás de unos arbustos con un grupo de chavales? Podríamos destrozarla y hacer que pareciera la zorra del siglo, lo que probablemente sea. Si Rick la violó, es porque podría haberse acostado también con todos vosotros. Y no me importa si es la Virgen María o la Madre Teresa. Cuando los abogados de la defensa la llamen a declarar, harán que parezca una prostituta.

Eso era lo que Shepard más deseaba y lo que le había dicho al abogado que quería que ocurriera. También era lo que le había insinuado a Taylor.

—¡Esa chica ya ha sufrido bastante, papá! —le gritó Jamie—. ¿Qué más quieres que le hagamos? ¿No ha tenido suficiente con que la violaran? Vivienne me gusta, papá, y es una buena persona. Quería salir con ella, nos gustábamos. La besé y Chase se puso celoso. A él también le gustaba y al vernos se puso como loco, y luego yo también, y empezamos a pelearnos por ella.

—¡Tú no la violaste! —bramó Shepard.

Ellen contemplaba la escena horrorizada, escuchando lo que su marido quería hacerle a una chica inocente supuestamente para proteger a su hijo. Y Jamie tenía razón en todo lo que había dicho sobre ser honesto y contar la verdad.

—No pienso subir al estrado para mentir, y tampoco voy a dejar que tu abogado destroce a Vivienne para evitar que yo vaya a prisión. Todo eso estaría mal. Ella es una chica inocente y fue violada. Le hemos arruinado la vida. O más bien lo hizo Rick, pero nosotros también estábamos allí, aunque no nos diéramos cuenta de lo que estaba pasando hasta que fue demasiado tarde.

—Solo estabas borracho —trató de disuadirlo Shepard mientras su esposa escuchaba con atención—. Y tú no la violaste, fue Rick.

—¿Cómo puedes pensar que estaría bien hacerla quedar como una furcia delante de todo el mundo?

—¡Porque estoy seguro de que lo es! —gritó Shepard a la cara de su hijo—. Las chicas decentes no se esconden detrás de los arbustos para beber tequila con un grupo de chicos a medianoche. Tú no la violaste —repitió—, fue Rick. Y luego mentiste sobre ello... ¿Y qué? ¿Quién no lo habría hecho? No voy a tener un hijo presidiario por culpa de una escoria como ella.

—¿Y si Rick la hubiera matado? ¿También te parecería bien? ¿Qué pasa contigo, papá? Voy a hacer lo que tengo que hacer, tanto si te gusta como si no. Si te hiciera caso solo para no ir a prisión, mi vida ya no valdría la pena. No voy a seguir mintiendo y permitir que tu abogado destroce a esa chica ante el tribunal. Se lo debemos a Vivienne por haber estado allí, por emborracharnos con ella y por no salvarla de Rick. No tenía ni idea de que Rick acabaría haciendo algo así, y no voy a mentir para protegerle.

—Tú no le debes nada a esa chica. ¿Por qué no nos dejas que te ayudemos haciendo todo lo que sea necesario para librarte?

—Porque no sería honrado ni justo. Mañana iré a la policía para contarles toda la verdad. Y si no te gusta, lo siento. Es el momento de hacer lo correcto. ¡Yo no soy como tú! —exclamó, expresando todo el desprecio que sentía por su padre.

Al oír aquello, Shepard echó el brazo hacia atrás y le asestó un puñetazo en la cara con todas sus fuerzas, haciendo que la sangre le brotara a borbotones de la nariz y se cayera de espaldas al suelo, aturdido. Luego le pateó el estómago y salió hecho una furia de la habitación.

Jamie se retorció de dolor en el suelo, sangrando sobre la alfombra. Su madre corrió a auxiliarlo y le llevó hasta la cocina para limpiarle la sangre. Los otros niños habían oído el jaleo, pero no sabían qué había pasado. Poco después, Shepard salió del apartamento dando un portazo. Jamie seguía sentado en un taburete de la cocina, todavía sangrando, con una bolsa de hielo presionada contra el ojo y la nariz y con el vientre muy dolorido por la patada que le había propinado su padre. Miró a su madre con una expresión llena de pesar y arrepentimiento.

—Lo siento mucho, mamá. Siento haber estado allí aquella noche y haber mentido sobre lo que ocurrió.

Si hubiera contado la verdad, ahora no estaría acusado de obstrucción a la justicia.

—Saldremos de esta —respondió su madre con delicadeza—. ¿Vas a ir mañana a declarar?

Jamie asintió.

—Tengo que hacerlo. Debería haberlo hecho al principio.

—Iré contigo —dijo ella, y le abrazó.

Ambos desearían que nada de aquello hubiera ocurrido, pero había pasado y ahora tenían que asumir las consecuencias. Y después de aquel enfrentamiento, Jamie sabía que nunca volvería a respetar a su padre, y Ellen tampoco.

Esa noche su madre llamó al abogado, que accedió a reunirse con ellos en la comisaría que estaba al lado de Saint Ambrose tras asegurarle que Jamie estaba haciendo lo correcto. Ya le había instado antes a contar todo lo que sabía, pero desde el principio el chico se había mostrado determinado a proteger a Rick y a sus compañeros por lealtad hacia su amistad.

Al día siguiente, sobre las doce del mediodía, Ellen, Jamie y su abogado se reunieron con los inspectores Gwen Martin y Dominic Brendan. Jamie les contó la misma historia que Chase y Vivienne, añadió algunos detalles que el primero había olvidado, y cuando acabó de hablar firmó la declaración. Se notaba que estaba muy arrepentido por no haber confesado antes. Tenía un terrible moratón en el ojo y la nariz magullada e hinchada, aunque no rota. Gwen le preguntó al respecto con gesto preocupado y Jamie le respondió con sinceridad.

—Mi padre no quería que viniera y cambiara mi declaración, pero tenía que hacerlo. Siento mucho no haber contado la verdad desde el principio.

Gwen asintió, complacida por la honestidad que estaba mostrando ahora y lamentando que su padre fuera tan mezquino como para haberle hecho aquello a su hijo. El dinero y el éxito no te convertían en una buena persona, y tampoco en un buen padre. Pese a los cargos que pendían sobre él, Jamie era mucho mejor que su padre. Y algún día sería un buen hombre.

—Estoy segura de que no quiere que vayas a prisión —dijo Gwen, tratando de hacer que se sintiera mejor.

—Ni yo tampoco —respondió él con tristeza—, pero hicimos algo terrible emborrachándonos, protegiendo a Rick, dejándola allí tirada...

—¿Ya le has contado a Vivienne todo eso? —le preguntó Gwen con delicadeza, recordando lo que ella le había dicho sobre Jamie. Él negó con la cabeza—. Tal vez deberías hacerlo.

Jamie había pensado muchas veces en ello, pero no sabía qué decirle. Tal vez ahora sí sabría.

A continuación, tal como había hecho con Chase, Gwen les acompañó a los juzgados para hablar con la jueza en su despacho, donde Jamie cambió su declaración sin necesidad de comparecer ante el tribunal. La magistrada fijó la vista de la sentencia para el 15 de enero y le dijo a Gwen que le comunicaría esa fecha también a Chase, a fin de poder emitir el veredicto de forma conjunta. Poco después se marcharon y Ellen y Jamie regresaron a Nueva York. Shepard no había dormido en casa la noche anterior.

Una vez de vuelta en su despacho, Gwen se quedó mirando a Dominic.

—Creo que deberíamos ir a Nueva York para ver a los otros e intentar que cambien su declaración. Sería una locura que fueran a juicio con lo que tenemos ahora: dos confesiones firmadas por dos de los chicos, y otra de la víctima que corrobora todo lo que estos han dicho. Los recuerdos de Jamie de aquella noche son casi idénticos a los de Chase. Jamie afirma que no habían hablado desde la comparecencia preliminar, y yo le creo. Mañana llamaré a los abogados de los otros chicos. La policía de Nueva York nos proporcionará un despacho para reunirnos con ellos, aunque también podemos ir a sus casas.

—Creo que deberíamos hacerlo antes de Navidad —convino su compañero, convencido de que cada vez estaban más cerca del final.

Chase había pedido permiso para pasar las fiestas navideñas con su madre en Los Ángeles, donde también le acompañaría su padre, y la fiscalía había aceptado.

—¿Sabes de qué va todo esto? —prosiguió Dominic—. No va solo sobre la violación, sobre lo que está bien o está mal y todo ese rollo. En todo este asunto, al final se verá cuáles de esos chicos tienen una brújula moral, aunque sus padres no la tengan, como es el caso de ese tal Watts. Los chicos que tienen una brújula moral y una conciencia se convertirán algún día en hombres buenos, en personas decentes. Han aprendido una terrible lección de todo esto, pero al fin todos están encontrando su camino para hacer lo correcto.

Gwen le sonrió, de acuerdo con su brillante reflexión.

—Estás hecho todo un filósofo.

—No, solo soy un policía.

Cuando Gwen se puso en contacto con los otros abogados al día siguiente, los cuatro le dieron las gracias por la llamada y coincidieron en que, dadas las circunstancias, lo más sensato sería que sus clientes cambiaran su testimonio y se declararan culpables. La inspectora les advirtió de que la fiscalía no estaba dispuesta a llegar a ningún acuerdo ni a rebajar los cargos, pero que la jueza vería con buenos ojos que todos confesaran y cambiaran su declaración. Los abogados le dijeron que aconsejarían a sus clientes que actuaran en consecuencia. Algunos ya lo habían hecho.

Al día siguiente, Gwen y Dominic condujeron hasta Nueva York. Tenían nuevas investigaciones en curso, pero su prioridad en este momento era cerrar cuanto antes el caso Saint Ambrose. Les proporcionaron un despacho para que pudieran trabajar y se alojaron en un sórdido hotelucho cerca de Grand Central Station.

—Menudo lujo... —farfulló Dominic al verlo.

Gwen se echó a reír.

El hotel era espantoso, pero Nueva York siempre era Nueva York.

Se reunieron primero con Gabe y sus padres, que estaban destrozados por todo lo que había ocurrido. La beca de Saint Ambrose había sido la gran oportunidad de su hijo para labrarse un futuro y la había echado a perder. Gabe repitió que no había visto a Rick violar a Vivienne, ya que estaba intentando separar a Jamie y a Chase, pero reconoció que la habían abandonado allí y que había mentido para protegerse a sí mismo y a sus amigos. Sabía que había decepcionado enormemente a sus padres y se sentía fatal por ello. El señor y la señora Harris culpaban a los niños ricos que iban a esa escuela y a los escasos valores que tenían la mayoría de ellos, y sobre todo sus padres. Se arrepentían mucho de haber enviado a su hijo allí. Y ahora Gabe tendría que ir a prisión.

Tommy Yee fue el siguiente en presentarse. Su declaración fue muy similar a la de sus compañeros, aunque recordaba mucho menos que los otros porque se pasó gran parte del tiempo vomitando por culpa del tequila. Dijo que no había contado la verdad antes porque estaba muy asustado y porque no quería que él y los demás tuvieran más problemas de los que ya tenían.

Steve Babson llegó con su madre y su declaración fue prácticamente idéntica a la de Gabe. No se enteró de nada hasta que fue demasiado tarde y se arrepentía profundamente de todo lo ocurrido. También les contó que sus padres se iban a divorciar, que su padre le había desheredado, pero que su madre le apoyaba de forma incondicional.

Los Russo fueron los últimos en acudir. Rick empezó en plan gallito, aunque al cabo de unos minutos ya tenía los ojos anegados en lágrimas. Joc Russo también había querido sobornar a Vivienne para poner fin a todo aquello, pero su abogado le aconsejó con vehemencia que no lo hiciera, asegurándole que no haría más que empeorar las cosas. Los padres de Rick parecían destrozados mientras el chico echaba la culpa de todo al tequila. Su situación era la más complicada de todas, ya que sería juzgado por violación como un adulto. Y aunque su delito era de lejos el peor de todos, no parecía estar tan arrepentido como el resto y se le notaba más preocupado por su propia situación que por la de Vivienne, lo cual no decía mucho en su favor. Confesó haber abusado de ella por la fuerza, pero se mostró mucho menos compasivo que los demás.

Después de que los Russo se marcharan, Gwen echó un vistazo a las confesiones.

—Pues ya lo tenemos todo —comentó. La jueza aceptaría sus declaraciones de culpabilidad sin necesidad de reunirse con ellos en persona y fijó para todos ellos la misma fecha para dictar sentencia, el 15 de enero—. Ahora podremos centrarnos en otros asuntos —añadió con un suspiro.

Sin embargo, seguía consternada por la resolución del caso. Aquello afectaría a las vidas de muchas personas y arruinaría el brillante futuro de aquellos jóvenes. A partir de ahora, el camino sería muy duro e incierto, en especial para Vivienne, en el caso de que no lograra recuperarse del todo y las cicatrices de su trauma fueran demasiado profundas.

Los seis chicos tendrían que surcar las aguas procelosas y llenas de peligros del sistema penitenciario. Con toda probabilidad, la jueza les condenaría como adultos, ya que el delito era muy grave y el castigo debía estar en consonancia. Las vidas de las familias también se habían visto terriblemente afectadas. Dos de los padres, el de Steve y el de Jamie, ni siquiera se habían presentado, abandonando a sus hijos a su suerte. Nadie saldría ganando en un caso como aquel.

—¿Cuándo volvemos a Boston? —le preguntó a Dominic con aire cansado.

—Yo me quedo esta noche —respondió él un tanto cohibido.

—¿Una cita? —sonrió ella.

—Más o menos. Los Bruins juegan contra los Rangers en el Madison Square Garden. Anoche compré las entradas por internet y no me lo perdería por nada del mundo. Volveré mañana. Si quieres, puedes llevarte el coche. Yo tomaré el tren.

—Puede que yo también me quede —dijo Gwen, pensándoselo mejor—. Todavía tengo que hacer algunas compras navideñas para mis sobrinos y últimamente no he tenido mucho tiempo. ¿Quieres que volvamos mañana juntos sobre la hora de comer?

Dominic asintió.

—Me parece bien.

Luego regresaron al hotel, donde él se preparó para ir al partido y Gwen se puso unos zapatos planos para salir de compras. Ese día había escuchado demasiadas miserias y tenía ganas de relajarse un poco.

Estaba buscando algo en su bolso cuando encontró la tarjeta que Sam Friedman le había dado el día que acompañó a Adrian Stone para que prestara declaración. En un arrebato de locura, decidió llamarle. En la tarjeta figuraba también su número de móvil, pero prefirió telefonearle a su despacho. Si no estaba, podría dejarle un mensaje o intentar llamarle al móvil. El hombre le había caído bien, y en los últimos tiempos solo se relacionaba con policías, agresores sexuales juveniles, víctimas y familiares afectados. Estaría bien hablar con una persona normal, y el abogado parecía serlo.

Se sorprendió cuando Sam contestó. Era un poco tarde para que estuviera aún en su despacho.

—Sam Friedman —respondió con cierta brusquedad.

—Hola, soy Gwen Martin, de la policía de Boston. Nos conocimos cuando acompañó a Adrian Stone a la comisaría para que declarara.

Él se echó a reír.

—Te recuerdo, por supuesto. No todos los días se conoce a estrellas de cine o a inspectoras pelirrojas y guapas. ¿Qué tal? ¿A qué debo el honor de tu llamada? ¿Va todo bien con mi cliente? —preguntó, súbitamente preocupado.

—Que yo sepa está bien. Espero que su asma haya mejorado. Bueno, resulta que estoy en la ciudad. Me he pasado todo el día tomando declaración a los chicos y estamos cerrando el caso. Todos han cambiado su testimonio y se han declarado culpables. La sentencia se dará a conocer en enero.

—Debes de sentirte satisfecha.

—Sí, y también triste —reconoció Gwen, que sonó más abatida de lo que quería admitir—. Duele mucho ver cómo esos chicos han echado a perder su vida. Estoy convencida de que la mayoría de ellos son buenos muchachos que han arruinado su futuro por culpa de una botella de tequila. El que cometió la violación es otra historia pero, en conjunto, todo este asunto resulta bastante trágico.

—Lo sé. En mi trabajo también veo cosas bastantes desagradables: padres que tratan a sus hijos como si no les importaran nada, que nunca deberían haberlos tenido y que no se los merecen, como en el caso de Adrian. Sus padres deberían estar ingresados en un psiquiátrico, y el pobre chico es quien tiene que pagar por ello. En fin... ¿Hasta cuándo vas a quedarte en la ciudad?

—Hasta mañana. Ya he acabado lo que vine a hacer y pensé que podría aprovechar para hacer algunas compras navideñas. Entonces he encontrado tu tarjeta y te he llamado. Supongo que te habría correspondido hacerlo a ti, pero cuando eres policía te confundes un poco con esto de los roles tradicionales.

—Con tal de que no me dispares... Bueno, te diré lo que haremos. Me quedan todavía un par de horas de trabajo, puede que tres. ¿Por qué no haces tus compras y luego te llevo a cenar a un pequeño restaurante italiano? ¿Te parece bien?

—Suena fantástico. ¿Ir de compras y salir a cenar? No se me ocurre otro plan mejor.

No se lo había dicho, pero no había tenido una cita desde hacía seis meses. Sam le gustó mucho desde el primer momento, pero no sabía si volverían a verse alguna vez. Y ahora allí estaban.

—No es muy galante por mi parte, pero si no te importa podemos quedar en el restaurante. Está cerca de mi despacho. —Le dio la dirección—. ¿A las nueve te va bien? ¿Tendrás tiempo suficiente? Tengo que acabar un informe judicial para mañana.

—Allí estaré. Y, Sam, ¡gracias! Me has salvado el día.

—Y tú a mí. Nos vemos luego.

Gwen llegó al restaurante a la hora acordada, cargada con cuatro bolsas llenas de compras navideñas.

—¿Misión cumplida? —le preguntó Sam, visiblemente encantado de verla.

Era más guapo de lo que Gwen recordaba. En el taxi se había cambiado los zapatos planos por unos de tacón, se había arreglado un poco la melena y se había pintado los labios. Se sintió un poco avergonzada cuando él se fijó en la funda de la pistola que llevaba bajo la chaqueta, pero no había querido dejar el arma en el hotel.

—Creo que eres la primera mujer con la que he quedado para cenar que se presenta armada —señaló él, y Gwen se echó a reír.

La comida estaba deliciosa y no pararon de hablar. Él procedía de una familia judía de abogados, ella de una familia católica de policías. A él le impresionó que ella tuviera un máster en criminología. A ambos les gustaban los mismos libros y películas, y les fascinaba viajar. El destino favorito de ella era Venecia; el de él, París. Y a ambos les encantaban los niños. Sam era tres años mayor que Gwen, y ninguno de los dos había tenido una relación seria desde hacía al menos cuatro años, algo que justificaron alegando que no tenían tiempo para ello. Después la conversación derivó hacia el trabajo, y descubrieron que sus profesiones tenían mucho en común. Siguieron hablando hasta que el restaurante cerró a medianoche y eran los últimos clientes que quedaban en el local.

—¿Vienes mucho a Nueva York? —le preguntó él.

—Nunca. Solo he venido porque teníamos que tomar unas declaraciones. ¿Y tú vas alguna vez a Boston?

—Hacía diez años que no iba —reconoció—, aunque fui a la universidad allí.

—Déjame adivinar... ¿Harvard?

Él asintió. Ella ya lo había sospechado durante la cena.

—Se supone que a estas alturas debería estar ganando millones como abogado en Wall Street. La cosa no salió así, pero me encanta lo que hago. La mitad de las veces ni siquiera me pagan. Trabajo mucho *pro bono* para los tribunales, como en el caso de Adrian, que necesita un mentor neutral para defender sus intereses. —La acompañó en un taxi de vuelta a su hotel—. Por cierto, ¿qué vas a hacer en Nochevieja?

—Todavía no lo sé —respondió ella sonriendo.

Había pasado una velada magnífica. Le gustaba mucho que Sam fuera tan inteligente y atento, como ya había demostrado cuando fue a verla con Adrian. En aquella ocasión, a él le había encantado la manera en que Gwen le habló al muchacho. Y su físico no desmerecía en absoluto. Él también era un hombre atractivo, y Gwen no pudo evitar fijarse en que estaba en muy buena forma. Iba al gimnasio y jugaba al squash dos veces por semana.

—¿Te gustaría venir a Nueva York para ver cómo baja la bola en Times Square? Es un poco cursi, pero es divertido. O si lo prefieres, podemos hacer algo más digno.

—Lo de Times Square suena genial. —Para entonces ya

habían llegado al hotel, y él le entregó las bolsas con las compras—. Gracias, Sam. Lo he pasado muy bien.

—Yo también. Entonces ¿tenemos una cita? —Gwen asintió, y Sam la besó suavemente en la mejilla—. Abrígate bien cuando vengas. Hay un hotel muy agradable cerca de donde vivo, en el West Village. Te reservaré una habitación allí.

Le gustó que, solo porque la había invitado a cenar, él no asumiera que iban a acostarse la próxima vez que se vieran. Se despidió con la mano mientras entraba cargada con las bolsas en el hotel y él tomó un taxi de vuelta a la parte baja de la ciudad. Gwen no paró de sonreír mientras se dirigía a su habitación, y todavía seguía de muy buen humor cuando se reunió con Dominic a la mañana siguiente.

—¿Cómo estuvo el partido? —le preguntó al subirse al coche con todo su cargamento de compras.

—De pena. Ganaron los Rangers, aunque hay que decir que jugaron muy bien. Parece que ayer vaciaste las tiendas...

—Y también tuve una cita —replicó Gwen con una amplia sonrisa.

—¿Y cómo te lo montaste? ¿Es que ahora vas ligando con tíos en los grandes almacenes? Eso sí que es estar desesperada...

—¡Oh, cállate! Llamé al abogado que acompañó al chico que vino a declarar como testigo. Encontré su tarjeta en mi bolso y fuimos a cenar.

—Seguramente lo tenías planeado desde el principio. ¿Llevaste tu arma? —Ella asintió—. ¿Y qué le pareció?

—Le encantó. Luego fuimos a atracar una licorería y nos repartimos el dinero.

—Muy graciosa. ¿Vas a volver a verle?

—En Nochevieja —respondió Gwen con aire triunfal.

Hacía tres años que no tenía una cita en la última noche del año. Su trabajo no era propicio para llevar una vida amorosa muy activa.

—Maldita sea, Gwen... ¡Buen trabajo! Así quizá me libre por fin de ti y me asignen a alguien a quien le guste comer.

—Oh, cierra el pico y conduce —le espetó ella, mirando por la ventanilla con una sonrisa.

Esa mañana había recibido un mensaje de Sam diciéndole que había pasado una velada muy agradable. Gwen ya estaba deseando que llegara Nochevieja. Mientras contemplaba cómo se alejaba el perfil de Nueva York, Dominic la miró y sonrió. Era una gran policía y una buena mujer, y se alegraba mucho por ella.

16

La Navidad fue muy dura para los implicados en el caso Saint Ambrose. Todos tenían la sensación de que sus días estaban contados y que se les agotaba el tiempo. Los padres de Gabe tuvieron que explicarles al resto de sus hijos que era muy probable que su hermano mayor fuera a prisión durante una larga temporada, y los pequeños lloraron mucho al enterarse. Los padres de Tommy seguían sin dirigirle la palabra y el muchacho se sentía totalmente perdido en su mundo de soledad.

Steve Babson y su madre pasaron las fiestas solos. Ella había dejado de beber y acudía a diario a las reuniones de Alcohólicos Anónimos, en ocasiones más de una vez al día. El señor Babson se había marchado de casa, pero así estaban mucho más tranquilos. Después de años de maltratos por fin se había ido, y la madre de Steve le había pedido el divorcio. De hecho, fueron las mejores Navidades que habían pasado nunca, lo cual les sorprendió a ambos. Sin embargo, ahora él tendría que enfrentarse a la pena de prisión.

La cena navideña en casa de los Russo fue servida por uno de los mejores restaurantes de Nueva York, pero apenas probaron bocado al pensar en lo que se les venía encima. Sus padres trataban de poner buena cara, pero Rick lloraba inconsolable y se pasó la mayor parte del tiempo encerrado en su habitación para no tener que verles ni hablar con ellos. Ninguno de sus antiguos compañeros se había puesto en contacto con él. Y en Nochebuena, volvió a emborracharse solo en su cuarto.

Jamie pasó la Navidad con su madre, las gemelas y su hermano pequeño. Shepard se había ido y se alojaba en el Racquet Club. Ellen tuvo que explicarles a sus otros hijos que probablemente Jamie pasaría también una temporada fuera.

Chase disfrutó las fiestas en Los Ángeles con sus padres. Matthew dijo que se alojaría en casa de un amigo, aunque Chase supuso que se trataría de Kristin Harte. En Nochebuena cenaron los tres juntos en la casa familiar. Intercambiaron regalos y compartieron una agradable velada como si no pasara nada. Sin embargo, por muy civilizados que Matthew y Merritt se mostraran, el divorcio seguía en marcha, y Chase no podía olvidar que en solo tres semanas le condenarían y probablemente iría a prisión. Además, los recuerdos de todo lo ocurrido con Vivienne seguían atormentándole. Chase estaba yendo a un psicólogo, igual que Jamie.

Vivienne había recibido la carta de Chase. La joven le respondió diciéndole lo mucho que significaban sus palabras para ella, que lamentaba que las cosas estuvieran siendo tan difíciles para él y para los demás, y que le deseaba lo mejor. A Chase le alivió mucho leer aquello. Jamie también le había escrito y recibió una respuesta igual de afectuosa, mucho más generosa de lo que él sentía que se merecía. Eso hizo que se entristeciera aún más por haberlo estropeado todo. Ahora ya nunca sabría lo que podría haber pasado entre ellos. En vez de eso, Jamie tendría que ir a prisión. Y para Vivienne, él siempre sería un terrible recuerdo, todos ellos lo serían.

Tanto los hijos como sus padres estaban muy preocupados por la sentencia. Todos sentían la angustiosa presión a la que estaban sometidos y trataban de llevarlo lo mejor que podían. Pero los días iban pasando de forma inexorable y solo quedaban tres semanas para el 15 de enero.

En Nochebuena, Vivienne cenó en casa con su padre. Kimberly «se dejó caer» casualmente un poco más tarde. Nunca andaba muy lejos y Chris la incluía en sus planes siempre que podía. Estaba claro que quería estar con ella, pero también con su hija, y trataba de compartir el máximo tiempo posible con ambas. Kimberly no dejaba de preguntarle a Vivienne, como quien no quería la cosa, cuándo pensaba regresar a Nueva York. Se notaba que estaba deseándolo para poder volver a vivir con Chris. Vivienne todavía no había decidido qué haría en enero con respecto a sus estudios. De momento estaba realizando las tareas escolares que le enviaban desde Saint Ambrose, entregándolas a tiempo y sacando buenas notas a fin de poder graduarse en junio.

El día de Navidad llamó a su madre. Nancy parecía estar pasándolo bien en la casa que había alquilado en Vermont con unos amigos. Vivienne cerró la puerta de su habitación para poder hablar con ella sin que nadie las molestara.

—Mamá, ¿cuándo puedo volver a casa?

—¿Estás de broma? Cuando quieras, cariño. Regresaré a Nueva York la mañana del 31 y no tengo ningún plan. ¿Quieres que pasemos la Nochevieja juntas? Podrías ser mi cita de fin de año.

—Me encantaría. ¿Y puedo quedarme a vivir contigo? Ya sé que dije que quería vivir con papá este año, pero es que Kimberly me pone de los nervios y se nota que él desea estar con ella. Quiero mucho a papá, pero me gustaría volver a vivir contigo. Y, mamá, he estado pensando en lo de la escuela. ¿Crees que podría ir a un instituto en Nueva York? ¿Me aceptarían a mitad de curso? Quiero vivir contigo en casa hasta que me vaya a la universidad, y podría pasar el próximo verano con papá en Los Ángeles. Ya he rellenado las solicitudes y he añadido algunas más. He escrito también a Columbia, a la Universidad de Nueva York y a la de Boston.

—Vaya, esto sí que son buenas noticias —exclamó su madre, muy emocionada—. Después de las vacaciones de Navidad llamaré a algunos institutos a ver qué me dicen. Podemos ir a echarles un vistazo juntas.

Nancy pensaba que deberían explicar lo que había ocurrido en Saint Ambrose a fin de que la aceptaran a esas alturas de curso por las circunstancias especiales de su caso. Vivienne insistió en que quería empezar de cero en una nueva escuela, algo que le pareció muy lógico a su madre. Esta le prometió que le compraría un billete para el día 31 y ambas se mostraron muy ilusionadas con la idea de poder reencontrarse pronto.

—Yo misma se lo contaré a papá —se ofreció Vivienne—. De todas formas, él quiere estar con Kimberly. Ella está deseando librarse de mí y seguro que hasta me ayuda a hacer las maletas.

Había cierta tristeza en su voz, aunque al mismo tiempo era consciente de la realidad.

Cuando colgaron, Nancy estaba radiante de felicidad. Su hija iba a volver a casa. Era el mejor regalo de Navidad que podría tener, y Vivienne parecía encontrarse mucho mejor de lo que se había sentido en los últimos dos meses. Quería volver a la escuela, lo cual era muy buena señal. Y ya casi no tenía pesadillas, aunque todavía sufría alguna de vez en cuando.

Antes de colgar, hablaron de su padre y de Kimberly.

—No quiero herir los sentimientos de papá. Él se esfuerza mucho por pasar tiempo conmigo y por que me sienta a gusto en casa. Lo que ocurre es que ahora tiene una nueva vida y Kimberly es una parte muy importante de ella —le había dicho a su madre. Nada de esto era nuevo para Nancy. Kimberly llevaba mucho tiempo formando parte de la vida de Chris, pero prefirió no recordárselo a su hija—. ¿Crees que se casará con ella?

—Puede ser.

—Pero eso es ridículo. Si podría ser su padre...

—A veces los hombres se comportan de forma ridícula.

Sin embargo, Nancy ya no estaba tan enfadada como antes. Había conocido a un hombre muy agradable en las colinas de Vermont. Un médico de Nueva York, divorciado y padre de tres hijas. Había ido a esquiar con ellos varias veces. Él tenía cuarenta y nueve años y las chicas eran un poco mayores que Vivienne. Iba a cenar con ellos esa noche y tenían previsto volver juntos a Nueva York. Dos de las hijas ya iban a la universidad, y la mayor se había graduado en junio y se iba a trasladar a la costa Oeste para cursar un posgrado en la Universidad del Sur de California.

Por la noche, durante la cena, Vivienne le contó a su padre que la mañana del 31 regresaría a Nueva York con su madre y que tenía intención de quedarse allí durante el resto del curso académico. Nancy iba a empezar a buscarle algún instituto donde pudiera matricularse. Él pareció un poco decepcionado, pero no puso ninguna objeción. También pensaba que era una buena idea que fuera a una nueva escuela. Habría resultado muy raro que lo hiciera en Los Ángeles, mientras que en Nueva York podría empezar de cero. Era lo que Vivienne necesitaba en esos momentos. Kimberly estaba cenando con ellos esa noche, como casi siempre, y se emocionó tanto al oír aquello que casi se puso a dar saltos en su asiento, mirando a Chris con adoración.

—¿Significa eso que no estarás aquí en Nochevieja? —le preguntó a Vivienne con excesivo entusiasmo, y Chris no pudo evitar echarse a reír—. Vámonos a Las Vegas y pasemos el fin de año en el Wynn —le propuso muy excitada, y él aceptó.

A Vivienne, pasar la Nochevieja en Las Vegas le parecía bastante hortera, pero para Kimberly era el súmmum del glamour y dijo que le encantaría jugar al blackjack y a las tragaperras e ir de compras. A Vivienne aquello no le importaba siempre que no acabaran casándose el día de Año Nuevo en una capilla en plan Elvis. Sus padres aún no se habían divorciado, así que por ahora no había problema, aunque no le extrañaría que llegaran a hacerlo algún día y, la verdad, temía que llegara ese momento.

Pasaron el resto de la velada hablando de Las Vegas y de todo lo que Kimberly quería hacer allí, como asistir a espectáculos de magia o ver el *Cirque du Soleil*. Mientras la escuchaba sin prestar demasiada atención, Vivienne no dejaba de pensar en su regreso a Nueva York y en su vuelta a la escuela. Todos tenían que seguir con sus vidas y ella había decidido que su futuro estaba en la costa Este junto a su madre, al menos por el momento. Y en esta ocasión iría porque ella quería, no porque la obligaran.

—Si quieres, puedo volver para las vacaciones de Pascua y luego en verano, antes de empezar la universidad.

—Por supuesto que quiero. Esta es también tu casa. Ahora tendrás una en cada costa.

A Kimberly no pareció hacerle mucha gracia aquello, y más tarde Vivienne oyó cómo le preguntaba a su padre si tendría que mudarse cada vez que ella viniera a Los Ángeles. Él le dijo que ya lo hablarían más tarde, pero que pensaba que debería conservar el apartamento para tener mayor «flexibilidad». Vivienne sonrió al oír aquello. Se preguntó si Kimberly también sacaba de quicio a su padre. Esperaba que así fuera.

Esa misma noche empezó a hacer las maletas. Llevaba casi dos meses en Los Ángeles y ya estaba preparada para volver a casa.

En Nochevieja, Gwen y Sam fueron a Times Square para contemplar cómo caía la famosa bola. Hacía una noche gélida, y aunque se habían abrigado para la ocasión, Gwen no paraba de dar saltitos para intentar entrar en calor.

—Cada vez que haces eso, me preocupa que se te pueda

disparar la pistola —le dijo él en un susurro, y ella se echó a reír.

—Esta noche no la he traído.

—Pues ahora sí que tengo miedo. Pensaba que si nos atracaban tú nos defenderías.

—No te preocupes. Soy cinturón negro de kárate.

—Eres una mujer peligrosa, Gwen Martin —comentó él en tono de broma.

—No, si te portas bien conmigo.

Y hasta el momento se había portado extraordinariamente bien. La había llevado a cenar a un restaurante encantador y había hecho planes para estar con ella todo el fin de semana. Al día siguiente irían a patinar a Central Park.

Cuando la bola cayó por fin a medianoche, Sam se giró hacia ella y le sonrió.

—Feliz Año Nuevo, Gwen. Espero de corazón que este sea un gran año.

Entonces la besó. Tras la sorpresa inicial, ella le devolvió el beso. Permanecieron allí abrazados durante un buen rato, y después Sam paró un taxi y la llevó a tomar una copa al Sherry-Netherland. Luego dieron un paseo en carruaje de caballos por Central Park y él la volvió a besar. Aquello era lo más romántico que nadie había hecho nunca por ella. Gwen siempre había salido con policías, que no se caracterizaban precisamente por su romanticismo.

Fue la mejor Nochevieja de su vida. Esa noche durmió en el apartamento de Sam, y al día siguiente dejó su habitación en el hotel y se quedó con él el resto del fin de semana. Ese día fueron de nuevo a Central Park y descubrieron que los dos eran muy buenos patinadores; y pasaron un rato estupendo deslizándose sobre el hielo cogidos de la mano. Por fin, volvieron a su apartamento e hicieron el amor.

Por la noche pidieron comida para llevar y vieron películas antiguas en la televisión.

—Me siento muy bien cuando estoy contigo —reconoció Gwen con aire soñador, acurrucada entre los brazos de Sam.

—Yo también. Ya había decidido que permanecería soltero el resto de mi vida, pero entonces apareciste tú.

—A mí me ha pasado lo mismo. ¿Vendrás a visitarme a Boston?

—Por supuesto —respondió él, alegre—. Este es el mejor fin de semana de Año Nuevo que he pasado en mi vida. No pensarás que voy a renunciar a eso, ¿no?

—Espero que no —replicó ella sonriendo.

Todo había pasado demasiado deprisa entre ellos, pero parecían encajar a la perfección, como si llevaran esperándose el uno al otro toda la vida.

—Uno de estos días deberíamos enviarle una nota de agradecimiento a Adrian —dijo Sam.

Gwen asintió y sonrió, y él volvió a besarla. Después de todo, algo bueno había salido del caso Saint Ambrose, al menos para ellos.

17

La vista para dictar sentencia llegó demasiado deprisa. Después de las fiestas navideñas, la cuenta atrás pareció precipitarse para todos ellos. El 15 de enero, los seis chicos se personaron en el tribunal de Massachusetts en compañía de sus padres. La jueza Hannabel Applegarth, la misma que presidió la lectura de cargos y que registró sus declaraciones de culpabilidad, había ordenado una sesión a puerta cerrada, con acceso prohibido a la prensa. Sin embargo, a medida que los coches se detenían ante las puertas del tribunal, los periodistas corrían y se arremolinaban en torno a los que iban llegando, vociferando sus preguntas y plantándoles los micrófonos en la cara. Delante de los juzgados había aparcadas una docena de furgonetas de diferentes cadenas y distintas ciudades. Abrirse paso a través de la multitud era casi una hazaña heroica.

Taylor y Charity Houghton, Nicole Smith, Simon Edwards y Gillian Marks habían decidido asistir a la vista, y esta última se encargó de ayudarles a atravesar la muchedumbre de reporteros. Cuando consiguieron entrar en el edificio estaban sin aliento y tuvieron que recomponerse un poco.

—Pensé que me iban a arrancar la ropa —se quejó Gillian, y eso que era la más alta y fuerte del grupo de docentes.

Cuando llegaron los chicos y sus familias se formó un

auténtico tumulto mientras la policía y los ayudantes del sheriff formaban un cordón para abrirles paso ante el frenético acoso de la prensa, que no podía acceder al interior. Uno a uno, los jóvenes trajeados fueron entrando en el edificio acompañados por sus padres, tan nerviosos como ellos.

Los abogados les esperaban a las puertas de la sala del tribunal. Todos ellos habían mantenido reuniones interminables discutiendo sobre cuál podría ser el veredicto. A la hora señalada, los seis acusados se sentaron en la mesa de la defensa, cada uno junto a su abogado. La mesa de la acusación estaba ocupada por los dos mismos ayudantes del fiscal del distrito de la vez anterior. Poco después entraron Dominic y Gwen, que lucía un traje nuevo azul marino y zapatos de tacón.

La magistrada tardó veinte minutos en hacer su aparición. Entonces, el alguacil ordenó a los congregados que se pusieran en pie, y la jueza Applegarth entró y tomó asiento en el estrado. Paseó la mirada entre los presentes con expresión grave y sombría. Los padres se habían sentado justo detrás de sus hijos, y en la fila inmediatamente posterior se encontraban los representantes del cuerpo docente de Saint Ambrose.

Todo el país aguardaba expectante el veredicto, ansioso por saber si la jueza se mostraría indulgente por tratarse de alumnos de un colegio elitista. La magistrada había revisado las pruebas y las declaraciones una y otra vez, sopesando durante incontables horas su decisión: el impacto que tendría sobre los acusados, cómo ayudaría a la víctima a superar el trauma sufrido, y los efectos colaterales que tendría sobre el entorno de los implicados. Era una de las decisiones más difíciles que había tenido que tomar en su carrera, y había sido muy meticulosa a la hora de anticiparse a los posibles recursos legales que podrían presentarse, sobre todo en el caso de Rick Russo. A la jueza no le interesaban las cuentas bancarias de sus padres ni la reputación del colegio. Lo que le importaba era que había seis vidas en juego, seis futuros, y que aquellos chicos tenían que pagar su deuda con la sociedad, sobre todo Rick.

El día anterior, Gwen Martin le había entregado a la jueza una carta manuscrita de Vivienne Walker que había ejercido una gran influencia sobre su veredicto. La víctima tenía derecho legal a dar su opinión sobre la sentencia, aunque la decisión final correspondía a la magistrada. Los chicos podrían aprender de aquella experiencia y convertirse en mejores personas, pero el veredicto también podría arruinarles la vida. Y todo dependía de ella. Era una responsabilidad enorme, aunque estaba satisfecha con las decisiones que había tomado. No había resultado una tarea fácil. No tenía ningún prejuicio ni a favor ni en contra de los acusados. Eran unos jóvenes de diecisiete años sin antecedentes de ningún tipo, pero la violación cometida por Rick era un delito demasiado grave como para quedar impune.

Demostrando una vez más su espíritu generoso, esa misma mañana Vivienne les había enviado sendos mensajes a Jamie y a Chase deseándoles buena suerte. Había vuelto a Nueva York con su madre y estaba ansiosa por conocer el veredicto. Estaba claro que debía impartirse justicia, pero todavía estaba por ver dónde se establecería la línea entre el bien y el mal y la interpretación que la jueza haría de los hechos.

Se hizo un silencio sepulcral en la sala cuando el alguacil leyó los nombres de los cinco primeros acusados y les ordenó que se pusieran en pie. Se enfrentaban a los cargos de complicidad y obstrucción a la justicia. La jueza se dirigió directamente a ellos, dejando a Rick para el final.

—He estado deliberando a fondo sobre este asunto, tratando de llegar a una conclusión que redunde tanto en vuestro beneficio como en el de la víctima, la comunidad y el estado. De lo que se trata aquí es de servir a los intereses de la sociedad. Vais a ser juzgados y sentenciados como adultos en consonancia con la gravedad de vuestros delitos. La justicia no debe ser utilizada para convertiros en delincuentes comunes de por vida, pero tampoco serviría de nada si este asunto se tratara a la ligera.

»Ya no sois niños, sois hombres, y estáis aquí porque se ha cometido un delito muy grave que ha puesto en peligro la vida de una joven y la traumatizará durante el resto de sus días. Decida lo que decida hoy, ella tendrá que seguir viviendo con ello para siempre. Todos estabais presentes cuando la violaron, lo cual os convierte en cómplices, aunque no os dierais cuenta de lo que estaba ocurriendo porque estabais demasiado borrachos. La tremenda cantidad de alcohol que ingeristeis puso en riesgo vuestras vidas. Y además, abandonasteis inconsciente a la señorita Walker, aunque uno de vosotros llamó al personal de seguridad del campus para que avisara a los servicios de emergencia.

»Por otra parte, la víctima también tiene voz y voto en la resolución de la sentencia. Según las leyes del estado, tiene derecho a pedir que no vayáis a prisión, pese a haber sido condenados o haberos declarado culpables. Ayer mismo recibí una petición de la señorita Walker solicitando que se os suspendan las cinco condenas de prisión. La he tenido muy en cuenta a la hora de decidir mi veredicto, además del hecho de que este sea vuestro primer delito, aunque muy grave.

»Así pues, por los cargos de complicidad en la violación, os sentencio a cada uno a cumplir dos años en una prisión estatal. —La jueza hizo una pausa muy larga, mientras varios de los chicos cerraban los ojos ante el impacto casi físico de aquel mazazo. Luego prosiguió—: En este mismo momento, vuestras sentencias quedan suspendidas. Sin embargo, si durante ese tiempo sois arrestados por cualquier motivo, ingresaréis directamente en prisión para cumplir esos dos años.

»Por lo que respecta a los cargos de obstrucción a la justicia, mentir reiteradamente en el transcurso de una investigación relacionada con un crimen de lesiones cometido contra una joven es también un delito muy grave. Os sentencio a cada uno a cumplir una pena de noventa días en la cárcel del condado y a dos años de libertad vigilada.

»Confío en que utilicéis la oportunidad que os estoy dando para crecer y madurar, para aprender una valiosa lección y redimiros. Cuando todo esto haya acabado, espero que todos seáis mejores personas. Ahora mismo tenéis que pagar vuestra deuda con la sociedad, por muy desagradable que os resulte la perspectiva. Quiero que reflexionéis sobre todo esto, que penséis en el futuro y que siempre tengáis muy presente esta lección. El mundo necesita hombres buenos y honrados con una brújula moral que los guíe con firmeza, y no personas débiles y deshonestas sin la menor integridad. Ahora tenéis la oportunidad de decidir qué tipo de hombres queréis ser. Podéis sentaros —concluyó con gesto grave.

Los chicos tomaron asiento con piernas temblorosas mientras sus padres lloraban aliviados.

Acto seguido, el alguacil ordenó a Rick Russo que se pusiera en pie. La jueza lo miró muy seria antes de empezar a hablar.

—Por el cargo de violación a una menor, te sentencio a cumplir una condena de seis años en una prisión estatal, en los que se incluye un año por el agravante de la edad de la víctima. Por el cargo de obstrucción a la justicia, te sentencio a un año de prisión adicional que cumplirás de forma simultánea junto con la pena de seis años. Empezarás a cumplir condena con carácter inmediato, y serás trasladado desde esta sala directamente al centro penitenciario.

»Los otros cinco acusados serán trasladados también hoy mismo para cumplir sus condenas en la cárcel del condado.

La jueza golpeó con su mazo sobre el estrado, se levantó y salió de la sala. En ese instante estalló un gran revuelo.

Rick se quedó conmocionado cuando un ayudante del sheriff le puso las esposas y lo condujo fuera de la sala. El señor Russo parecía querer matar a alguien mientras hablaba con su abogado, y la señora Russo no paraba de llorar. Los demás padres se arremolinaron en torno a sus hijos para abrazarlos antes de que se los llevaran a la cárcel del condado. Noventa días no era nada comparado con lo que podría haberles caído, pero ellos no habían violado a Vivienne ni tampoco habían visto cómo ocurría porque estaban demasiado borrachos. Los chicos sonreían muy nerviosos. A ninguno se le había escapado que Vivienne había pedido clemencia para ellos. Gwen había informado a la joven de su derecho legal a dar su opinión sobre el veredicto y ella misma había tomado la decisión de escribir a la jueza.

Los ayudantes del fiscal no pusieron ninguna objeción a las sentencias. Guardaron sus papeles en los maletines y abandonaron la sala abriéndose paso entre el gentío. Al ver que Gwen tampoco parecía muy sorprendida por el veredicto, Dominic se inclinó hacia ella y le preguntó en voz baja:

—¿Ya lo sabías?

—La jueza me llamó a su despacho hace un par de semanas, mientras estaba deliberando sobre el asunto, y me preguntó qué pensaba. Le sugerí que mostrara cierta clemencia con los cinco acusados de complicidad. Creo que ha hecho un buen trabajo, y también que la carta de Vivienne ha influido mucho en su decisión.

Dominic asintió y sonrió. También pensaba que la sentencia de Rick había sido dura pero justa. Había cometido una violación y había sido castigado por ello como un adulto. Seis años era mucho tiempo, pero la condena de Vivienne era de por vida.

Los ayudantes del sheriff tuvieron que ayudar a las familias a salir de los juzgados. Por lo visto, la muchedumbre que se agolpaba ahora a las puertas era aún mayor. El veredicto ya había sido notificado a la prensa y resultaría casi imposible abrirse paso entre el enjambre de periodistas.

Los sacaron por una puerta lateral y se dirigieron a toda prisa hacia sus coches. Los Morgan tenían su propio personal de seguridad, y Joe Russo parecía tan furioso que hasta daba miedo. Los miembros del cuerpo docente de Saint Ambrose también se apresuraron en dirección a su furgoneta y luego emprendieron el regreso al colegio. Todos se sentían consternados, aunque pensaban que las sentencias habían sido justas, incluida la de Rick.

—Me aterraba pensar que pudieran condenarles a todos a diez años —comentó Gillian—. Pero la jueza estaba en lo cierto. No tendría sentido convertirlos en delincuentes comunes con una sentencia que no les habría enseñado nada, sino que les habría destrozado la vida. Y Rick ha tenido la sentencia justa en consonancia con su delito.

En el trayecto de vuelta a casa, Matthew Morgan le preguntó a su mujer:

—¿Cuándo podremos ir a visitar a Chase a la cárcel?

Habría sido más rápido regresar en avión a Nueva York, pero la prensa les habría asediado en el aeropuerto. En el coche tenían más privacidad.

—Ya me enteraré —respondió Merritt—. Podría haber sido mucho peor. Tres meses no le harán ningún daño. Y ha sido un gesto muy generoso por parte de Vivienne escribirle a la jueza.

Matthew asintió, aliviado por que la sentencia no hubiera sido demasiado dura, y apretó la mano de Merritt como había hecho mientras estaban en la sala del tribunal. A ella no pareció importarle. El miedo por lo que pudiera pasarle a su hijo había servido para unirles.

Por la tarde ya estaban todos de regreso en Nueva York. Cuando Ellen Watts entró en su apartamento, totalmente exhausta, encontró a Shepard revisando algunos documentos en su escritorio.

—¿Quieres saber cómo ha ido la sentencia? —le preguntó.

—¿Cinco años? ¿Diez? ¿Dónde está? En prisión, ¿no? Si me hubierais escuchado y hubierais hecho lo que yo decía, ahora estaría libre. Si hubiera ido a juicio en vez de declararse culpable, podríamos haber destrozado a esa chica ante el tribunal.

Seguía furioso con su hijo por no haber seguido su consejo. Y Jamie continuaba teniéndole miedo desde que le había pegado.

—Han suspendido la sentencia por los cargos de complicidad y le han condenado a noventa días en la cárcel del condado y a dos años de libertad vigilada por obstrucción a la justicia. La víctima le ha pedido clemencia a la jueza.

—Pues felicidades —replicó él amargamente—. Si me hubierais dejado hacerlo a mi manera, en estos momentos estaría libre. Y ahora se encuentra en la cárcel, en libertad vigilada, y además tendrá antecedentes penales.

—Él estaba allí cuando ocurrió todo. Es un delito muy grave. Y no tenía otra elección.

Shepard estaba furioso y dolido. Ni siquiera se alegraba de que su hijo hubiera salido bastante airoso.

—Quiero el divorcio, Shep —prosiguió Ellen con voz calmada—. Te has convertido en alguien a quien ya no conozco. Has querido enseñar a tu hijo a jugar sucio, siguiendo tus propias reglas. Artimañas legales, amenazas, chantajes... Incluso has intentado destruir a una chica que ya ha sufrido bastante. No he sabido ver la clase de hombre que eres, o la clase de hombre en que te has convertido. Ahora ya lo sé.

—Tú eres tan pura e ingenua... Y ahora tu hijo está en la cárcel como un vulgar delincuente. Jamie no la violó. Si lo hubiéramos hecho a mi manera, ya estaría fuera, libre y absuelto. Ahora tendrá antecedentes. ¿Qué clase de trabajo podrá conseguir así?

—Se lo merece, Shep. Estuvo implicado en algo terrible, en un delito muy grave, y además mintió al respecto. Dejaron a esa chica allí tirada, inconsciente, y podría haber muerto. ¿Qué pasaría si alguien les hiciera eso a tus hijas algún día? No dudarías un momento en destruirles. Doy las gracias por que no tenga que ir a una prisión estatal y solo deba pasar tres meses en la cárcel del condado. A Rick Russo le han caído seis años.

—Su padre recurrirá —replicó Shepard—. No habrás dicho en serio lo del divorcio, ¿verdad?

La miró con una sonrisa de suficiencia. Se consideraba a sí mismo un triunfador y estaba convencido de que ella nunca le dejaría. No tenía nada a su nombre y no había trabajado desde que se casaron. Pero ahora Ellen había empezado a cuestionarse cómo habría alcanzado Shepard su éxito. Seguramente, amenazando y destruyendo a sus competidores, como había intentado hacer con una joven que había sido víctima de violación y que no era ninguna puta.

—Sí, hablo muy en serio.

En los últimos dos meses había perdido todo respeto por él y era consciente de que eso sería irrecuperable.

—No pienso concederte una pensión generosa después de haberte puesto en mi contra en esto. Gracias a ti y a tus consejos, nuestro hijo es ahora un delincuente convicto —dijo él con frialdad y una mirada despiadada.

Ellen se preguntó cómo no se había dado cuenta antes de cómo era.

—Buscaré un trabajo —respondió ella sin alzar la voz—. Y esta ya no es tu casa. Ni se te ocurra volver después de habernos abandonado y de no haberte presentado hoy en el tribunal para apoyar a Jamie.

—Él no se merecía que estuviera allí, y tú tampoco —masculló Shepard.

Acto seguido agarró su maletín y salió del apartamento dando un portazo. Su ego no le permitía sentir nada por haber perdido a su mujer, salvo desprecio por ella y por su hijo. Ya no significaban nada para él. Ni siquiera lo consideraba una pérdida.

Después de salir del tribunal, Sam llamó a Gwen al móvil. Esta se alegró mucho de oírlo.

—¡Felicidades! ¡Buen trabajo! —exclamó—. La sentencia para el chico acusado de violación ha sido bastante dura, pero creo que la jueza ha mostrado el justo grado de clemencia con los otros. Les ha enseñado una lección sin destrozarles la vida. Y los medios también lo creen así. Califican el veredicto de «razonable y justo». ¿Puedo ir a celebrarlo contigo este fin de semana? —le preguntó, y ella sonrió feliz.

—Me parece estupendo.

—A mí también. Te llamaré más tarde. Ahora tengo que ir al juzgado. Doy gracias a Dios por que Adrian me llamara, de lo contrario nunca te hubiera conocido.

—Yo doy gracias por que le escucharas y vinierais a verme.

—Siempre escucho a mis clientes.

Esa era una de las razones por las que era tan bueno en su profesión. Gwen también mostraba mucha empatía hacia los jóvenes con los que trabajaba. Había escuchado a Vivienne, a Adrian y a todos los implicados en el caso. Nadie había resultado dañado de manera irremediable por el veredicto, ni siquiera Vivienne, que acabaría recuperándose de su trauma con el tiempo.

La joven había visto la resolución del caso en las noticias y se sintió aliviada por los chicos. También pensaba que la condena de seis años para Rick era razonable. Sentía que se había hecho justicia, y eso ayudaría a cicatrizar sus heridas.

18

Una semana después de que se dictara sentencia, Vivienne empezó a ir a su nuevo instituto neoyorquino, el Dalton. Era uno de los mejores institutos mixtos del país, y la habían aceptado debido a las circunstancias especiales de su caso. Llevaba ya tres semanas en Nueva York, y en esta ocasión estaba disfrutando de la ciudad y de vivir con su madre. Se alegraba mucho de no estar cerca de Kimberly y su padre.

Cuando volvió a Nueva York, por fin se decidió a hablar por FaceTime con Lana y Zoe. Les explicó que la vida en el internado no era para ella, que se había matriculado en un instituto de la ciudad y que estaba entusiasmada con el cambio. Les prometió que se verían en verano, pero no les dijo que había estado dos meses en Los Ángeles. No se sentía preparada para verlas todavía, aunque sabía que lo estaría cuando llegaran las vacaciones estivales. Sus amigas la conocían demasiado bien. Intuían que le había ocurrido algo grave, pero no quería hablar de ello.

A Vivienne le encantaba el nuevo instituto. Se había retrasado algo en sus estudios, pero se puso al día enseguida y consiguió enviar a tiempo sus solicitudes para la universidad. Empezarían a contestar en primavera. También había recibido sendas cartas de sus cinco excompañeros de Saint Ambrose agradeciéndole su petición de clemencia a la jueza. Vivienne había madurado mucho en los últimos tres meses, todos ellos lo habían hecho, aunque la factura que habían tenido que pagar había sido muy alta.

En marzo empezaron a llegar las respuestas de las universidades. Vivienne fue aceptada en la UCLA y en la USC, sus dos primeras opciones antes de que ocurriera todo, y también en la Universidad de Boston y en la de Nueva York. Al final escogió esta última porque le gustaba la idea de estar cerca de su madre y poder verla siempre que quisiera. Ahora estaban más unidas que nunca, y le caía muy bien el hombre con el que salía, el médico al que había conocido en Vermont. Y sus hijas también eran muy agradables y divertidas.

Su padre terminó por romper con Kimberly. Vivienne se sintió triste por él, pero al mismo tiempo se alegró muchísimo. Le contó a su hija por teléfono que por el momento solo se estaba dedicando a tantear el terreno, y cuando fue a visitarla a Nueva York y ella le enseñó las instalaciones de su nuevo instituto, se quedó muy impresionado. Se respiraba un buen ambiente académico y los estudiantes parecían muy aplicados, dinámicos y entusiastas. Vivienne había hecho nuevos amigos, pero no salía con nadie. Era demasiado pronto para eso. Se sentía tranquila y feliz como estaba.

En junio, sus padres asistieron a la ceremonia de graduación en el Dalton y se sentaron juntos. Se notaba que su madre seguía un poco tensa a su lado, pero ambos se sentían muy orgullosos de su hija.

Para entonces, sus cinco excompañeros ya habían salido de la cárcel del condado. Los soltaron en abril. Vivienne no se enteró por ellos, y prefería que fuera así. Se lo había contado Gwen Martin. Ahora la inspectora tenía un novio en Nueva York y la llamaba de vez en cuando para ver cómo se encontraba.

También había tenido noticias de Nicole Smith. Le contó que todo había vuelto a la normalidad en Saint Ambrose. La ceremonia de graduación había ido muy bien y todo el mundo la había echado de menos.

Lo que Nicole no le explicó fue que las nuevas matriculaciones se habían resentido un poco a raíz de lo ocurrido. La noticia de la violación había tenido alcance nacional y los padres no querían que sus hijos se vieran afectados por todo el revuelo mediático. Sin embargo, no era la primera escuela que había sobrevivido a un escándalo de ese tipo y había conseguido seguir adelante sin menoscabo de su prestigio académico. Taylor Houghton continuaba con pulso firme al frente de la dirección. Larry Gray se había jubilado por fin después de la graduación y Nicole seguía encantada con su trabajo, con sus colegas y con el colegio. Y todos lamentaban terriblemente que algo así le hubiera pasado a Vivienne.

Cuando acabó la ceremonia de graduación y todos se marcharon, el campus de Saint Ambrose se quedó tranquilo y silencioso. Aún tardarían otra semana en recogerlo todo y cerrar las instalaciones para el verano. Taylor y Charity Houghton se irían a su casa de Maine y los alumnos pasarían las vacaciones estivales con sus familias.

La tercera residencia femenina estaría lista en agosto y, según lo previsto, acogería a otras ochenta alumnas. Al final, Saint Ambrose había sobrevivido a la tormenta y había sabido salir reforzado de ella. Todos habían aprendido lecciones muy valiosas. Y aunque el colegio se había visto sacudido hasta sus cimientos, las cosas habían vuelto por fin a su cauce.

Merritt Jones viajó desde Los Ángeles para ver a su hijo, que estaba viviendo con su padre en el apartamento de Nueva York. Chase había sido aceptado en período de prueba en la New School, la prestigiosa universidad de artes liberales y escénicas del Bajo Manhattan, y hasta que empezara en septiembre estaba trabajando en un Starbucks.

Su experiencia en la cárcel del condado de Boston, donde todos habían cumplido condena por cuestiones de jurisdicción, había sido terrible. Sin embargo, los tres meses habían pasado bastante deprisa. Nunca se quejó por nada y se mostró agradecido por no haber acabado en una prisión estatal. La mayoría de los padres habían ido a visitar a sus hijos, aunque no todos. Matthew había ido todas las semanas, y Merritt una vez al mes. Esta se encontraba a punto de empezar la posproducción de una película en Los Ángeles y había pensado en ir a ver a Chase antes de que el trabajo la tuviera demasiado ocupada. En esos momentos estaba estudiando un nuevo guion, pero aún no se había decidido.

Poco después de llegar, Matthew la invitó a comer y ella había aceptado. Merritt se alojaba en el apartamento que tenían en Nueva York, del que él se había marchado mientras ella estuviera allí. Últimamente era muy raro que los dos coincidieran en la misma ciudad, ya que Merritt pasaba la mayor parte del tiempo en Los Ángeles y siempre trataba de visitar a Chase cuando sabía que Matthew no estaría. Seguían manteniendo una relación civilizada, pero el acuerdo de divorcio pronto sería definitivo.

Matthew le había propuesto quedar en un pequeño restaurante que a ambos les gustaba mucho, un local donde la gente no les molestaría aunque les reconociera. Ir allí le trajo muchos recuerdos, aunque trató de alejarlos de su mente. Cuando llegó, Matthew ya la esperaba sentado en uno de los reservados del fondo. Merritt se deslizó en el asiento de enfrente, sonriendo.

—¿Cómo estás? —le preguntó.

Era agradable verle. Tenía muy buen aspecto. Merritt apenas podía dar crédito a lo guapo que era. Siempre la impactaba cuando lo veía, incluso ahora que todo había acabado entre ellos.

—Bastante bien —respondió él sonriendo—. Aunque no

tanto como nuestro hijo. Ahora se dedica a levantar pesas, tiene un aspecto de lo más saludable y está muy bronceado. Le gusta trabajar en el Starbucks y está muy ilusionado con la idea de ir a la New School en septiembre. Teniendo en cuenta a lo que se enfrentaba hace solo medio año, considero que ahora está bastante bien. La cárcel ha servido para abrirle los ojos. Creo que no ha probado el alcohol desde hace ocho meses.

—Yo lo veo muy contento —ratificó Merritt. Entonces le preguntó—: ¿Y tú, qué tal? ¿Tienes nuevos proyectos?

—Algunos. Por el momento, estoy disfrutando de la compañía de Chase. He decidido bajar un poco el ritmo de los rodajes que me exijan pasar mucho tiempo fuera.

Merritt sonrió al hombre con el que había estado casada veinte años y que pronto se convertiría en su exmarido. Al menos seguían siendo amigos. Había tenido la deferencia de quedarse en casa de un amigo mientras ella se encontraba en la ciudad para que pudiera pasar más tiempo con Chase.

—¿Ya habéis acabado de rodar la película? —le preguntó Matthew.

—Vamos a empezar la posproducción.

Siempre había sido una ventaja que compartieran la misma profesión. Sin embargo, Merritt notó que Matthew quería decirle algo pero no sabía cómo hacerlo. Le conocía demasiado bien.

—¿Qué te ronda por la mente? —le preguntó.

—Chase no es el único que tiene que hacer borrón y cuenta nueva después de todo lo que ha sucedido. He sido un idiota, Merrie. Soy consciente de ello, y tú también lo sabes. No sé qué es lo que me ha ocurrido. Tú pasabas mucho tiempo fuera, encadenando una película tras otra, y yo me sentía muy solo. Me decía a mí mismo que ya no me querías, o alguna chorrada igual de estúpida, a fin de intentar justificar mi metedura de pata. Y entonces me lie con Kristin. Lo siento.

Lo siento con toda mi alma. Te sigo queriendo, siempre te he querido. Daría lo que fuera por que volviéramos a estar juntos. ¿Existe alguna posibilidad de que puedas perdonarme?

Matthew la miró con expresión de infinito arrepentimiento y ella le sonrió.

—Oh, no lo sé. Tal vez podrías pagar tu culpa con un año en la cárcel del condado. O con trabajos forzados picando piedra en algún lugar perdido de Siberia. —Merritt se echó a reír. Ella también había pensado en volver con él, pero no creía que él estuviera interesado y tenía miedo de pedírselo y que la rechazara—. ¿Y qué hay de tu amiguita? ¿Qué piensas hacer con ella?

Se refería a Kristin Harte, la guapísima actriz de veinticuatro años con la que había mantenido la aventura que había torpedeado su matrimonio.

—Le dije hace dos meses que seguía enamorado de ti. Se marchó de casa esa misma noche, que era justo lo que quería. Por lo que cuentan los tabloides, ahora está comprometida con un multimillonario de Texas.

—Que no se me olvide enviarle un regalo de compromiso —dijo Merritt. Luego se levantó, rodeó la mesa y se deslizó junto a él en el asiento.

Matthew la besó.

—¿Aceptas que vuelva contigo, Merrie? —preguntó con suma humildad.

Ella asintió y le devolvió el beso.

—No todos los días recibo una proposición de una estrella de cine —dijo, y él se echó a reír.

—Oh, venga ya. Nunca he ganado un Oscar, y tú ya tienes dos.

—Los cambiaría ahora mismo por volver contigo —reconoció ella con voz suave—. Te he echado mucho de menos. ¿Qué te ha hecho ver la luz?

Merritt pensaba que Matthew nunca daría marcha atrás,

así que había renunciado a él y había aceptado que todo había acabado entre ellos para siempre.

—Ha sido Chase. Le comenté lo mucho que te echaba de menos y que no sabía qué hacer al respecto. Él me dijo que hablara contigo. Y supongo que tenía razón. Me dijo: «Habla con ella y haz lo que tengas que hacer», que es lo que yo le aconsejé cuando me contó su problema. Todos cometemos errores, a veces terribles, pero los hombres buenos saben enmendarlos.

—Eres un hombre bueno, Matthew Morgan. Siempre lo he sabido —le dijo ella.

—Te amo —susurró él con dulzura.

—Yo también. Tendré que darle las gracias a Chase cuando le vea esta noche.

Merritt sonreía con expresión radiante y él volvió a besarla. Después de todo, habían tenido mucha suerte. Habían pasado cosas horribles: la aventura extraconyugal de Matthew, la separación, la condena de Chase y su paso por la cárcel. Y a pesar de todo, seguían amándose.

Después de comer, salieron juntos del restaurante cogidos de la mano. Un admirador se acercó corriendo y les sacó una foto. El sol brillaba, Matthew había vuelto, Chase estaba bien. Hacía un día precioso.

Avance del próximo libro de

La espía

que Plaza & Janés publicará en junio de 2021

1

Al echar la vista atrás, el de 1939 era el último verano «normal» que Alexandra Wickham recordaba. Habían pasado ya cinco años desde que, tras cumplir los dieciocho, celebró su puesta de largo en Londres, un evento que sus padres esperaban emocionados y expectantes desde que era una niña. Ella también anhelaba que llegara esa experiencia que marcaría su vida, el momento en que sería presentada ante la corte junto con el resto de las hijas de familias aristocráticas. Aquella sería su presentación oficial en sociedad. Desde 1780, fecha en que el rey Jorge III celebró el primer Baile de la reina Carlota en honor a su esposa, el propósito de «debutar» en sociedad era que las jóvenes aristocráticas atrajeran la atención de posibles pretendientes y futuros maridos. La finalidad de aquellos bailes de debutantes era conseguir que contrajeran matrimonio en un plazo relativamente corto de tiempo. Y aunque en la década de 1930 los padres no eran tan estrictos al respecto, el objetivo de casar bien a sus hijas apenas había cambiado con el tiempo.

Alex fue presentada ante la corte del rey Jorge V y la reina María. El Baile de la reina Carlota inauguraba la temporada social en Londres, y para la ocasión la joven lució un vestido blanco de satén y encaje que su madre había encargado en París al diseñador de alta costura Jean Patou. Alex estaba deslumbrante y, gracias a su esbelta figura y a su delicada belleza rubia, no le habían faltado pretendientes. Sus hermanos mayores, William y Geoffrey, se burlaban sin piedad de ella no solo por ver a su hermanita en su papel de debutante, sino también por su fracaso al no lograr encontrar marido en sus primeros meses alternando socialmente en Londres. Desde su más tierna infancia, Alex era, como el resto de su familia, una fanática de la equitación. También se había visto obligada a comportarse casi como un chico para poder sobrevivir a las cariñosas bromas y provocaciones de sus hermanos. Asistir a fiestas, bailes y eventos sociales había supuesto un enorme cambio para ella. Lucir elegantes vestidos todas las noches y ataviarse apropiadamente para los almuerzos casi diarios en Londres le había resultado tedioso y, en ocasiones, agotador.

Hizo muchas amigas entre las otras debutantes, la mayoría de las cuales ya se habían comprometido al finalizar la temporada social londinense y habían contraído matrimonio poco después. Pero Alex no podía imaginarse a sí misma casada con solo dieciocho años. Ella quería ir a la universidad, algo que su padre consideraba innecesario y su madre, inapropiado. Era una ávida lectora y le interesaba mucho la historia. Las diligentes institutrices que la habían educado habían despertado en ella una gran sed de conocimientos y la pasión por la literatura, y habían perfeccionado sus aptitudes en la pintura con acuarela y en la elaboración de intrincados bordados y tapices. Su don innato para los idiomas le había servido para aprender francés, alemán e italiano casi a la perfección, un hecho que, sin embargo, nadie consideraba destacable. Hablaba los dos primeros con la misma fluidez que el inglés, y el italiano casi igual de bien. Además, le encantaba leer en francés y alemán. Aparte de eso, era una excelente bailarina, lo cual la convertía en una pareja muy codiciada en los bailes a los que asistía con su familia.

No obstante, había mucho más en Alex aparte de su gracilidad para bailar cuadrillas, su amor por la literatura y su facilidad para los idiomas. Era lo que los hombres que la conocían definían como una joven «con carácter». No tenía miedo de expresar sus opiniones y poseía un agudo sentido del humor. Los amigos de sus hermanos la veían como una estupenda amiga, pero, a pesar de su gran belleza, pocos podían imaginarse casándose con ella. Y aquellos que aceptaban el desafío, le resultaban a Alex mortalmente aburridos. No le apetecía en absoluto encerrarse en la gran mansión de sus padres en Hampshire, bordando por las noches junto a la chimenea como su madre o criando a un montón de niños revoltosos como lo habían sido sus hermanos. Tal vez más adelante, pero de ninguna manera a los dieciocho años.

Los cinco años transcurridos desde su presentación en sociedad en 1934 pasaron volando. En ese tiempo, Alex se había dedicado a viajar por el extranjero con sus padres, montar en cacerías, visitar a amigas que ya se habían casado e incluso habían tenido hijos, asistir a reuniones sociales y ayudar a su padre en el cuidado de la finca. Mostraba más interés por la propiedad familiar que sus dos hermanos, que ya se habían marchado a Londres. William, el mayor, tenía veintisiete años. Llevaba una vida propia de caballero y era un apasionado de la aviación. Además de ser un excelente piloto, participaba en carreras y exhibiciones aéreas en Inglaterra y Francia siempre que podía. Geoffrey tenía veinticinco años y trabajaba en un banco. Era un asiduo de la vida nocturna londinense y un auténtico casanova. Ninguno de los dos tenía prisa por casarse.

Alex pensaba que sus hermanos disfrutaban de la vida mucho más que ella. En cierto sentido, se sentía prisionera de las normas impuestas por la sociedad y de lo que se consideraba que era lo apropiado para una mujer. Era la amazona más rápida del condado, lo que irritaba a sus hermanos y a los amigos de estos, y su talento para los idiomas había resultado de mucha utilidad en los viajes que había realizado con su familia. Con veintitrés años ya había estado varias veces en Nueva York con sus padres, y opinaba que los estadounidenses tenían ideas más liberales y eran más divertidos que los ingleses que había conocido hasta la fecha. Le gustaba hablar de política con su padre y sus hermanos, aunque estos insistían en que no lo hiciera en las fiestas y reuniones sociales, a fin de no asustar a sus posibles pretendientes. Cuando sus hermanos le hacían este tipo de comentarios, ella respondía de forma tajante:

—No quiero un hombre que no respete mis opiniones o al que no pueda decirle lo que pienso.

—Si no moderas tu lengua y tu pasión por los caballos, acabarás convertida en una solterona —la advertía Geoffrey, pero ambos hermanos estaban orgullosos de su valentía y audacia, y de su manera de pensar tan lúcida e inteligente.

Sus padres fingían no darle excesiva importancia, pero en el fondo les preocupaba que aún no hubiese encontrado marido y que tampoco pareciera querer tenerlo.

Alex escuchaba los discursos de Hitler en alemán por la radio, y también había leído varios libros al respecto. Mucho antes de los acontecimientos del verano de 1939, la joven ya había vaticinado que la guerra sería inevitable. Y a medida que el estallido del conflicto se iba acercando, su padre y sus hermanos tuvieron que darle la razón. Así pues, no se mostraron sorprendidos, aunque sí terriblemente consternados, cuando el 3 de septiembre se declaró la guerra. Todos se reunieron en torno a la radio para escuchar el discurso del rey Jorge, en el que urgía a sus compatriotas británicos a ser fuertes y valerosos en la defensa de su país. La respuesta de los Wickham, como la de la gran mayoría de la población, fue inmediata. Los hermanos de Alex se alistaron en la Real Fuerza Aérea, la RAF: William, como experto piloto, en el Mando de Caza; y Geoffrey, en el Mando de Bombardeo. No lo dudaron ni un momento. Poco después, al igual que muchos de sus amigos, ambos se presentaron en sus puestos para empezar su adiestramiento. Era lo que se esperaba de ellos y lo hicieron de buen grado.

Alex no comentó nada durante varias semanas, hasta que finalmente sorprendió a sus padres con el anuncio de que, al poco de que sus hermanos se marcharan para iniciar su adiestramiento, se había unido como voluntaria al Cuerpo Yeomanry de Enfermeras de Primeros Auxilios. Los padres de Alex también habían tomado una decisión sobre cómo contribuir al esfuerzo bélico. El señor Wickham era demasiado mayor para alistarse, pero él y su esposa se habían ofrecido para acoger en su hogar a veinte niños procedentes de Londres. Las autoridades pedían que se evacuara a los pequeños de las ciudades y muchos padres estaban deseosos de encontrar un hogar seguro en el campo para sus hijos.

Victoria, la madre de Alex, ya estaba muy ocupada preparando el edificio donde se alojaría parte del servicio y los mozos de las caballerizas. El número de empleados varones se había visto forzosamente reducido por el reclutamiento, y en la mansión disponían de cuartos suficientes para el personal femenino. Colocaron literas en los dormitorios que acogerían a los niños. Tres doncellas y dos muchachas del pueblo se encargarían de cuidar de los pequeños, y dos maestras de la escuela local vendrían para impartirles formación académica. Victoria también les daría clases. Confiaba en que Alex la ayudara con todo aquello, pero entonces su hija soltó la bomba y anunció que se iba a Londres para conducir camiones y ambulancias, trabajar como voluntaria en hospitales y cumplir cualquier tarea que le encomendaran. Sus padres se mostraron orgullosos de ella, pero también muy preocupados. Se esperaba que pronto hubiera bombardeos en la capital, y Alex estaría mucho más segura en la campiña ayudando a cuidar de los niños. Eran muchos los hogares de todo el país que se habían ofrecido para acoger a aquellos pequeños desamparados, procedentes de familias pobres y de clase baja.

Alex había estudiado sus opciones cuidadosamente antes de decidirse por el Cuerpo Yeomanry de Enfermeras. Podría haberse unido a los Servicios Voluntarios de Mujeres para hacer tareas administrativas, pero eso no le interesaba. Del mismo modo, podría haberse incorporado a las unidades de Precauciones Antiaéreas, o trabajar en alguna cuadrilla del cuerpo de bomberos. Los Servicios Voluntarios de Mujeres también organizaban refugios, cantinas móviles y suministros de ropa. Luego estaba la opción de unirse al Ejército Femenino de la Tierra para recibir formación en tareas agrícolas, algo de lo que ya sabía mucho por su trabajo en la finca familiar, pero Alex no quería quedarse en Hampshire y prefería marcharse a Londres.

El Servicio Territorial Auxiliar ofrecía algo más parecido a lo que ella buscaba, como labores de conducción y misiones de carácter más general, pero cuando contactó con ellos le propusieron realizar tareas administrativas, lo cual la mantendría encerrada en una oficina. Alex quería un trabajo más físico. También habló con la Fuerza Aérea Auxiliar Femenina, donde podría participar en labores como el despliegue de globos de barrera, pero finalmente el Cuerpo Yeomanry de Enfermeras le pareció que encajaba más con sus aptitudes. Además le dijeron que, una vez que se hubiera incorporado, podrían surgir otras oportunidades de colaboración.

Cuando Alex escribió a sus hermanos para contárselo, estos se burlaron afectuosamente de ella, como de costumbre, y le dijeron que la vigilarían muy de cerca mientras estuviera en Londres. Su madre lloró cuando se marchó y la obligó a prometer que tendría mucho cuidado, aunque en realidad Victoria se encontraba ya muy atareada con los niños que les habían asignado. El más pequeño tenía cinco años y el mayor once, y Alex estaba convencida de que el trabajo que tendrían en Hampshire sería mucho más duro que cualquier tarea que le encomendaran en Londres.

Llegó a la capital en octubre, un mes después de que se hubiera declarado la guerra. El rey había vuelto a dirigirse a la nación, agradeciendo a sus compatriotas la rápida respuesta para contribuir al esfuerzo bélico. Alex sentía que por fin estaba haciendo algo importante y disfrutó enormemente del mes de formación que compartió con mujeres de edades y extracciones sociales distintas procedentes de todo el país. Tenía la sensación de que se habían abierto de par en par las puertas y las ventanas de su vida, dándole acceso a un mundo mucho más amplio. Eso era lo que había esperado encontrar en la universidad y lo que llevaba tanto tiempo ansiando. Siempre que tenía ocasión enviaba cartas a sus padres y sus hermanos, explicándoles todo lo que estaba haciendo y aprendiendo.

Geoff vino a Londres durante un descanso en su período de adiestramiento y la llevó a cenar al Rules, uno de sus restaurantes favoritos. La gente sonreía con gesto de aprobación al verlos de uniforme. Alex le contó muy emocionada a su hermano lo que ya sabía sobre las primeras tareas que le asignarían: se encargaría de conducir camiones de suministros, a fin de liberar de trabajo a los hombres y que pudieran realizar misiones de mayor envergadura.

—Es lo que siempre había soñado: tener una hermana camionera —dijo Geoff bromeando—. Además te pega mucho, Alex. Menos mal que nunca te vas a casar...

—Oh, cállate —replicó ella, sonriéndole con ojos traviesos—. Y yo no he dicho que no vaya a casarme «nunca». Todavía no me he casado, pero probablemente lo haga algún día.

—O puede que, después de la guerra, sigas conduciendo camiones. Tal vez hayas encontrado tu verdadera vocación.

—¿Y tú qué? ¿Cuándo empezarás a volar? —preguntó Alex con una expresión preocupada, algo que trataban de ocultar tras las constantes bromas entre ellos.

—Pronto. Estoy deseando lanzar bombas contra esos malnacidos alemanes.

William ya estaba realizando misiones de vuelo. Los dos hermanos habían sido siempre muy competitivos, pero el mayor tenía más experiencia como piloto.

Como de costumbre, pasaron un rato de lo más agradable. Después de cenar, Geoff la acompañó a su residencia. Ya se habían instaurado las leyes sobre el apagón y todas las ventanas estaban tapadas. También se estaban preparando refugios antiaéreos. Conforme se anunciaban las nuevas directrices a seguir en tiempos de guerra, Londres bullía de actividad y sus calles se llenaban de jóvenes uniformados. El racionamiento no había empezado aún, pero el Ministerio de Alimentación ya avisaba de que a partir de enero habría escasez de productos como el azúcar, la mantequilla y el beicon. Todos eran conscientes de que sus vidas iban a cambiar de forma radical, pero todavía no era demasiado evidente. Las comidas navideñas se mantendrían más o menos igual.

En el camino de regreso a la residencia, Geoff advirtió a Alex de los peligros de los listillos que intentarían aprovecharse de jóvenes inocentes como ella, así como del riesgo de embarazos no deseados y enfermedades venéreas. Alex se echó a reír.

—Mamá no me habló de nada de eso cuando me marché de casa.

—Es demasiado pudorosa. Seguramente cree que no necesitas que te hagan esa advertencia, que estás muy bien educada como para descarriarte —comentó él con una expresión severa de hermano mayor.

—¿Y tú crees que no lo estoy? —le preguntó ella enarcando una ceja.

—Sé cómo son los hombres. Y si te enamoras de algún canalla lujurioso, puede convencerte de que hagas algo de lo que más tarde podrías arrepentirte.

—No soy tan estúpida —repuso Alex un tanto ofendida.

—No quiero que te pase nada malo. Nunca has vivido en la ciudad, ni has conocido a hombres como los que te encontrarás ahora. Pueden ser bastante osados —volvió a advertirle, decidido a proteger a su hermanita.

—Yo también —añadió ella con firmeza.

—En fin, solo recuerda esto: si te quedas embarazada, te mato... eso sin contar que les romperás el corazón a nuestros padres.

—No me va a pasar nada parecido —dijo Alex, sorprendida de que su hermano pudiera siquiera sugerir algo así—. He venido aquí a trabajar, no a buscarme un hombre, ni tampoco a ir a bares y emborracharme. —Sabía que algunas chicas de su residencia flirteaban con cualquiera que vistiera de uniforme, pero ese no era su estilo—. Quizá debería haberme enrolado en el ejército, o en la RAF como Willie y tú. He estado pensando en ello, y al final puede que lo haga.

—Ya estás haciendo bastante —le dijo él con expresión afectuosa—. La gente habla muy bien del Cuerpo Yeomanry, y gran parte de lo que hacen va más allá de la enfermería. Trabajan muy duro. —Entonces volvió a tomarle el pelo—: Tú solo consigue que no te echen por contestar a los instructores o a tus superiores. ¡Te conozco bien y sé que eres muy capaz!

—Pues tú ten mucho cuidado y asegúrate de cazar a los alemanes antes de que ellos te cacen a ti —le advirtió ella.

Al llegar a la puerta de la residencia, se despidieron con un abrazo. Geoff tenía que tomar un autobús para llegar a la base antes de medianoche.

Alex se alegraba mucho de haberle visto. Echaba de menos a sus hermanos y a sus padres, pero se sentía feliz de encontrarse en Londres y estar recibiendo adiestramiento para poder ayudar. Deseaba ponerse manos a la obra cuanto antes. Ya casi había completado su proceso de formación y se enorgullecía de participar activamente en el esfuerzo bélico, aunque se preguntaba si no podría hacer algo más. Sus hermanos formaban parte de la Fuerza Avanzada de Ataque Aéreo de la RAF y realizarían vuelos de combate sobre territorio alemán. Las misiones de reconocimiento habían comenzado en cuanto se declaró la guerra, y Alex pensaba que conducir camiones y ambulancias parecía una empresa menor en comparación con la contribución de sus hermanos. Pero al menos, se decía, no estaba en su mansión de Hampshire sin hacer nada.

Esa noche, durante la cena, Geoff y ella habían hablado con entusiasmo sobre volver a casa por Navidad. Los tres hermanos necesitaban pedir permiso para ello, y Geoff había comentado que tal vez fuera la última oportunidad que tendrían de estar todos juntos en una buena temporada. Otros compañeros del Mando de Bombardeo también iban a volver a casa. Sus superiores se mostrarían bastante indulgentes durante esas primeras Navidades de la guerra, y era algo que todos esperaban con mucha ilusión. Hasta el momento no se estaban realizando grandes acciones bélicas, o muy pocas. Se trataba principalmente de elaborar planes y hacer preparativos, y aprestarse para lo que se avecinaba. También se habían presentado voluntarios procedentes de Canadá, Australia y Estados Unidos. En el grupo de Alex había dos mujeres canadienses y una australiana. Parecían mucho más libres e independientes que las chicas inglesas, y Alex las admiraba y deseaba poder conocerlas mejor.

Cuando Alex, Willie y Geoff volvieron a casa por Navidad, el ambiente no se diferenciaba mucho del de otros años. La campiña estaba igual de apacible. El único cambio perceptible era el que imponía la normativa del apagón reglamentario. Las ventanas estaban tapadas para que las luces de los árboles navideños no se vieran desde el exterior. También los escaparates de las tiendas de los pueblos como el de Lyndhurst, su villa comercial favorita, estaban sellados con cinta protectora antiimpactos. La gasolina había empezado a racionarse, por lo que la gente no podía desplazarse grandes distancias para visitar a sus familias. No obstante, todavía había comida en abundancia y las fiestas navideñas se celebraron como de costumbre. Los restaurantes y los hoteles estaban llenos y, a pesar de la guerra, la gente mostraba un ánimo festivo.

Cientos de miles de niños habían sido evacuados de Londres para ser enviados a poblaciones rurales. El gobierno pidió a las familias de acogida que los mantuvieran en sus casas durante las fiestas navideñas, ya que si volvían a la capital tal vez luego no quisieran regresar al campo. Por la misma razón, se aconsejó a los padres de los pequeños que no fueran a visitarlos. Y como también se habían reducido los trayectos en tren, los niños tuvieron que adaptarse a pasar sus primeras Navidades sin sus padres. Victoria y todo el personal de servicio estaban decididos a celebrarlas de la mejor manera posible.

Los Wickham hicieron un gran esfuerzo para entretener a los niños y para que aquellas fueran unas fechas especiales. Victoria y las muchachas que la ayudaban se encargaron de comprar y tejer regalos para todos ellos. La matriarca se había quedado levantada hasta tarde por las noches cosiendo un osito de peluche para cada niño. Cuando Alex llegó a casa, ayudó a su madre a acabar los últimos, anudando brillantes lazos rojos en torno al cuello de los peluches. Victoria también había tejido un jersey para cada niño. Ella, y casi todas las mujeres del país, cosían y tejían sin descanso, siguiendo los consejos gubernamentales para ahorrar dinero en ropa. Se alentaba la frugalidad, aunque no se imponía por la fuerza.

En Nochebuena, los Wickham celebraron dos cenas. La primera fue para los niños, que chillaron de alegría cuando recibieron sus ositos de peluche. Milagrosamente, los jerséis les quedaban bien, azules para ellos y rojos para ellas, y también hubo dulces y golosinas para todos comprados en la confitería de Lyndhurst. Un poco más tarde, la familia celebró su tradicional cena de Nochebuena en el comedor. Se engalanaron para la ocasión como de costumbre, ellos con esmoquin y ellas con vestidos de noche. Y a medianoche, después de cenar, intercambiaron los obsequios que habían escogido con mucho cuidado. Victoria había tejido un jersey de angora rosa para Alex, y también le regaló unos pendientes de zafiro de color azul claro, de la misma tonalidad que sus ojos. Alex le había traído a su madre uno de aquellos bolsos nuevos tan grandes y elegantes que se llevaban ahora en la capital, y que le sería muy práctico para guardar las cartillas de racionamiento, así como la lana y las agujas de tejer. Esos bolsos, que se habían vuelto muy populares en Londres, constituían uno de los primeros cambios que la guerra había introducido en la moda.

A la mañana siguiente, Alex sorprendió a su familia con otro de aquellos cambios en la forma de vestir: se presentó a la comida de Navidad luciendo unos pantalones, que también eran el último grito en Londres. Sus padres la miraron llenos de estupor. Sus hermanos se quedaron horrorizados.

—¿Qué diablos llevas puesto? —le preguntó William con evidente disgusto al verla entrar en el salón antes del almuerzo. Alex había estado montando esa mañana y apenas había tenido tiempo de cambiarse—. ¿Es parte de tu uniforme?

—No —respondió ella con gesto resuelto—. No seas tan anticuado. Todas las mujeres los llevan.

—Entonces ¿debería ponerme yo un vestido? —replicó él.

—Solo si quieres. Los pantalones son muy cómodos y prácticos. Gabrielle Chanel los lleva en París desde hace varios años y se han puesto muy de moda. Además, si tú los llevas, ¿por qué no iba a hacerlo yo?

—¿Te imaginas a mamá vestida con pantalones? —preguntó William, como si su madre no estuviera presente en el salón.

—Espero que no —repuso su padre sonriendo—. Vuestra madre está preciosa tal como va vestida. —Edward miró con cariño a su esposa—. Y si Alex quiere probar una nueva forma de vestir, mejor que lo haga aquí. No le hace daño a nadie —añadió con generosidad, ante el enojo de William.

—Muy bien dicho, hermanita —comentó Geoff riendo—. Willie necesita que le aclaren ciertas cosas.

Alex también lucía un nuevo peinado. En vez de la trenza que solía llevar desde la infancia, se había recogido el largo cabello rubio en un moño, con un caracolillo cayéndole sobre la frente. También se había pintado los labios de carmín. Después de solo tres meses en Londres, parecía más adulta y sofisticada, e incluso más hermosa.

—Por eso llevan uniformes las mujeres —insistió William—, para que no se vean ridículas con modelos como ese. Los pantalones son para los hombres, los vestidos y las faldas para las mujeres. Por lo visto, Alex no tiene muy claro esos conceptos.

William se mostraba inflexible y reprobador. Era mucho más conservador que su hermano pequeño.

—No seas tan estirado, Willie —le reprendió Geoff.

Al final, William consiguió relajarse un poco y todos disfrutaron de una deliciosa comida a base de platos de faisán y oca. En la civilizada atmósfera del comedor, con los retratos familiares mirándoles desde las paredes, resultaba difícil creer que se encontraban en medio de un conflicto bélico. La única diferencia visible era que, debido a que todos los hombres jóvenes del servicio se habían alistado en las fuerzas armadas, las doncellas se encargaban ahora de servir la mesa, algo que se habría considerado totalmente inapropiado antes de la guerra. Las nuevas circunstancias así lo exigían. Las mujeres de los pueblos vecinos también estaban haciendo trabajos de voluntariado, o se habían unido al Servicio Territorial Auxiliar, a los Servicios Voluntarios de Mujeres o al Cuerpo de Observadores. Todo el mundo estaba implicado de un modo u otro en el esfuerzo bélico, pero nada de eso parecía traslucirse en un día tan apacible como el de Navidad, salvo por las telas y pantallas oscuras que cubrían las ventanas. El árbol navideño destellaba con sus luces brillantes en el salón, donde el día anterior habían llevado a los niños para que lo admiraran. Todos se quedaron asombrados al ver su gran altura y su profusa decoración, repleto de los hermosos adornos que llevaban utilizando desde hacía años y coronado por un ángel antiguo.

Después del almuerzo, la familia salió a dar un paseo por la finca, procurando por todos los medios no hablar de la guerra. Desde septiembre no había ocurrido ninguna novedad especialmente dramática, aparte de que a finales de octubre se había derribado el primer avión alemán, el bombardero Heinkel He 111, sobre territorio británico. Y Winston Churchill no había ocultado en ningún momento la gravedad de los acontecimientos que se avecinaban.

Mientras paseaban por los terrenos de su propiedad, los Wickham solo hablaron de las noticias locales. Los dos hermanos iban un poco más adelantados que el resto, charlando tranquilamente, y Alex se unió a ellos después de haber caminado durante un rato al paso de sus padres. Victoria le había contado que disfrutaba teniendo allí a los niños, aunque reconocía que era mucho trabajo asumir la responsabilidad y el cuidado de tantos pequeños. Hasta el momento no le habían dado ningún problema, y ya no sentían tanta añoranza de sus casas como al principio.

—¿De qué estáis hablando? —les preguntó Alex a sus

hermanos cuando llegó a su altura, llevando todavía los pantalones que tanto habían escandalizado a William.

—De aviones veloces y mujeres descocadas —replicó Geoff lanzando una sonrisita a su hermana.

—¿Preferís que os deje solos?

—Para nada. ¿Te estás portando bien en Londres? —quiso saber él.

—Por supuesto —respondió ella recordando la advertencia que le había hecho Geoff. Y de hecho así era. Estaba muy ocupada con su trabajo de voluntariado y con las tareas que le habían encomendado hasta el momento, principalmente al volante de camiones y ambulancias. Era una persona responsable y fiable, además de buena conductora. Llevaba mucho tiempo conduciendo por la campiña de Hampshire, desde que un mozo de cuadras la enseñó cuando tenía diecisiete años—. ¿Y vosotros? ¿Os estáis comportando?

William asintió, mientras que Geoff pareció titubear. Al final se echó a reír y respondió:

—No pienso hablarle a mi hermanita de mi vida amorosa.

Los otros dos pusieron los ojos en blanco.

—No seas fantasma —replicó Alex, y esta vez William soltó una risita sarcástica.

—Querrás decir más bien tu vida ilusoria. ¿Qué mujer iba a soportarte?

—Montones de ellas —dijo Geoff, y empezó a perseguir a sus hermanos alrededor de los árboles como cuando jugaban de pequeños.

A todos les encantaba estar en su casa de Hampshire, sentían que aquel entorno les llenaba de paz y les daba nuevas fuerzas. Mientras estuvo viviendo allí, Alex pensaba que el lugar era bastante aburrido, pero ahora que estaba en Londres volver a casa se le antojaba un auténtico regalo, al igual que a sus hermanos.

Sus padres les vieron perseguirse unos a otros como si fueran chiquillos, y sonrieron al contemplar aquella escena tan familiar. Edward rodeó con el brazo los hombros de su esposa, y por un instante Victoria se sintió invadida por el pánico, deseando que sus hijos estuvieran siempre a salvo. Él intuyó lo que estaba pensando.

—No les pasará nada —le susurró.

Ella asintió con lágrimas en los ojos, notando cómo sus temores le atenazaban la garganta como un puño de hierro. Deseaba con todas sus fuerzas que su marido tuviera razón.

Cuando empezó a oscurecer, emprendieron el regreso hacia la mansión. Fueron a ver a los niños, que habían pasado un día magnífico jugando con las muchachas que se encargaban de cuidarles. Una de las maestras también había estado con ellos, ya que sus hijos no habían podido volver a casa por Navidad desde las lejanas bases militares en las que estaban destinados. Los niños venidos de Londres eran una auténtica bendición para todos ellos.

William fue el primero en marcharse, tres días después de Navidad. Tenía que regresar a su base, aunque no estaba autorizado a explicar nada más al respecto. Geoff se fue la mañana del día 31. Tenía planes para esa Nochevieja en Londres, y tomó el tren a primera hora. Después de dar las gracias a sus padres y despedirse con un beso de su hermana, le prometió que volvería a llevarla a cenar cuando estuvieran en la capital.

Alex se marchó el día de Año Nuevo. Su permiso terminaba esa noche. Su madre la abrazó muy fuerte y luego la miró fijamente a los ojos.

—Ten mucho cuidado. El señor Churchill dice que las cosas se van a poner feas muy pronto —le pidió Victoria convencida de que era cierto.

—Estaré bien, mamá. Nos han preparado para hacer frente a la situación. Hay refugios subterráneos por toda la ciudad, con vigilantes para ayudar a la gente en cuanto empiecen a sonar las sirenas antiaéreas.

Su madre asintió con lágrimas en los ojos. Habían sido unas Navidades preciosas para todos ellos, y rezaba para que no fueran las últimas que pasaban todos juntos. Costaba creer, allí en la apacible Hampshire, que el país estuviera en guerra. Victoria no podía soportar la idea de que sus hijos fueran a exponerse a grandes peligros y que pudiera perder a alguno de ellos.

Alex volvió a abrazarla con fuerza y luego se subió al coche en el que uno de los viejos granjeros del lugar la llevaría a la estación. Sus padres permanecieron de pie delante del hogar de su infancia, despidiéndola con la mano mientras los niños refugiados llegaban corriendo y se arremolinaban en torno a ellos. Alex vio cómo su madre acariciaba el pelo de uno de los pequeños, de aquella manera tan delicada que siempre había amado en ella, y supo que esa imagen la acompañaría para siempre allá donde fuera. Pero a medida que se alejaba de la mansión, la joven volvió a sentir la excitación de regresar a Londres, al epicentro de la acción. Estaba deseando ponerse manos a la obra cuanto antes. Tras subir al tren, se despidió del granjero que la había llevado y, pocos minutos después, la locomotora arrancó y avanzó traqueteante hasta que la estación de Lyndhurst desapareció de su vista.

«Para viajar lejos no hay mejor nave que un libro.»

Emily Dickinson

Gracias por tu lectura de este libro.

En **penguinlibros.club** encontrarás las mejores
recomendaciones de lectura.

Únete a nuestra comunidad y viaja con nosotros.

penguinlibros.club